亦舒精選集

# 獨身女人

# 香港的經典——亦舒

數十年以來，亦舒為讀者寫下了三百多個都市故事，創造了經典的都市女性，蔣南孫、喜寶、黃玫瑰等，不一而足。

二〇二三年，我們隆重推出「亦舒精選集」，初步計劃是三年內出版三十種。

從亦舒三百多部作品中精挑三十種，並不是一件輕鬆的事，根據讀者反映及作者意見，將分為經典之作、作者自選及影視作品。

亦舒出道近六十年，和天地圖書的合作也有四十多年，過往眾多舊作已缺貨，現重新編輯設計，出版精選集，既方便讀者收藏，也希望吸引新讀者關注這位成名數十載的香港作家。

亦舒筆下所寫的，多是獨立女性的故事。

我們期望一代又一代的讀者，能夠在亦舒筆下的世界裏，找到自己熟悉的背影，成為一個思想獨立的人。

天地圖書有限公司　編輯部

二〇二三年四月十一日

www.cosmosbooks.com.hk

書　　名　亦舒精選集——獨身女人
作　　者　亦　舒
責任編輯　吳蕙芬
美術編輯　郭志民
出　　版　天地圖書有限公司
香港黃竹坑道46號新興工業大廈11樓（總寫字樓）
電話：2528 3671　傳真：2865 2609
香港灣仔莊士敦道30號地庫（門市部）
電話：2865 0708　傳真：2861 1541
印　　刷　亨泰印刷有限公司
柴灣利眾街德景工業大廈十字樓
電話：2896 3687　傳真：2558 1902
發　　行　聯合新零售（香港）有限公司
香港新界荃灣德士古道220-248號荃灣工業中心16樓
電話：2150 2100　傳真：2407 3062
出版日期　2024年2月／初版・香港

---


ISBN：978-988-201-371-1

# 目錄

# 獨身女人

我姓林，叫林展翹，我獨居，沒有丈夫，是個獨身女人。

自我介紹就這麼多。

至於我的名字，我不大明白「展翹」是什麼意思，恐怕是父母想要我做大展鴻圖者中的翹楚，如果開珠寶店，倒是個現成的舖名：展翹公司隆重開幕……不過我成年以後很少用到中國名字，我有個英文名字叫Joy，快樂，林快樂。

我倒並不是不快樂，我的職業很好，在一家「名校」教中五會考班的英國文學與語文，我自己在大學修的也是這兩科，一級優等生，跑回來教老本行，輕而易舉。晚上改卷子，同一個題目的作文看四十到八十篇，覺得人生並沒啥真諦，做人也就是混飯吃。

我的生活很沉悶，星期日看Muppet Show，大笑一場，不想就在家中的時候，找張佑森上街。呵對，張佑森這個人。我應該如何介紹張佑森這個人？

他是我在讀中四的時候認識的，開舞會，他請我跳舞，跳完之後念念不忘，約我去看電影，我們就是這麼認識的。十五年前到現在，他沒進步過，當時倒是出色的小男孩，個子高，面目頂清秀，功課也好，常幫我做代數。可是小時了了，長大就不長進，整個人沒一處像樣的地方，連說話都不伶俐。

每次出去與他吃飯總是由我叫菜，他慢，又鈍，又遲疑，連伙計都等得不耐煩，並不是個好伴侶，但我們是朋友。我很少把煩惱告訴他，我想他不會明白，不過我們在週末偶然也去看一部電影，不說什麼話，只是坐在那裏看戲，看完說再見回家。

我不明白張佑森的內心世界，也從不企圖明白他。中學畢業以後他到浸會書院去唸過幾年書，我在倫敦大學，玩遍通歐洲。

回來以後見面，難免說起楓丹白露，日內瓦湖，他瞠目以視，我問：「你去過哪裏？」他答：「澳門。」

我很厭煩他，一年不見他面。

後來又主動約他看戲，因為大家熟得緊，不必掛面具。

穿條粗布褲，一件球衣，光着臉，大家又回到十五歲的時候，無拘無束。

張佑森似乎永遠有空檔，我約他他總有空，但是他極少主動建議上什麼地方。他是那種麵粉團。要他長點短點是不成問題的。

隔很久我才知道他在政府機構做事，薪水居然也有四千多元。我心想：四千多請這麼一個人，真是糟蹋納稅人金錢，太令人不服氣。

不過他很快樂，大概是。

這便是張佑森。有時我也希望他是個理科高材生，麻省理工學院太空物理科博士，那麼我們可談戀愛，甚至談婚事。不過他很快樂，這就夠了，頭腦簡單的人永遠是滿足的。

我跟趙蘭心說：「真是卑鄙，這麼看不起一個人，又還跟他約會。」不是不慚愧的。

趙蘭心，我的同事，是個聰敏的小姑娘。「但是他對你好，而且他從來沒叫你流過半滴淚。」她說。

我笑出來，「這是真的。」

「還不夠嗎？」趙蘭心問。

我問：「這樣便夠做一世夫妻？」

「保證是一世。」趙蘭心笑。

「或者我會嫁他。女人到了時間便得結一次婚，心理上女人有結婚的傾向狂，像候鳥在冬季南飛，遺傳因子發作，便渴望結婚……真的。」我說。

「你相信婚姻？」趙蘭心問。

「並不。我不相信。但這麼多女人都迷信，想來是不會錯的，你看學校裏這麼多女教師……只有你與我是獨身，」我大笑，「我們倆很快會被打入狐狸精類。」

她伏在桌子上笑。

蘭心是那種個子嬌小，男人會喜歡的女人。教員室常因她的笑聲添增歡樂。這時候淩奕凱走進教員室。

淩奕凱放下書問：「什麼這樣好笑？」

我看他一眼，不出聲。蘭心對他很有意思，因此我很少與奕凱說話。蘭心這種年紀，說她懂事，她又不是十分想得開，免得傷同事間和氣，我很曉得應該在什麼時候停止。

尤其是奕凱這種小伙子，最好有七個女朋友，每日一個，周而復始，而且都自備零用，隨時請他吃飯。是，他便是那種人，有一次我、蘭心，與他出去吃中飯，賬單拿上來才三十七元五角，他打着哈哈不肯付賬，我木着一張臉假裝看不到，結果蘭心乖乖的付掉，之後還並不氣。蘭心在別的事上十分精刮，應付男人也頗有一兩手，遇到凌奕凱卻又傻獃了，真沒法子。

這當下奕凱過來問我：「今學期教什麼？」

「仍是莎士比亞與湯默斯哈代。」我說。

「我知道少不了狄更斯。狄更斯是年年有的。」不知道為什麼，我老不能忘記那三十七元五角。一個年紀輕輕的男人，衣裝煌然的與兩個女人出去吃午飯，三十七元五角的賬都不肯付。這年頭誰又殺過人放過火，我很看他不起，認為這樣的人就是壞人。

所以那日他問我家中的電話號碼，我乾脆的說：「我家中沒裝電話。」

「呵，老姑婆愛靜？」他自以為幽默的說。

「是。」我簡單地回答。

是又怎麼樣呢，再做十年老姑婆也輪不到他擔心。

相形起來，我明白為什麼張佑森不討厭，張佑森就是那麼樣的一個人，他也不故作風趣，也不裝作聰明，更不懂得欺瞞，他就是老老實實的一個蠢人。

「像你這樣的人，怎麼會在教書？」他故意討好我。「因為我要付房租。」我冷冷的說。

蘭心在那邊笑起來，「有時候你的口氣真像老姑婆。」

「是，我的確是老姑婆，真奇怪，」我說：「為什麼做老姑婆有人取笑？離婚婦人反而爭取到全世界的同情？你想想，天地還有正氣沒有？」

「所以非結一次婚不可。」蘭心說。

凌奕凱說：「哦，原來還有這種理論。」

我住了嘴，我很怕男人在女人說話的時候搭嘴，我打開《咆哮山莊》擬測驗題目。

凌奕凱湊近問我：「下星期去看電影好不好？有幾部好片子。」

「都看過了。」我說。

「那麼出去吃飯。」凌奕凱說。

「沒空。」我說。

「不想見我？」他問。

「我怕付賬。」我看到他眼睛裏去。

他忽然被我刺到最痛的地方，整個人一震，然後漲紅了臉，說不出話來。

我取出書本走出教務室。

上完那節課在走廊遇見蘭心，她抱怨我：「你也太小器了。」

我冷冷看她一眼，得罪她的心上人了。

「是我讓奕凱叫你去看電影的，你老在家躭着不好。」

我不想與蘭心吵嘴。她怎麼曉得我沒地方可去？我有約會還得像她那樣大鑼大鼓的宣傳不行。她也太關心我了，好像我不識相似的——她與男朋友是提攜我去看一部電影，我居然情願在家坐也不識抬舉。

「謝謝你，我有事。」我淡淡的說：「不想上街。」

她笑笑，「唉你這個人。」走開了。

我不是不喜歡教書，孩子們頂可愛，只是同事的質素……一個個是模子裏印出來的，想的一樣，做的一樣，喜愛又類似，追求的也就是那些東西。在他們之間我簡直要溺斃，而且一舉一動像個怪物。

如果不是為孩子們……我的學生是可愛的。還有教書的假期多，暑假躺在沙灘上的時候——沒有十全十美的事，我歎口氣。

想要長期伴侶便得侍候丈夫的眼睛鼻子，做獨身女人幹什麼都沒個照顧，沒有十全十美的事。

孩子們喜歡我。

男女學校的學生早懂事，十六七歲的少男少女正在度過他們一生人當中最美麗的時刻。這一代的女孩子比我們一群處處勝一籌；身材、面貌、智能。她們發育得堂堂正正，父母養育她們是責任。我們成長的過程偷偷摸摸，寄人籬下，當年父母養我們是恩惠。

我真羨慕他們，他們受父母的訓，不必聆聽：「當初我養你一場……」這種話。他們懂得回答：「我從沒要求被生下來過。」

他們理直氣壯，所以眼睛特別明亮，嘴唇特別紅，皮膚特別油潤。天之驕子。

像我們班上的何掌珠，十六歲零九個月，修文科，一件藍布校服在她身上都顯得性感，藍色旗袍的領角有時鬆了點，長長黑髮梳條粗辮子，幸虧班上的男生都年輕，否則都一一心跳而死。何掌珠身上有點嬰兒肥未消，倒不是屬於略胖的那種，但不知為什麼，手腕與小腿都滾圓，連胸脯都是圓的，見過她才知道什麼是青春。

問她是否打算到外國升學，她答道：「苦都苦煞了，香港大學可以啦，然後暑假到歐美去旅行。」

她爹是個建築師。她在十五歲時候便到過歐洲，問她印象如何，不過聳聳肩，不置可否，凡事太容易了，沒什麼味道。

值得一提的是何掌珠功課很好，英文作文詞文並茂，有些句子非常幽默，偶爾利用名作家句子諷刺一番，常看得我笑出來。教足她三年，看着她進步，心中也有愉快。

有時候我也與她及其他的女孩子閒聊，名為師生聯絡感情，實則是向老師撒嬌，她們早已懂得這一套。

——「蜜絲林是我們老師中最漂亮的。」拍馬屁。

（不知為什麼，英文書院中的女教師都被稱為「蜜絲」。）

「蜜絲趙也漂亮。」

「不過穿得很小家子氣。」

我說：「別在我面前批評別的老師。」

「背着你可以批評嗎？」一陣嬉笑。

等她們看到世界，她們便知道做人是怎麼一回事。

想到這裏，我不由得慚愧，哦，我是妒忌了，怎麼可以有如此惡毒的想法。

「蜜絲林，你在什麼地方買衣服？」何掌珠問道。

「街邊檔口。」我答。

「戀愛時應該怎麼做？」

「享受。」

又是笑。女學生子永遠只會咭咭笑。她們活在遊樂場中，沒有一件事不是新鮮的，在她們眼中，一切事物都鮮明彩艷，愛惡分明。

「蜜絲林，為什麼你沒有男朋友？」何掌珠特別頑皮。

「誰說的？誰說我沒有男朋友？」我微笑。

「都這麼說。」

都這麼說。

我明白了。

週末張佑森約好我十一點來我家，結果十點十分就到。我問：「你有沒有時間觀念？我才起床。」很煩。

張佑森做事永遠得一個「錯」字。

我遞給他一疊報紙雜誌，「你慢慢讀吧，我要梳洗。」

他也不出聲。坐在那裏看起報紙來。

一會兒我燒着的水開了，水壺像嬰兒般嗚咽，他又走到廚房去。我到廚房去阻住他，「佑森，你在別人家中，坐在客廳中央，別亂跑好不好？這裏不是你付的房租，你規矩點，守禮貌行不行？」

他仍然回到客廳坐下，不聲不響。

張佑森是這麼一個人，早是個笑話，那時運動會，他的中學離我們中學近，跑完步體育老師允許他用我們的淋浴間，結果他每次帶着肥皂毛巾來——笑死女生，真笨得不像個人。而結果我跟他耗上了。全校公認最聰明的女生跟他泡，他福氣不是沒有的。

每次約會，一切事宜都由我安排，像今天，我說：「我們先去吃中飯，然後買票，買好票我到超級市場去購物，你如果沒有興趣，便到圖書館去坐一下。」

買完票回來的時候，他把路邊建地下鐵路的泥漿也踩回來，一進門踏在那條天津地毯上。

我說：「佑森，請幫個忙，你貴腳抬一抬，我地毯剛洗過，不是給你抹鞋底的。」

他「哦」的一聲，把雙腳移過一邊。

「佑森，」我歎口氣，「你這個人是怎麼活了三十年的？」

他仍然不出聲。

我與他對坐着，他沒話説，我也不説話，次次都要我説話娛樂他，我累。

我笑説：「佑森，誰嫁了你倒好，大家大眼對小眼，扭開電視便看到白頭偕老。」

他訕訕地看着雙手。

「最近工作怎麼樣？」我努力製造話題。

「很忙。」兩個字。

「忙成怎麼樣？」

「很多女孩子都告假去旅行，所有工作堆在我頭上。」

「你也該出去走走，增加見聞，讀萬卷書行萬里路。」

他好脾氣地笑，「我沒錢。」

「你賺得跟我差不多，我得付房租，你跟家人住。」

「你比我多賺百分之五十。」他倒是沒有自卑感，「我在分期付款供一層房子。」

「呵，」我笑，「打算娶老婆了。多大的房子？一個月供多少？」

「一個月兩千多。」他忸怩的說：「分五年，四百多呎的房子，是政府居者有其屋計劃那種房子。」

「可是，你收入已經超過申請資格了。」我驚異。

他說：「我……瞞了一些事實。」

典型的香港人。我歎口氣，你說他傻，他可不傻，他在世俗上的事比誰都會打算盤。地毯要是他買的，他就不捨得踏上去，一定。

「四百多呎……」我說：「比我這裏還小一半，我的天，香港的公寓越來越小，怎麼放傢俬？一房一廳？像我這裏這樣？」

「你這裏是三房一廳拆通的，怎麼同？」他說：「也只有你一個人住這麼大地方不怕。」

我說：「四百呎有窒息感。」

「兩個人住也夠了。」他說。

我不想與他爭執。他總有他的道理，他自己有一套。

「你父親呢？將來令尊也與你住？」我問。

「是。」他答。

「如果你太太不喜歡，怎麼辦？」我問。

「不會不喜歡。」他說。

我不響，只是笑笑。聽上去很美滿……小夫妻倆住四百呎房子，有個老人家看大門，公寓黏一黏牆紙便是新房，像張佑森這樣的人，也許對某些女人來說是求之不得的好丈夫。我嘲諷的想。

我們去看電影，兩點半那場，因是兒童影片，觀眾拖大帶小到三點鐘才坐定，到四點鐘又開始上洗手間，熙來攘往，吵得不亦樂乎。

我問佑森，「你悶不悶？」

「不悶，我怎麼會悶？」

我很悶。

連學生都知道我沒有男朋友。我暗自歎口氣。陪我上街的人很多，但卻沒有男朋友。男朋友是不同的，男朋友是將來的丈夫。

看完戲我們往回走。我說：「如果你獨個兒住，倒可以上你家坐坐，改變一下環境。」

「現在也可以呀。」他說。

我笑笑，他的父親近七十歲，有點邋遢相，我不高興與他招呼，又不想看他探頭探腦的，老當我是未來媳婦。哪有人三十歲了還與家人同住，信都給父親拆過才到他手裏，佑森也不覺是項煩惱，誰能給他寫情信呢？

「真奇怪，」我說：「我們認識竟已十五年了。」

「是的，我第一次見你，你穿一件粉紅色小裙子，也是這麼兇霸霸的樣子。」

「我？」我笑：「我兇霸霸？」

「是的，就是現在這樣。」

我忽然發覺他也有點幽默感，於是拍拍他的肩膀。

「佑森，你對我很容忍，我知道。」我感慨的說。

「是我笨。不關你事，我常激怒你。」

「佑森，」我說：「你——」我又改變話題，「你如果結了婚，我們就不能這麼自由自在見面了。」

「沒關係，我們像兄妹。」他說。

「兄妹？」我笑，「有這麼好的哥哥？或有之，余未之見也。」

他又不出聲了。能與佑森有不停的對白，那真是奇蹟。與他說話像斷成一截截的錄音帶，不連戲。

他問：「你為什麼這些日子都不結婚？」

「我？」我說：「沒碰到適合的人。」

「你要求別太高。」他說。

「我的要求高？」我搖搖頭，「我找對象的要求一點也不高，他只要愛我，可以維持我們的生活，兩人思想有交流，興趣有共同點便行了。」

「這還不難！」他笑。

「難？每個女人擇偶條件都是這個樣子，有什麼分別？」我氣不過，「佑森，你說話難免不公平。」

「可是要維持你的生活……你的肥皂都廿五元一塊，對你來說，坐日本轎車是最大的折辱，誰敢叫你擠公路車？真是的！」他笑。

「佑森，你別在我面前倚老賣老。」我笑着拍打他。

「你這個人，我第一次見你，就差不多讓你折磨死。請你跳十次舞，你都說腳痛，跟別的男生跳得龍飛鳳舞。」

「你真是小人，」我笑，「記仇記兩百年。」

「你一直嫌我土，是不是？那時候嫌我的褲管不夠寬，現在又嫌我的褲腳不夠窄，可是我老搞不通這種千變萬化的玩意兒，展翹，我真是慚愧。」

我不好意思，「你還耿耿於懷做什麼？當年意氣風發的小女孩子如今也老了，女人三十，真是無氈無扇，神仙難變，事業無成，又沒有家庭，你看我這樣子。」

「然而在我眼中，你永遠是當年十五歲的樣子。」他留戀地說。

「佑森，你真是活活就停止了，把頭抬高一點，外邊不知道有多少漂亮的小女孩子，很樂意陪伴你。」

佑森把手放在口袋裏。「你的語氣跟我父親一樣。」笑笑。

「你母親早逝，他為你擔足心事，結婚也好。」我停一停，「我也想清楚了，婚姻根本就是那麼一回事，再戀愛得轟動，三五年之後，也就煙消雲散，下班後大家扭開電視一齊看長篇連續劇，人生是這樣的，佑森。」

「既然你想穿了，為什麼你不結婚？」

想不到這麼一個老好人也會來這麼陰險反招，我不知如何回答，招架無力，只好悶聲發大財。

他送我回家，在樓下，我問他：「下星期六呢？」次次都是我問他。

「你是長週還是短週？」他問。

「長週，一連兩個長週。學校要編時間表，故此短週改長週。你星期五打電話給我吧。」

「好的。」

「你知道車站在什麼地方？」我問。

「知道。」

「佑森，買一部小車子開開，那麼我們可以去游泳。」

他微笑，點點頭，轉身走了。

我回到樓上，沒事，不想睡，坐着抽煙。

為什麼不早點投入看電視長篇劇的行列？我不知道，也許我覺得一起看電視也得找一個志趣投合的人。而這個人是這麼的難找。他到底在什麼地方？在我有生的時日內是否會遇見他？

我按熄香煙，扭開電視，看到Muppet Show中魯道夫紐路葉夫與豬仔小姐跳起芭蕾，笑得幾乎昏過去。

上床看武俠小說，作者提到三國演義中許褚赤膊上陣，身中兩箭，評書人注解：「誰叫汝赤膊？」我又大笑。

不知為什麼竟有這麼多好笑的事。

可是又有什麼是值得哭的？我既非失戀，又沒失業，下個週末的約會也訂下了，我有什麼煩惱？頭髮又未白，臉上又沒皺紋，我哭什麼。

然後我就睡了，一宵無話。

做了個惡夢，看見母親跟我說：「看你怎麼沒嫁人！」做惡夢與現實生活一模一樣。

奇怪，小時候老夢見老虎追我，一追好幾條街，或是掉了一嘴牙齒，或是自懸崖跌下來，種類繁多，醒來鬆一口氣，還沒洗完臉就忘了，現在的惡夢連綿不絕，都是現實環境的反映，花樣都不變，好沒味道。

第二天還是要工作的。

女學生們在說生物課：「記得幾年前我們做青蛙實驗？青蛙死了，但是碰一碰脊椎神經，四肢還是會動彈，有些人活着也是沒腦袋的，只是脊椎神經在推動他們的活動。」

我想到張佑森。他是標準的脊椎動物，撥一撥動一動，坐在我客廳中看電視看到八點半起身告辭，連的士可音樂節目都看進在內。

我的學生比我聰明。我低頭改簿子。她們喜歡在作文的時候閒談，只要聲音不十分大，我由得她們。

我又聽見另一個小女孩說：「某次有個男孩子約我看戲，我去了，看到一半，看不下去——」

「為什麼?」另一個問。

「描寫男人同性戀,噁心。」

「呵。」

「於是我說要走,假意叫他別客氣,繼續看完場,誰知道他真的往下看,散場還到我家來按鈴——你說有沒有這種白癡?」一陣銀鈴似的笑聲。

「有,怎麼沒有,還有人一年不找我姊姊,忽然向我姊姊借車呢,我姊姊說:車子撞壞了怎麼辦?那人說:你那輛又不是法拉利,有什麼關係?氣得我姊姊!」

我把頭抬一抬。

一整班忽然鴉雀無聲。

我說:「在班上交掉作文,回家不必再費時間。」

我頓時聽到沙沙的寫字聲。

我歎口氣,走到窗前去站着。課室還用着竹簾,可是現在古老當時興,陽光透過細細的竹簾射在我臉上,我瞇起雙眼,不用照鏡子,也知道眼角有多少皺紋。

放了學我到弗羅賽太太家去喝茶。

弗羅賽太太是我從前唸中學時的英文教師，今年五十多歲，我一直不知道她國籍是什麼地方，她早已自認是中國人，能說很好的國語與粵語，但也喜歡講英文與少許法文。

她喝茶的習慣倒是純英國式的，一套銀茶具擦得晶亮。家裏有個傭人幫她把屋子收拾得十分乾淨，白紗窗簾還是從布魯塞爾帶回來的。

夏天的下午坐在她家中很寧靜，多數我藉口向她傾訴心事。

這次她溫柔地說：「我親愛的，你想得太多了。」

「這是因為我不了解生命。」我輕聲說。

「親愛的，生命只供你活下去，生命不必了解。」

「但是，」我握緊她的手，深深歎口氣，「但是我覺得困惑。」

「你睡得可好？」她問我。

「並不好，我有服鎮靜劑的習慣。」

「現在根本買不到，」她詫異，「政府忽然禁掉鎮靜劑，你怎麼還買得到？」

「總有辦法的，」我說：「鴉片禁掉百多年，現在還不是有人吸？」我苦笑。

「這不是好現象。」她拍拍我的手。

「我在半夜醒好多次，第二天沒精神。」我說：「所以非服食不可。」

「你是否心事很多？」弗羅賽太太問。

「也不算是心事，有很多現實問題不能解決。」我答。

「經濟上你不應有問題，是愛情嗎？」

「是的，我的煩惱是我沒有愛情煩惱，你明白嗎？」我問。

「我明白。」她說：「為什麼不跟你父母談談？」

「我從來沒跟他們說過這些話，他們從來未曾幫我解決過任何問題。每夜我都做惡夢因小事與母親爭吵。你知道的，我唸中學時便與你說過這些問題。」

「你身邊不是有很多年輕男人嗎？」她微笑問道。

「我不喜歡他們。」我說。

「一個也不喜歡?」

我搖搖頭。「不。」

「每個人總有長處。」她還在微笑。

「他們的長處我不感興趣。」

「感情是可以培養的。」

「他們未必要與我培養終身興趣。」

「你這孩子!」

我苦笑。

「工作呢?」她又問。

我很惆悵的說:「我始終做着螺絲釘式工作,得不到什麼滿足,感情方面失望,事業又不如意,忽然之間我發覺原來我是芸芸眾生中的一名,因此才困惑。」

「親愛的,你想做誰?」

我撩起頭髮，煩惱的說：「我不知道。」

「你希望做個家庭主婦，終身致力於丈夫子女？你行嗎？你願意？」

我緩緩的搖頭。

「抑或是做闊家少奶奶？手戴鑽戒搓麻將？」

我說：「我不知道我想做什麼人，我只是不滿現況。」

「親愛的，你聞到蛋糕的香味否？」她說：「讓我們先把煩惱忘記，然後開始吃。」

我笑：「遵命，弗羅賽太太。」

帶着一個飽肚子，我回到了家中，該夜睡得很好。

弗羅賽太太對我就是有這個好處，她是我的鎮靜劑。

週末我想在家睡懶覺，於是推張佑森的約會。

「不是說好出來的嗎？」他問我。

「我忽然有點不舒服。」我用老藉口。

「但是我約了另外一對朋友，不好意思推他們。」佑森焦急。

「你又沒徵求我同意，我怎麼知道你約了人，張佑森，你最喜歡自說自話。」

他沒言語。

「你約了誰？」我忍不住。

「我的上司貝太太。」張佑森說。

我問：「貝太太與先生？」

「是的，貝太太不是見過你一次？她想再看看你。」

「看我，我有什麼好看？」我說：「約的幾點鐘？」

「八點鐘在天香樓，貝太太請客。」他說。

「你怎麼能叫貝太太請客？你應當先付賬，把錢放在櫃枱，知道嗎？」什麼都要我教。

「知道了，那麼我來接你。」

「我來接你是真，你又沒車子。」我忍不住搶白他。

「是。我七點半在家等你。」

「就是這樣。」我掛了電話。

我很煩惱，想推的約會推不掉，又不想再去，只覺得累，我胡亂找件白裙子來罩上，化點妝，便開車出去，本來應當去洗個頭，但是為張佑森與他的同事？我費事麻煩。女為悦己者容。他又不悦我。況且我們之間已無男女之分，不然我也不肯反過來去接他。

接了張佑森，我一聲不響把車駛到天香樓。找到地方停車，與他進館子，主人家還沒到。

張佑森把兩百塊現鈔放在櫃枱。我沒好氣的說：「不夠的。」

「要多少？」他驚惶的問。

「你帶了多少？」我反問。

「兩百。」

我歎口氣，「這是五百大元，借給你。」

他茫然：「要這麼多？」

我在人家訂好的枱子上坐下喝茶，沒好氣。這個鄉下人，簡直不能帶他到任何地方。我只覺一肚子的氣，張佑森的年紀簡直活在狗身上。

我低頭喝着茶，十分悶氣，沒精打采地，嗑着南瓜子，張佑森沮喪，他問：「展翹，你不高興了？是我笨，我一直笨。」

我抬起頭，「也沒什麼，你別多心，主人家馬上要來了。」跟他出去，就像與兒子出去，事事要我關照。

這還是好的了，只要不是白癡兒子，總有長大學乖的一天。張佑森到底還讀過數年書。

我看看錶，八點正，那貝太太貝先生也應該到了。約會準時一向是藝術，可惜漸漸懂這行藝術的人越來越少，姓寶姓貝都不管用。

正在無聊，眼前一亮，一個「中年少婦」盛裝出現，身上一套彩色繽紛的「米爽米」針織衫裙，三吋半高跟鞋，珠光寶氣，向張佑森展開一個笑容。這便是貝太太了。

我不記得曾經見過這位女士。她親親熱熱的稱呼我們：「嗨森，嗨翹！」熟落得不得了。

我低聲向佑森喝道：「拉椅子！」然後虛偽的笑。

比起她，我真寒酸得像個學生。

我一直沒看到貝先生，因為貝太太身體壯，衣飾又誇張，把她丈夫整個遮住，直到貝先生在她身邊探出頭來，伸出一隻手問：「是張先生與林小姐吧？我是貝太太的丈夫。」

我忍不住笑起來。

貝先生是個頂斯文的男人，衣着打扮都恰到好處，不似他太太，一抬手一舉足都要光芒萬丈，先聲奪人。

她不是難看的女人，很時髦，很漂亮，過時的不是她的衣着，而是她的作風與體重。張佑森到今天這樣，這個女人上司要負一半責任，被她意氣風發的指使慣了，自然變得低聲下氣。

我側頭看貝先生。他彷彿知道我在想什麼，含蓄地微笑，我的臉一紅。貝先生對他的妻子很包涵，一貫的不搭腔，自顧自的叫菜，招呼我與佑森，很少說話——我們其實並沒有太多的機會出聲說話，貝太太甚多偉論，她正在設法告訴我們，她那個政府單位如果沒有她，會整個垮掉。張佑森無可奈何的聽着她，而我卻有點眼睏。

終於貝先生把一匙蝦仁掐在貝太太的碗中，說道：「親愛的，嘴巴有時候也要用來吃東西的。」我忽然大笑起來，我只是覺得由衷的愉快，有人把我想說的話說了出來。

一笑不可收拾，貝太太呆在那裏，不知所措。她大概從沒遇見過比她更放肆的人，張佑森用手推一推我，暗示我不要失儀，我朝他瞪一眼。

他如果覺得我失態，那麼就別找我，去找香港小姐，他媽的又有智慧又有美貌。我又不用看什麼人眼睛鼻子，也不會嫁一個必須看人家眼睛鼻子的男人。

待我笑完之後，貝太太的話少了一半，而且開始對身邊的人勉強地表示興趣。她問我：「翹，你在什麼地方工作？」

「教書。」

「乏味嗎？」她問。

「十分乏味。」我說。這是她想得到的答案，我滿足她。「最好是做建築師的太太，」我裝作很認真，「我最喜歡嫁建築師為妻，最好是像你，貝太太，我最終目的是學你的榜樣。」

這次連張佑森都聽出我語氣中的諷刺，他變了色。

貝太太倒是不介意，無論是真的奉承與假的奉承，她都照單全收。

她看看佑森笑道：「森，你最好馬上去讀建築。」

我轉頭對佑森說：「加州理工的建築系不錯。」

佑森被我整得啼笑皆非。

我正得意，一抬頭看到貝先生的目光在我身上，他微微搖頭，牽牽嘴角，表示指責我刻薄，我的臉頓時又紅起來。

其實我並不討厭貝太太，其實我也並不討厭佑森。我只是妒忌貝太太比我幸運，佑森又比我安於現狀，這兩件事我都無法做到，心中一煩，索性跟他們搗亂。

到結賬的時候，結果還是貝先生付掉了，貝先生跟老闆熟得不能再熟，我那五百大元安全的被退回來。一直到回家，張佑森都在我耳邊嘀咕：「展翹，你怎麼了？明知貝太太是我的上司——」我對他大喝一聲，「你閉上尊嘴好不好？」

他很生氣。

「你氣什麼？」我惡聲惡氣的問：「你還有什麼不滿意？你付出過什麼？你又想得到什麼？你如果不開心，以後別見我！」

張佑森隔了很久才說道：「話何必說得這麼重。」

「我告訴你，以後你別理我的事，我又不是你什麼人，既非老婆又非女友，面子是互相給的，記住！」

我停好車，自己抓着鎖匙上樓，他一個人站在樓下。

到家我把手袋一摔，摔到老遠，意猶未足，再趕上去狠狠加上一腳，裏面的雜物抖得一地都是又心疼起來，那手袋值八百多，踢壞了還不是自己掏腰包再買，左右是自己倒霉。

我把雜物一件件撿起來，拾到貝先生的名片。「貝文祺」。我拿着名片坐下來。貝文祺。

為什麼有些女人這麼幸運。從小嫁個好丈夫，衣食兩足之後，又覺得不夠威風，於是做份自由自在的工作，對下屬吆喝個夠，作為生活享受的一部份，真是求仁得仁，每個人在他的環境裏都可以找到快樂，只是除了我。

我心裏恨着佑森，又恨自己——明知他是那麼一個人，卻還要與他混在一起，我發誓以後不再與他出去，當然也不再允許他把我的公寓當電視休息室，坐着不走。寂寞就寂寞好了。

第二天約了媚午飯，因星期三下午不用上課。

「嘿！」她說：「你那位只算低能遲鈍兒童，我還認識個白癡呢！」語氣像我的女學生，刻薄中不失精警。

「白癡？什麼白癡？」我的精神一長，聽到有人比我更不幸，我當然高興起來。

「有這麼一個男的，」媚說：「他去到加拿大之後，打長途電話回來，一口咬定說半夜兩點正我公寓中有男人接了他的電話，這是不是白癡？他臨走時又不曾替我付過兩年租，我一不是他老婆，二不是他情人，既然誰都沒有愛上誰，我自顧自生活，有沒有男人半夜接電話，關他鳥事！居然寫十多封信來煩我。」

我笑問：「那次是不是真有個男人在你公寓中？」

「有個屁。有倒好了。」媚歎口氣。

「叫那白癡娶你做老婆，打座金堡壘把你鎖起來。」我說：「最省事，不用他心煩。」

「娶得動嗎？」媚蔑視地說。

「這麼蠢男人到底是從什麼地方鑽出來的？」我問。

「蠢？他們才不蠢，算盤比誰都精刮，兩條腿上了公路車，三毫子就到女友家坐一個下午，他們蠢？送香水送四分之一安士，才那麼三滴，他們蠢？蠢也不會追求你我，找門當戶對的女人去了。」

「這話倒說得很對。」我點頭。

「相信種銀子樹的人只是缺乏知識，倒不是笨，」媚冷笑一聲，「又貪又笨，真以為會在我們身上得到甜頭，做他的春夢！」

我無奈的笑。

媚是我小學與中學的同學，我自七歲認識她到如今，兩個人是無所不談的。

我們中小學的女同學很多，後來都失散了。就算是偶而見面，也因小事疏遠。有個女同學介紹她醫生丈夫給我認識，她丈夫稱讚道：「你同學頂斯文，蠻漂亮呀。」從此她不再找我。

做人太太怕是要這樣的，不怕一萬，只怕萬一。做人太太真辛苦。

媚與我同樣是沒有利害關係的獨身女人。她受的氣受的罪不會少過我。她常常說：「我不介意辛勞工作，我所介意的是自尊，一個女人為着工作上的方便與順利，得犧牲多少自尊？」

我補一句：「男人何嘗不是。」

「可是男人做事也是應該的，他們做了五千年了，我們做女人的卻是第一代出來社會搏殺，我吃不消這種壓力。」

「嫁一個好的男人是很難了。」我忽然想到貝文祺。我昨天才認識他，但我有種直覺他是個好丈夫，只有好男人的妻子才可以無憂無慮地放肆、增肥、囂張。我告訴媚：「有些男人還是很好的。他們有能力，而且負責任，有肩格。」

「是的。可是十之八九他們已是別人的丈夫。」媚搖頭擺腦的說。

「有些女人是快樂的。」我更加無奈。

「別這麼愁眉苦臉的好不好？」媚告訴我。

我笑笑。

這頓飯吃足兩個鐘頭。

她問：「有節目嗎？」

「回家睡懶覺。」我說。

「睡得着？」

「嗯。」我說。

「那麼再見。」她笑。

「媚——祝我幸運。」我說。

她詫異，「怎麼，你要運氣嗎？」

「是的。我有第六感覺。」

「當心點，通常你的第六感對你沒好處。」

我笑笑。

「翹，當心你自己。」

「你現在開什麼車？」我們走在街上時媚問我。「四個輪子的車子。」我說：「有多餘錢的時候想換一輛。」

「是，車子你自己換，皮大衣自己買，房子自己想辦法，你累不累？」

「很累。」我說：「所以我要回家睡覺。」我相信我臉上一點表情都沒有。

連鑽石都得自己買。

因為無聊，到車行去兜圈子，橫看豎看，又打開銀行的存摺研究。我沒有能力買好的車子。如果嫁個張佑森這樣的人，兩家合併一家，省下租金諸如此類的開銷，或者可以買部像樣的車子，可是要與這種人生活……

本想選一部黑豹De Ville小跑車。但在香港，可以用開篷沒冷氣設備車子的日子不會超過三十天，於是被迫放棄。走出車行看到自己的舊車，又認為得過且過，索性等它崩潰之後再買新車。在路邊碰到貝文祺，他先跟我打的招呼，我倒一怔。

「來修車子？」他問我。

我搖搖頭。他看上去很友善。語氣也關注，我馬上察覺到了。也許是還沒有資格養活情婦，至少他是個登樣的男人，與他吃頓飯喝杯茶還不失面子，然而有婦之夫……

「太太好嗎？」我問。

「好，謝謝你。」貝文祺禮貌地。

我在等他邀我的下文。他沒有。於是我笑笑，拉開車門，我說：「再見，貝先生。」

「再見，林小姐。」

不知道為甚麼，我又笑起來，開着車子走了。

在教員室裏蘭心伸出手指給我看。我看到她手上戴着一隻戒指，臉上打一個問號。

「奕凱送給我的。」她開心的說。

我又仔細的看一眼。是那種小鑽皮戒指，芝麻般大小，這種戒指我拉開抽屜隨時可以找到十隻八隻，不知是哪一年買下來的，最近忽然流行起來，人手一隻，蘭心這一隻因是心上人送的，價值不同。

「很好看。」我問：「現在多少錢一隻？以前才一百多塊。」

這話顯然傷了她的心，她委曲地說：「現在要三五百。」

三五百買一顆少女的心，倒也值得，我不知道廿四五歲的女子算不算少女，大概是不算，不過蘭心的樣子長得小，心境天真，大約還及格。

「這不是訂婚戒指吧？」我問道。

「自然不是，」她連忙反駁，「買來好玩的。」

「玩不要緊，」我微笑，「玩得濫掉了，你還是小姐身份，人不能亂嫁，嫁過的女人身價暴跌。」

「虧你還為人師表。」蘭心啐道。

「忠言逆耳。」我聳聳肩。

這時候何掌珠走進教員室來說：「蜜絲林，你是否有空，我有話想跟你說。」她面色很慎重。

我是最無所謂的，於是跟掌珠走到飯堂，各叫一支可樂，對着用麥管慢慢的吸進喉嚨。看樣子掌珠有重要的話說。女孩子最重要的事不外是「我懷孕了」，看樣子何掌珠不致於到這種地步。

「什麼事？」我問。

「蜜絲林，最近我非常的不開心。」她說。

「我倒不發覺。」我微笑，「像你這樣的年紀，有什麼事值得不高興？」

何掌珠說：「我父親要再婚。」原來如此。

「與你有什麼關係？」我抬起頭問。

「我不希望有個繼母。」

「掌珠，這是八十年代的香港，你以為你是白雪公主？」

「我不喜歡有一個陌生人走進我家中。」

「那不是你的家，那只是你父親的家，掌珠，你有些觀念非常落後，混淆不清，你聽我跟你分析。第一：你父親娶太太，與你無關，他的新妻子並不是你的媽媽，『繼母』這名詞已經過時，母親是無法代替的一個位置，不可能由旁的女人承繼，如果你父親逼你叫她『母親』，你再來向我抗議未遲。」

「是。」

「第二，你目前的家人不是你的家，有一天你會長大、離開，你父親才是主人，他有權叫別人搬進來，你不得與他爭執。」

「我結婚後才能有自己的家？」掌珠問。

「並不，視乎經濟情況而定，看付房租的是誰，如果你丈夫掌着大權，那麼家仍然與你無份，他幾時遺棄你叫你搬走，你就得搬，否則他可以搬走。只有你用自己雙手賺回來的東西，才是你的。」

掌珠呆很久。她低下頭，「蜜絲林，以前從來沒有人對我這樣說過。」

我說：「他們都是說謊的人，不想你接受真相，掌珠，現實生活很殘酷，你把眼珠哭得跌出來，你父親還是要娶新太太，你必須拿勇氣出來，接受事實。」

「但我很不開心。」

「沒有人會對你的快樂負責，掌珠，」我歎口氣，「不久你便會知道，快樂得你自己尋找。」

我握住她的手。

她悲哀的問我：「一點辦法也沒有？」

「恐怕沒有，掌珠。」

她把臉埋在小手裏，頭枕在桌子上。

「掌珠，這並不是世界末日。你有沒有見過這位小姐？也許她也擔心得死，也許她很急於要討好你。」

「繼母——」掌珠欲言還休。

「繼母也是人呢，只是她們運氣不好，愛上有孩子的男人，又不是她的錯。」

「謝謝你，蜜絲林。」

「把精神寄託在別的地方，過一陣你會習慣新生活。你想想，掌珠，世界不可能一成不變，太陽不可能繞着你運行，你遲早會長大——生活中充滿失望。」

我伴她走出飯堂。

這種談話是否收效，我不得而知，但我可以保證句句衷心出自肺腑。我並沒有敷衍掌珠，我也不是婦女雜誌中的信箱主持人，我是堂堂正正有大學文憑的中學教師，我所提供的意見全是知識分子的意見。

後來半個月都沒發生什麼。

凌奕凱見我離得遠遠的，想說話又彷彿出不了口。這小子跟任何女人都可以眉目傳情一番，真可惜。

張佑森恐怕是動了氣，也是動氣的時候了，週末他含糊的來個電話，說：「我要與家人去游泳……」

我說：「好，好得很。」馬上說再見，掛上電話。

再一個週末，星期五下午五點五分，他打電話到教員室，我剛有點事做，還沒走，就聽到他在電話那邊說：「怎麼樣？」泥菩薩都有火。「怎麼怎麼樣？」我反問。

「星期六怎麼樣？」

我怒氣上升，「如果你想約我星期六，請預早打電話來，現在已是星期五下午五時五分，對不起，我明天沒有空，下次請早。」

這張佑森。

可是生活不會永遠沉悶，不久我便接到條子，校長要見我。

何掌珠的爹跑到校長那裏去告發我。

校長說道：「何先生說你灌輸她女兒不良知識。」

我說：「請詳細告訴我，什麼叫不良知識。」

「你不應告訴十六歲的女孩子，生活中充滿失望。」

我看到校長先生的眼睛裏去，「那麼請你告訴我，生活中充滿什麼。」

他歎氣。「是，我們都知道，可是他們還年輕。」

「紙包不住火，你想瞞他們到幾時？」

「翹，你是個很有作為的教師，但這一次我也覺得你過份一點，像鼓勵何掌珠不叫繼母為『母親』——」

「繼母怎能算媽媽？」我反問。

「是的，我們都知道星星不是五角形的，可是你能教幼稚園生在天上畫一塊隕石？翹，你的理想你的抱負我們都很清楚，你的確是有才幹，但有些話不適合跟學生說，最好別說。」

「你是暗示我辭職嗎？」我問。
「翹，我不是這個意思。」
「那麼以後我不再與學生在下課以後說話。」
「謝謝你，翹。」校長抹着額頭的汗。
「沒事了吧？」我說：「我有課。」
「翹——」他叫住我。
我轉頭。
「何掌珠的父親希望與你說幾句話。」
「一定有這種必要麼？」我反問。
「如果不是太難為你，見見他也好，有個交代。」
「好，」我說：「我不致連累，你約時間好了，我隨時奉陪。」
「翹，你別衝動，你是一個很好的老師——」
「可惜我不會做人。」我已經推開校長室的門走出去。
我關門關得很大力。

我走進課室。「今天自修。」

學生們騷動三分鐘，靜下來。

何掌珠走上來，「蜜絲林。」她有點怯意。

我說：「沒關係，你別介意，這不關你事。」

「我爹爹很過份，他做人一向是這麼霸道。」

「我說過沒關係，你回座位去。」我的聲音很木。

她只好走回去坐下。

我攤開書本，一個字看不進。

我不明白為什麼我還在外頭工作，為什麼我還——我抬起頭，不用訴苦發牢騷，如果這是我生活的一部份，我必須若無其事的接受現實，正如我跟十六歲的何掌珠說：生活充滿了失望。

放學我收拾桌子上的簿子，蘭心過來悄悄問：「老校對你說些什麼？」

「加我薪水，娶我做姨太太。」

「別開玩笑，翹，」她埋怨我，「翹，你吃虧就在你的嘴巴，你太直爽。」

「我直爽？我才不直爽，我只是脾氣不好。」我吐口氣，照說磨了這些年，也應該圓滑，但我還是這般百折不撓，不曉得為啥。我說：「神經病，我神經有毛病。」

「別氣，翹，大不了不教。」蘭心說。

我說：「不教？誰替我付房租？」我捧起簿子。「你還不走？」

「我有事。」

大概是約了淩奕凱。

我走到樓下停車場，看到淩奕凱站在那裏。

「你等誰？」我詫異，「蘭心還在樓上。」我說。

「等你，想搭你順風車。」

「可是蘭心——」我還在說。

「蘭心又不止我一個男朋友。」他笑笑，「你以為她只與我一個人上街？」

「男朋友多也很累的。」我開車門。

他上車。「她精力充沛。」

「她喜歡你。」

「她有什麼不喜歡的？」凌奕凱反問。

我不想再搭訕，批評人家的男朋友或是女朋友是最不智行為，人家雨過天晴，恩愛如初的時候，我可不想做罪人。

「要不要喝杯東西？」他問我。

他倒提醒了我，家中還有一瓶好拔蘭地，回家喝一點，解解悶也好。

我說：「我自己回家喝。」

「我能不能到你家來？」凌奕凱問。

我問：「你上哪兒去？」

「為什麼拒人千里？」他問。

「老實告訴你，」我冷冷的說：「我不想公寓變成眾人的休息室，你要是有心陪我散悶，帶我到別處去。」

凌奕凱受到搶白，臉上不自然。好不容易恢復的信心又崩潰下來。

「上哪兒？」我問。

他說出地址，過一會兒又問：「你想到哪兒去？」

「我想去的地方你負擔不起，」我說：「省省吧。」

他生氣，「翹，你太看不起人！你真有點心理變態，彷彿存心跟男人過不去。」

我訕笑，「你算男人？卅七塊五毛的賬都要女人付，你算男人？再說，我與你過不去，不一定是跟全世界的男人過不去。」我把一口惡氣全出在他頭上。

「請你在前面停車。」他氣得臉色蠟黃。

「很樂意。」我立刻停下了車來。

他匆匆下車，我提醒他：「人必自侮，然後人侮之。」

他奔過馬路，去了。

我關上車門再開動車子。被涼風一吹，頭腦清楚一點，有點後悔，淩奕凱是什麼東西，我何必喜他憎他，就算是張佑森，也不用與他說太多，小時候熟落，長大後志趣不一樣，索性斬斷關係也是好的。

這樣一想，心情明朗起來，我還可以損失什麼呢？一無所有的人。

第二天回學校，在大門就有人叫我，「翹！翹！」

我轉頭，原來是張太太，我們同事，在會計部做事的。

「度假回來？」我向她點點頭。

她放了兩個禮拜的假。大概到菲律賓印尼這種地方去兜過一趟。

「可不是，才走開兩個星期，就錯過不少新聞，」她擠眉弄眼的說：「趙蘭心與凌奕凱好起來了，聽說你也有份與他們談三角戀愛？」

我沉下臉，「張太太，說話請你放尊重點。」

「喲，翹！何必生這麼大氣，當着你面說不好過背着你說？」她還笑。

我冷笑，「我情願你背着我說，我聽不見，沒關係。」

「也沒見過你這樣的人。」她訕訕地說。

「我也沒見過你這樣的人，」我回敬她，「自己有事還管不好，倒有空理人家閒事。」

她氣結地站在那裏不能動，我是故意跟她作對，刺激她，她丈夫兩年前跟另外一個女人跑得無影無蹤，難得她尚有興趣在呼天搶地的當面說是非。

這幾天我脾氣是不好。我自己知道。

到教員室，我那張桌子上放着一盒鮮花。

我呆住了，捧起大紙盒，裏面端端正正躺着兩打淡黃玫瑰花。

是我的？

校工放下茶壺過來，「林小姐，有人送花給你。」

我找卡片，沒找着，是誰送來的？

全教員室投來艷羨詫異與帶點妒意的眼光。

我知道不會是張佑森。狗口永遠長不出象牙來，人一轉性會要死的。這種紐西蘭玫瑰花他恐怕連見都沒見過，買四隻橙拎着紙袋上來才是他的作風。

凌奕凱？他還等女人送花給他呢！他也不捨得的。

想半日，身邊都是些牛鬼蛇神，也猜不到是什麼人。放學我把花帶回家，插在水晶瓶子中，看很久。

誰說送花俗？我不覺得。

晚上我對着芬芳的玫瑰直至深夜，忽然之間心境平靜下來。做人哪兒有分分秒秒開心的事，做人別太認真才好。

於是這樣又過一日，第二天校長叫校役拿來一張字條，說有人在會客室等我，那人是何德璋，何掌珠父親，東窗事發了。

我整整衣服，推門進會客室。

老校長迎上來，他說：「我替你們介紹，這是林展翹小姐，我們中五的班主任，這位是何德璋先生。」他介紹完像逃難的逃出房間。

我閒閒的看着何德璋，這是我第一次見他。有四十六七年紀，兩鬢略白，嘴唇閉得很緊，雙目炯炯有神，不怒而威，身材適中，衣着考究而不耀眼，比起貝文祺，他似乎更有威儀。

我倒未想到掌珠的父親是這一號人物，惡感頓時去掉一半，單看外表，他不可能是一個不講道理的人。

「早。」我說。

他打量我。自西裝馬甲袋中取出掛錶看時間。

他說：「林小姐，我是一個忙人。」

我說：「何先生，我也不是個閒人。」

「很好，」他點點頭，聲音很堅決很生硬，「適才我與校長談過，我決定替掌珠轉班。」

「那不可能，我們這間學校很勢利，一向按學生的成績編班數，掌珠分數很高，一定是在我這班。」

「那麼你轉班，」他蠻不講理，「我不願意掌珠跟着你做學生。」

我笑，「何先生，你幹嗎不憎懟我，把這間學校封閉？你的權勢恐怕沒有這麼大？杜月笙時代早已過去，你看開點，大不了我不吃這碗飯，你跟校長商量商量，捐座校舍給他，他說不定就辭掉我。」

何德璋瞪大眼睛，看牢我，詫異與憤怒融於一色。

「嗨，沒猜到一個小教師也這麼牙尖嘴利吧。不，我不怕你，何先生，因為我沒有對掌珠說過任何違背良心的話。」

「不，林小姐，你煽動我女兒與我之間的感情，什麼叫做『你父親的家不是你的家』？」

我說：「請把手按在你的心臟上，何先生，難道你認為你可以跟着令嫒一生一世？你的家怎可以是她的家？」

「謝謝你的關心！」他怒說：「我死的時候會把我的家給她——」

「那麼直到該日，那座房子才是她的家。」我提高聲音，「你們這些人為什麼不能接受事實呢？」

「掌珠還太年輕！」他咆哮。

「那麼你承認我說的都是事實，只不過你認為掌珠還太年輕，還能瞞她一陣。」

何德璋拍一下桌子，「我從沒見過像你這般的教師！」

「時代轉變了，年輕人一日比一日聰明，何先生，你怎麼還搞不清楚？」

「跟你說不清楚——」

「爹爹——」掌珠推門進來。

「你怎麼不上課？」何德璋勉強平息怒氣，「你來這裏幹什麼？」

「爹爹，你怎來尋蜜絲林麻煩？這與蜜絲林有什麼關係？事情鬧得這麼大，校方對我的印象也不好。」掌珠指責她父親。

「哼！」何德璋的眼光落在我身上，「她敢故意把你分數打低？」

我搖搖頭。跟他說話是多餘的，他是條自以為是的牛，一個蠻人。

我忍不住人身攻擊他，「何先生，像你這樣的男人居然有機會結婚，珍惜這個機會，我無暇與你多說。」我拉開會客室的房間往校長室走去。老校長問我：「怎麼了？」他自座位間站起來。

我攤攤手，「你開除我吧，我沒有唸過公共關係系。」

「翹——」

我揚揚手，「不必分辯，我不再願意提起這件事，校長，你的立場不穩，隨便容許家長放肆，現在只有兩條路，如果你要我留下來，別再提何德璋，如果無法圓滿解決這件事，那麼請我走路，我不會為難你。」

說完我平靜地回課室去教書。

勃魯克斯的《水仙頌》。

（勃魯克斯是美男子。只有長得好的男人才配做詩人。）

也有些人教書四十年的，從來沒碰上什麼麻煩，偏偏是我惹事，性格造成命運。

而實在我是好意勸導何掌珠，何德璋不領情，上演狗咬呂洞賓，是他的錯。

放學時掌珠等我。「蜜絲林，是我不好。」

我聳聳肩。

「我爹爹，他是個孤僻的人。」

「你不用替他道歉，他如果知錯，他自己會來跟我說。」

「校長那裏，」掌珠忐忑不安的，「沒問題吧。」

我看看掌珠，「無疑地你長得像母親，否則那麼可惡的父親不會有如此可愛的女兒啦。」我笑着說。

掌珠笑。

「回家吧，司機在等你，我不會有事，」我向她擠擠眼睛，「決無生命危險。」

「蜜絲林——」

「聽我話，回去。」我拍拍她肩膀。

她臉上表示極度的歉意，這個小女孩子。

我開車回家，才進門就聽見電話鈴響，我很怕在家聽電話，那些人滔滔不絕的說下去，沒完沒了。

我拿起話筒，一邊脱鞋子，那邊是蘭心。

她說：「今天一直沒找到你。」

「有話請說。有屁請放。」

「我要宣佈你十大罪狀。」

「欲加之罪，何患無詞。」我說。

「翹，你最近是瘋了是不是？每個人你都藉故大吵一頓。半路把奕凱趕下車不說，你怎麼跟老校長都鬥起來？」

「你打這個電話，是為我好？」我問。

「當然是為你好。」

「不敢當。」我諷刺地。

「你這個老姑婆。」她罵。

「沒法子，更年期的女人難免有點怪毛病，對不？」

「翹？你別這樣好不好，老太太，你丟了飯碗怎麼辦？」

「再找。」

「算了吧你，老闆與你到底怎麼了？其實你只要一聲道歉，什麼事都沒有。」

「我又沒錯，幹嗎道歉？」

「你還七歲？倔強得要死，形勢比人強的時候，委曲點有什麼關係？」

「你是俊傑，我是庸才。」

她生氣了，「翹，你再這樣嬉笑怒罵的，我以後不跟你打招呼！」

我歎口氣，「你出來吧，我請你吃晚飯。」

「我上你家來。」她掛電話。

半小時後蘭心上門來按鈴。她說：「我真喜歡你這小公寓，多舒服，一個人住。」

我問：「喝什麼？」

「清茶，謝謝。」

「三分鐘就好。」我在廚房張羅。

「你最近心情不好？」她問。

「是。」我答。

「我倒想請教你一些問題，譬如說：凌奕凱這個人怎麼樣？」

「不置評論。」

「你這個人！」她不悅。

我端茶出客廳。「女朋友的男朋友，與我沒有關係。」

「可是你覺得他這人如何？」

「他為人如何，與我沒關係。」我再三強調。

「你算是君子作風？閒談不說人非？」

「他為人如何，你心中有數。」我說。

「我就是覺得他不大牢靠。」蘭心坐下來歎口氣。

我微笑。這種男人，還不一腳踢出去，還拿他來談論，豈非多餘？

「我知道你一向不喜歡他。」

「你也應該知道我對人一向冷淡。」我說。

蘭心聳聳肩，「還是吊着他再說吧，反正沒吃虧。」

「說的是。」我說：「吊滿了等臭掉爛掉才扔。」

她喝一口茶。「依我說，你別跟老校長吵，沒好處。這份工作再雞肋一點，也還養活你這麼多年，你瞧這公寓，自成一閣，多麼舒服。」

蘭心這女孩子，就是這一點懂事，因此還可以做個朋友，她把生活看得很透徹，沒有幼稚的幻想。

「沒有事，」我說：「他不會把我開除，你少緊張。」

「何掌珠這女孩子也夠可惡的。」蘭心說：「她老子是個怎麼樣的人？」

「很……」我說：「我對他沒有什麼印象，他為人固執，事情對他不利，他自己不悅。」

「既然如此，不如小事化無。」蘭心說：「你是明白人。」

我沉默。

「或者嫁人。你到底想嫁怎麼樣的人？」蘭心問：「你不是認識好些醫生律師？」

我笑：「牙醫也是醫生。辦分居的也是律師，看你的選擇如何。」

蘭心不服氣，「你再也不能算是小公主了吧？」

我仍然笑。「『對先生』還沒出現，沒奈何，只好再等。」

「你已經老了。」她刺激我。

「可不是。」我説道。這是事實。

「你彷彿不緊張。」蘭心説。

「我就算緊張，也不能讓你知道。」我説。

「你心目中有沒有喜歡的男人？」

有，像貝文祺，男人最重要是讓女人舒服。有些男人令女人緊張：不知道化妝有沒有糊掉、衣服是否合適，笑聲會不會太多。但貝文祺令我鬆弛。只是我的宗旨是從不惹有婦之夫。

我做好三文治，大家吃過，躺着看電視。

她說她想搬出來住。

我勸她不可。房租太貴，除非收入超過六千元，否則連最起碼的單位都租不起，為這個問題談很久。時間晚了，她自己叫車子回家。

第二天，桌面又放着玫瑰花。

蘭心問：「誰送的？你家那束還沒謝，這束送我吧。」

「拿去。」我說。

她笑：「多謝多謝。」

會是誰呢？這麼破費。

何掌珠進來跟我說：「我父親要替我轉校。」

我說：「唸得好好的——」沒料到有這一招，覺得很乏味。都這麼大年紀了，還鬧意氣，把一個小女孩子當磨心。

我歎口氣，或者我應該退一步。

我問：「你父親是不是要我跟他道歉？」

「我不知道。」掌珠說。

「我來問你，在哪裏可以找到他？他的電話號碼是什麼？」我拿起話筒。

掌珠說了一個號碼，我把電話撥通。何德璋的女秘書來接電話。

「哪一位？」

「我姓林，是他女兒的教師。」

「請等一等。」

電話隔很久才接通。

何德璋的聲音傳過來，「林小姐，我在開會，很忙，你有什麼話趕快說。」

「你為什麼不在××日報刊登啓事，告訴全港九人士你很忙？」我忍不住，仍然是冷峻的。

「有沒有人告訴過你，你這個人老土得要死？只有那麼一句例牌開場白。」

他驚住半分鐘之久，然後問：「你到底有什麼事？」很粗暴，「否則我要掛電話了。」

「掌珠說你要為她轉校，如果是為我，不必了，我下午遞辭職信，她在本校唸得好好的，明年可以畢業，謹此通知。」

他又一陣沉默。

「再見，何先生。」我掛上電話。

何掌珠在一旁急得很，「蜜絲林你——」

「叫我翹，」我拍拍她的手背，「我自由了，誰在乎這份工作！」我轉頭過去，「蘭心，明天如果還有人送花來，你可以照單全收。如果樓下會計部的張太問起我為何辭職，你轉告她，我在三角桃色案件中輸了一仗，無面目見江東父老，只好回家韜光養晦去！」

蘭心變色道：「翹，你發神經。」

「我現在就回家。」我把所有的書與簿子倒進一隻大紙袋裏。蘭心走過來按住我的手，「千萬別衝動。」

「我不會餓死。我痛恨這份工作。我痛恨所有的工作，我需要休息，我要到卡曼都夫好好吸一陣大麻。」我說。

「蜜絲林——」掌珠在一邊哭起來。

我說：「我回家了。蘭心，你好言安慰這小女孩，跟老校長說我會補還信件給他，一切依足規矩。」

我抽起紙袋，揚揚灑灑的下樓去。

凌奕凱追上來，「翹！」

「什麼事？」我揚起頭。

「你就這樣走了？」他問。

「是。」我說：「不帶走一片雲彩。」

「你是真的？」

「真的。我愁面苦惱的賺了錢來，愁面苦惱的花了去，有什麼樂趣？」我用張愛玲的句子。

「你太驕傲，翹。」

「我一直是，你不必提醒我。」我轉頭走。

他追上來幫我挽那隻紙袋，我們一直走到停車場去。「你不生我氣？」我問他。

「你一直是那樣子，你跟自己都作對，莫説旁人。」

他這話傷到我痛處，我説：「你們這種人是不會明白的。」

「我明白，當然我明白，正如你説，翹，這是一個真實的世界，你不過是一個普通的女人，你老把自己當沒落貴族，誤墮風塵，翹，你以這種態度活下去，永遠不會快樂。」

我説：「我的快樂是我自己的事。」

「你真固執如驢。」

我上車。

「翹，你把門戶開放好不好？」他倚在車上跟我説。

「我不需要任何幫忙。」我發動引擎，「至少你幫不上忙。」

「你侮辱我之後是否得到極度的滿足？」

「人必自侮，然後人侮之。」我還是那句話，把車子「呼」的一聲開出去。

他來教訓我。他憑什麼教訓我，他是誰。

單是避開他也應該辭職，他還想做白馬王子打救我。

回家我寫好一封詞文並茂的辭職信，不過是說家中最近有事，忙得不可開交，故此要辭去工作云云。我掛號寄了出去，順手帶一份南華早報回來。

母親說：「工作要熬長呵。」

她喜歡說道理，她知道什麼。一輩子除了躺床上生孩子就是擱廚房煮飯。可是她喜歡說人生大道理：「這份工作好，薪水高，夠好了，工作要熬長，要好好做，總有出頭。」然後把我給她的鈔票往抽屜裏塞。每次我拿錢去她從不客氣，大陸的親戚寫信來噓她，她不是不知道，什麼是真，什麼是假。買了計數機、收音機，打包裏寄上去。反正她的錢也來得容易，也不是賺回來的，樂得做好人，哄上頭的人跟她寫信寄相片。

她打電話來，「你辭了職！」老母幾乎哭了出來。

「你放心，找工作很快的。」

「唉，你這個人是不會好的了——」

我把電話放下來，不想再聽下去。

我獨個兒坐在客廳中，燃着一支煙。黃色的玫瑰給我無限的安慰。

這個人到底是誰，在這種要緊關頭給我這個幫忙。晚上我緩緩的吃三文治，一邊把聘人廣告圈起來，那夜我用打字機寫好很多應徵信。

或者我應該上一次歐洲。我想念楓丹白露島。想念新鮮空氣，想念清秀的面孔。

第二天我睡到心滿意足才睜開眼睛。做人不負責倒是很自在，我為自己煑了一大鍋麵，取出早報，把副刊的小說全部看一遍。女作家們照例在副刊上申訴她們家中發生的瑣事，在報紙的一角上她們終於找到自我。

玫瑰謝了。

我惋惜把另外一束送了給蘭心。

門鈴叮噹一聲。我去開門。

「小姐，收花。」

「花？」

門外的人遞上一盒玫瑰。我叫住他。

「誰叫你送來的？」我問。

「我不知道，花店給我的『柯打』。」他說。

我給他十元小費，把花接進來，仍然是沒有卡片，既然他不要我知道他是誰，我就不必去調查了。

我把花插進瓶子，自嘲地大聲說：「好，至少有人送花給我！」

電話鈴響，我去接聽。

「花收到了？」那邊問。

「你怎麼知道我不教書了？」我問。

「很容易打聽到。」那邊說：「你因三角戀愛失敗，故此在家修煉。」

「正是。」我說：「喂，謝謝你的花。」

「不必客氣。」

我忽然想起來，「喂，你是誰？喂！」

他已經掛斷電話。我目瞪口呆，天下有我這麼神經的人，就有這個神經的他。到底是誰，電話都通過，仍然不知道他是誰。

但花是美麗的，我吹着口哨。電話鈴又響。

「喂，你——」我開口就被打斷。

「翹，你這神經病，你真的不幹了？」蘭心的聲音。

「的確是。」我說：「我有積蓄，你們放心好不好？有什麼道理要我不住的安慰你們？應該你們來安慰我！」

蘭心歎口氣，「也好，你也夠累的。」

我沉默十秒鐘，「謝謝你，蘭心。」

「我們有空再聯絡。」

「張太太可好？她的長舌有沒有掉下來？」我問。

「舌頭沒有，下巴有。她要來看你哩。」蘭心說。

「媽噯。」我呻吟，「我又不是患絕症。」

蘭心冷笑，「這年頭失業比患絕症還可怕，有人肯來瞧你，真算熱心的，你別不識好人心。」

「我明白，完了沒有？」我反問。

她「嗒」一聲掛掉電話。

電話鈴又響。我問：「又是誰？」

「我，媚。你辭職了？」

「是。」

「我也剛辭職。」媚在電話那邊說。

「為什麼？」我問。

「有人照住我。」她說：「找到戶頭，休息一下再度奮鬥。」

「你什麼時候做的一女一樓？」我問。

「狗口長不出象牙來。」她說。

「他是個怎麼樣的人？」

「馬馬虎虎，對我還不錯就是。」

「為什麼不結婚？」

「他不能娶我。」

「呵，家裏不贊成，環境不允許，他有苦衷，他有原委——他不愛你。」

「他並沒有說他愛我，從沒有。是我覺得他很喜歡我，這還不夠？我要求一向不高，他有妻室。」

「媚，這種故事我聽過許多次，你真笨。」我反對，「他回家他又是一個正人君子，在你面前都有訴不完的衷情。」

她只是笑。「你呢？辭職後有什麼計劃？找新工作？」

本來有點精神萎靡，現在聽見有媚跟我一起孵豆芽，心情好轉。我們可以到惠記去把碎鑽重鑲，又可以到國貨公司去看舊白玉小件。但內心深處，我情願身在課室中，解釋on the top 與at the top、on to 與onto的分別。誰不喜歡有一份工作，寄託精神，好過魂遊四方。

「我寫信去應徵好幾份工作，不知有沒有機會成功。」

「好了，我們今天晚上吃飯。」她說：「我來你家，八點。」

她掛電話沒多久，鈴聲又響起來。

這回是老校長。「翹！」

我不敢出聲。

「翹，你想，我認識你多久了，我初見你那時，你何嘗不是同掌珠那麼大？

我放你兩星期病假，假後你乖乖的回來教書！」

「是！」我忽然感動了。

他歎口氣，「不看在你是個負責任的教師，我真隨得你鬧——家中有事，什麼事？」

校長收到我的辭職信了。「你家有什麼人我全知道。」

我良心發現。「那麼這兩個星期誰教這兩班會考班？」

「我來教，怎麼辦？」他無奈的說。

「這——這不好意思。」

「你放心，暑假你回來幫我編時間表。」

「不公平，去年也是我編的。」我抗議，「天天回學校，我只放了一半假期。」

「誰叫你老請『病假』。」老校長狡猾的說。

「好好好。」我掛了電話。

鈴聲又響。嘩一個早上七千個電話，忽然之間我飄飄然起來，取過話筒。

「請林小姐。」

「我是林小姐，哪一位？」

「林小姐，我姓何——」

我忽然忍不住大笑起來，「我知道，哈哈哈，你姓何，你是一個很忙的人。」我體內的滑稽細胞全部發作，笑得前仰後合。

原來有這麼多人關心我，不到緊急關頭可不會知道，當浮一大白。

何德璋在那邊一定被我笑得臉色發白。

「林小姐，」他說：「聽說你辭了職。」

「何先生，一切是你隻手造成，我是個獨身女人，生活全靠這份卑微的收入，何先生，壞人衣食，如同殺人父母，你也聽過這兩句話吧。」

「林小姐，這種後果，我始料未及。」他說：「我無意逼你辭職，請你相信我。」什麼？他有歉意？我倒呆住了。

「掌珠現在跟我說，她決不轉校，林小姐，的確是小女錯在先，她不該把家事出外宣揚。影响到你生計問題，實在太嚴重。」

我不置信，我問：「你確是何德璋先生？」

「是，林小姐。」

像換了一個人似的。

「掌珠說你今天沒回學校，我想我們或者可以一起午餐商量商量，如果一切像沒發生過——」

「為什麼你希望一切都沒發生過？」我反問。

「那麼你可以再回學校教書。掌珠跟我說，」何德璋咳嗽一聲，「你生活全靠自己一雙手與這份工作，我覺得我很過份，我沒想到這一層。」

我冷冷的說：「不見得何先生你會天真得認為億萬富翁有女志在教育工作吧。」

「我們杯酒釋嫌吧，林小姐。」

「何先生，我對成語的運用沒你熟，飯我不吃了，校方如果留我，我再回去就是。」

「這也好，」他沉吟，「校方有沒有與你接觸？」

「我相信會的。」我有點不耐煩。

「林小姐，你是單身女子，我家中事很複雜，你不會明白，這次把你無端牽涉在內，我向你致歉。」

「不必客氣。」

何德璋長長歎口氣。「男人要獨自養大一個十六歲的女兒，不是易事，林小姐，你多多包涵。」他掛上電話。

我獨自坐在沙發上，嗅着玫瑰的香氣，吉人天相，逢凶化吉，這一場風波帶來兩星期假期以便我下台。但何德璋最後的感慨使我同情他。

何掌珠告訴過我她母親早逝。足可以想像得到何德璋父兼母職，確不是易事。

電話鈴又響。我的手碰到話筒，話筒是暖和的——捏在手中太久了。

「誰？」我問。

「蜜絲林？我是何掌珠。」

「掌珠，你好嗎？」

「蜜絲林，我可以來看你嗎？」她問。

「不可以，因為你現在要上課。」我說。

「我可以請假。」

「不行。」我說。

「我爹爹有沒有跟你道歉？他也很後悔，他沒想到你真會為我辭職，他很感動，不料有人真為他女兒犧牲。」

「我什麼也沒犧牲，你們這班猢猻聽着，過兩個星期我就再回來，校長代課的時候你們要聽話。」

掌珠歡呼起來。「我放學來看你。」她說。

「放學我有約會。」我說：「你不必來看我，今早我聽了幾百個電話，掌珠，我累，你好好的上課，知道沒有？」

她答應，並且很快掛斷電話。

公寓寂靜一片。只餘玫瑰花香。

我覺得平安。

我在世界上這一仗已經打輸了，不如輸得大方文雅一點。

電話又響，我不再接聽，我倒在床上休息，沒一會兒便睡着了。夢中門鈴響完又響，響完又響。醒後發覺門鈴真的在響，我去開門。

「媚。」我說：「你？」我開門給她。

「我早來了，對不起。」她看上去容光煥發。

「真是佛要金裝，人要衣裝。」我上下打量她，「整個人光鮮起來囉，怎麼，拿多少錢家用一個月？」

「他沒有錢。」她說：「別死相。」

「哦，那麼是愛情的滋潤。」我笑。

「我給你看一樣東西，你瞧好不好？」她自手袋中取出一隻盒子打開，取出一條K金的袋錶鏈子，登希路牌子。

我說：「真肯下本錢，現在這K金不便宜。」

「三千七百多。」她說：「還好。」

「你三個星期的薪水。」我說：「人家等男朋友送，你送給男朋友，這人又還是別人的丈夫，這筆賬怎麼算，我不明白。但是很明顯你並不是會計人材。」

她把錶鏈收好。把笑容也收好。「你不會明白的。」

我明白。花得起，有得花，又花得開心，何樂而不為之，我們都不是吝嗇的人。

「你快樂？」我問。

媚仰起頭，顯出秀麗的側面輪廓。「我不知道。至少我心中有個寄託。昨晨我做夢，身體彷彿回到很久之前，在外國孤身作戰，徬徨無依，一覺驚醒，衝口叫出來的是他的名字——你明白嗎，翹？」

「我明白。」我說。

我真的明白，我不是故作同情狀。

「他會不會離婚？」我問。

「我不會嫁他。」她斷然說：「這跟婚姻無關。」

「你的感情可以昇華到這種地步？」我問。

「每個人都可以，視環境而定。」

我們坐下。我取出一包銀器與洗銀水，慢慢的一件件拭抹，媚幫着我。

我向她微笑。

電話鈴響。

媚向我擠擠眼，搶着聽。

「不——我是她的傭人。是，她在，貴姓？貝？」她笑，「請等一等。」

我罵：「裝神弄鬼。」搶過話筒，「喂？」

「我忘了跟你說，我姓貝。」

我問：「你為什麼送花給我？」我認出他的聲音，很吃驚。

他沉吟半晌。「我不知道。表示好意。」

「你是——貝文祺先生？」我只認識一個姓貝的人。

「是。」

「你是個有妻室的人。」我說道。

「有妻室的人幾乎連呼吸也是犯罪，是不是？」

「照說應與妻子同時吸進氧氣，然後同時呼出碳氣。」

「很幽默。」他說。

「謝謝你的花。」我說。

「你好嗎？」他問。

「心情很壞，發生很多有怨無路訴，啞子吃黃連故事，幸虧每日收鮮花一大束，略添情趣。」

「這是我的殊榮。」他說。

媚在旁扯着我的手不住的偷聽，我又得推開她，又得回話，頭大如斗。

「你有沒有企圖？」我問。

「企圖？當然有，」他笑，「你想想，翹，一個男人送花給一個女人，他有什麼企圖？」

「約會？」我問：「面對面喝一杯橘子水？到的士可跳舞？你在開玩笑吧……」

他沉默一會兒，然後問：「為什麼？因為你我都太老了？」

「不。」我說。

「那是為什麼？」他問。

這時媚靜靜地伏在我肩膀上聽我們的對白。

「因為你屬於別的女人，而我一向過慣獨門獨戶的生活，我不想與任何人分享任何東西。」

「說得好！」

「對不起，貝先生，經驗告訴我，一杯橘子水會引起很多煩惱。」

「可是你很喜歡那些花——」他分辯。

「沒有任何事是不必付出代價的，」我心平氣和的說：「將來我總得為這些花痛哭，你不必再送了。」

「鐵腕政策？」

「讓我說，」我謙虛，「我把自己保護得很好。」

「你對我無好感？」他問。

「相反地，貝先生，如果你沒有妻室，我會來不及的跟你跳舞吃喝看電影。」我說：「你離婚後才可以開始新生命，否則我想甘冒風險的女人很少，你太太那身材是我的雙倍，如果我給她機會摑我一掌，我會非常後悔，相信你明白。」

他說：「我原本以為你的口才只運用在張佑森君身上。」

「我一視同仁。」

「那麼我不打擾你了，再見。」

「再見，貝先生。」我放下電話。

媚問：「為什麼？」

為什麼？我微笑。趁現在不癢不痛的時候可以隨時放下電話；如果不放，那就非得等到痛苦失措的時候，想放都不捨得放。

我好好的一個人，幹嗎要做別人的插曲。

媚歎口氣，「好，我曉得人各有志。」

「你曉得便好。」我說。

「我們吃飯去。」她說。

我取過車匙。

「你一定要明媒正娶才肯跟一個男人？」媚問道。

「倒也不見得。」我說道：「我只是不想痛苦。」

媚低頭笑。

我閒蕩兩星期後回學校。

我改變態度做人，原來工作不外是混飯吃，一切別往心裏擱，無關痛癢的事少理少聽少講。反正已經賭輸了，即使不能輸得雍容，至少輸得緘默。我只做好自己的工作，做完就走，回到家中，我又是另外一個人。

教書我只說課本內的事，經過這次教訓，做人完全變了，既然學校的要求止於此，我就做這些，何必費心費力理不相干的事。

我連話都懶說，態度忽然平和，既然事不關己，也沒有什麼喜怒哀樂，常常帶個微笑。最吃驚的是蘭心。

蘭心跟我說：「翹，你是怎麼了？這次回來，你像萬念俱灰，怎麼回事？」

「千萬別這麼說，」我一本正經改正她，「什麼灰不灰的，別叫我老闆誤會，降我的級，失節事小，失業事大，房東等着我交租金的，知道嗎？」

「翹，你以前口氣不是這樣的！」

「以前我錯了。」我簡單的說道。

以前我確是錯了，做人不是這麼做的，以前我簡直在打仗，豈是教書。淩奕凱冷眼旁觀，不置可否，別的同事根本與我談不攏，也不知底細。

至於老闆，走到哪裏我都避着他，他也知道我避着他，大家心裏明白。

我並沒有退掉家中的南華早報。以前我真想致力教育，盡我所知，盡所能灌輸給最易吸收知識的孩子們。既然環境不允許，別人能混，我為什麼不能混？混飯吃難道還需要天才不成。

可是身為教書先生，混着有點於心有虧，既然天下烏鴉一般黑，我心底想轉行的念頭像積克的荳莖一般滋長，我的思想終於搞通了。

學生們都察覺我不再賣力，下課便走，有什麼問題，是功課上的，叫他們去問分數高的同學，私人的難題恕不作答。

掌珠說：「蜜絲林，你好像變了。」

我淡淡的問道：「誰說的？」並不願意與她多講。

我不是厭惡她，也不對她的父親有反感，只是我那滿腔熱誠逃得影蹤全無，我只關心月底發出來的薪水，因為這份薪水並不差，因為我生活靠這份薪水過得頂優悠，我把注意力放在歐洲廿日遊、雨花台石卵、艾蓮寇秀店裏的水晶瓶子，等等。這些美麗的物質都可以帶來一點點快樂。一點點快樂總好過沒有快樂。

師生之間要保持適當的距離，師生之間與任何人一樣，誰也不對誰負任何責任。

張佑森沒有打電話來。他終於放棄了。我不是沒有愧意，想找他出來談談，又想不出有啥子可以說，很難辦，與他說話講不通。我開車接送他到處玩，沒興趣。讓他坐在公寓中，我又不耐煩服侍他。

當然可以嫁給他。他會對我好？說不定若干時日後陰溝裏翻船，誰可以保證說：這人老實，嫁他一輩子他也不會出花樣。逃不掉的男人多數是最乏味的男人，乏味的男人也不一定是乖男人，張佑森的腦袋裏想些什麼，我從來沒知道過，我不敢嫁他。

既然如此，熄了的火頭就不必你去點着它。

張佑森這三個字被擦掉了。

貝文祺。我沉吟，人家的丈夫。他的妻子太胖太囂張太張牙舞爪，不然也還可以考慮一下。如果她是個溫文的女子，纖細帶哀愁的則不妨，萬一爭執起來，還有個逃生的機會。

我不知道這個貝太太在家中的是否與寫字樓中一般無異，如果沒有不同之處，貝文祺怎麼忍受她若干年。她肚子上的那些圈圈士啤呔，簡直像日夜套着幾個救生圈做人，真虧她的，還穿得那麼美，那麼考究，首飾聽說一套套的換。

媚說：「人要胖起來有什麼法子？」

「別吃。那還不容易。」

「不是人人像你那麼狠心刻薄自己。」

那倒是，傭人餐餐三菜一湯的擺出來，太難瘦。

我說道：「我還是不明白人怎麼會到那個程度。」

媚笑說：「何必多問，最威風的還不是你，人家的丈夫送花給你。」

「他有企圖。」我打個呵欠，「難道現在他還送不成？」

沒見花很久很久了。

「有啥新聞沒有？」我問。

「沒有。」

「你的戀愛生活呢？」

「如常。」媚似乎不願多說。

我的教書生涯如舊，學生與我都活在時光隧道內，日復一日，在狄更斯與勞倫斯之間找尋真理，希臘神話是他們生活中最有機會認識人性的時候。

以前我連暗瘡治療法都教授在內，差點沒做婦女雜誌信箱主持人，現在什麼都不管。

何掌珠說：「我父親結果並沒有娶那個女人。」

我抬抬眼睛，真意外。

我實在忍不住：「為什麼？」

「他覺得她不適合他。」

「在決定結婚以後？」

「是的，她只想要他的錢，她另外有情人。」掌珠說：「爹爹很生氣，跑到紐約去了。」

「現在在家裏只剩你一個人？」

她聳聳肩，説道：「一直都是我一個人。」很無所謂。

「那位女士——」我還是忍住了，掌珠只是我的學生，不是我的朋友。

「她是一個歌星。」

我忍不住笑出來。

「現在你知道我努力反對的原因了？」掌珠問道。

「也不是道理，你父親要是喜歡……何必替他不值。」

「蜜絲林，你對我疏遠了是不是？」她問：「你對我們都疏遠了，你心中氣我們是不是？」

人活着多少得受點兒氣。誰不氣。不然哪兒有人胃潰瘍。

我現在什麼都獨立，經濟、精神，想想都開心。「開心？」

我沒有恐懼。

我對何掌珠打起官腔，「想想你的功課，你現在除了致力於功課，實在不應再另外分心。」

「爹也是這麼說。」

「你現在快樂了？」我取笑她。

她掩不住笑，「自然。但蜜絲林，我老覺得你的功勞最大。」

「什麼功勞？拆散人家的姻緣？」我笑問。

星期六下午，獨自在看電視，門鈴響了。在這種時間有人按鈴，一定是媚，大概是她開車出來逛，逛得無聊，上來看看我。

我摩拳擦掌的去開門，打算吃她帶上來的水果，她從不空手上來。

門一打開，是個陌生女人。

「這是廿八號十二樓。」我說：「A座。」

「姓林的是不是？」她問。台灣廣東話。

我對台灣女人不是有偏見，而是根本覺得她們是另一種生物，無法交通。

「是。」我說國語。

她也改用國語，「你會說國語？太好了。」

我淡淡的說：「我的國語比你講得好。」

她忽然搶着說：「我也讀過大學。」

我失笑，「我甚至不認識你，而且，不打算開門給你，你有沒唸過大學，關我什麼事？」

「可是你認識何德璋，是不是？」她問。

「是。我見過他數次。」我說。

「我警告你，你別旨意會在我手中搶過去！」

「搶誰？何德璋？」我瞪目。

「你當心，我在香港很有一點勢力！」

「哦，真的？港督是你乾爹？你常坐首席檢察官的車子？」我笑。

「你當心一點！」她嘭嘭的敲着鐵門。

「貴姓大名？」我問她。

「錢玲玲。」她說：「怎麼樣？」

「好的，警察會找你談話。」我動手關門。

「喂喂喂——」錢玲玲急起來。

我說：「你犯了恐嚇罪，我是香港居民，並且是納税人，你回去想仔細點，我不但國語説得比你好，將來上法庭見面，英文也肯定説得比你好。」

我關上門，拿起電話，撥一〇八，詢問附近的警察局號碼。

門鈴又響起來。我知道是那個女人。我撥了警局號碼，簡單地説明門外有人騷擾我，叫他們派人來，我拿着話筒叫他們聽門外瘋狂的按鈴聲。

我很冷靜。

不多久警察便來了，他們在門外説：「請開門，小姐。」

我開了門，那個姓錢的女人進退兩難，夾在警察當中青白着面孔。禍福無門，唯人自招。

我跟警察返警局落案，要求保護，把故事由始至末説一遍，取出我的身份證明書。

「我是中學教師。」我説。

那歌女堅持說：「可是我未婚夫的女兒告訴我，她父親的新愛人是她！」她用手指着我。

警察說：「小姐，無論怎麼樣，你不能夠到任何私人住宅去按鈴，指名恐嚇，如果對方身體或精神受到傷害，你會被起訴。」

錢玲玲嚇得什麼似的。

我說：「我想請你們把何家的人傳來問問話，這件事跟我的名譽有莫大的影響。」

「是。」他們打電話到何家，然後派人去請何掌珠。

掌珠到的時候我說：「你給我的麻煩還不夠麼？」

掌珠哭了，「我見她一直打電話來追問爹爹的下落，又恐嚇我，只好揑造一些話來告訴她，打發她走，沒想到——蜜絲林，請你原諒我——」

我說：「這件事與我的名譽兼安全有關，我一定要落案，免得被人在街上追斬，做了路倒屍還不知發生了什麼事。」

那個錢玲玲也回頭來道歉——「我實在是誤會了——」

我拂袖而起，「你在香港的勢力這麼大，錢小姐，我不得不小心從事！」我跟警方說：「有什麼事請隨時通知我。」

回到家時間已經很晚。

電話鈴在黑暗中響起來，一聲又一聲。

我轉個身，靠起來，扭亮床頭燈。

電話鈴還在響。會是誰呢？

我去接電話，只拖着一隻拖鞋。

「誰？」我問。

「林小姐？」

「誰？」我的聲音尖起來，半夜三更，一個獨身女人接到神秘的電話，我哆嗦一下，看看鐘：三點一刻。

「我是何德璋。」

「是你！大忙人回來了！」我馬上諷刺起來：「你可有看看現在是什麼時間？」但卻不覺鬆了口氣。

「林小姐，很抱歉，我還在紐約，剛才掌珠跟我通過電話，我決定盡快趕回來，林小姐，這次完全是我們家的不是，我希望你可以回警局銷案。」

「你真以為我是鬧着玩的？你請節省開銷，掛下電話吧。」

我摔下話筒，回到床上。經過這麼多年，我的電話居然還沒有摔壞，真值得詫異。

第二天下班我到弗羅賽太太家去吃茶。

她說：「你的情緒看上去穩定得多了。」

「是，為什麼不呢——激動又補救不了事實。」我躲在她家的紗窗簾後面。

我把紗披在頭上臉上，冒充着新娘子。

又把花瓶裏的花捧在手中。

「我像不像新娘？」

「翹，你是個漂亮的女孩子。」她說：「新娘打扮很適合你。」

「比利時紗邊，將來我的禮服要比利時紗邊的。」我說。

「那麼他最好賺多點鈔票。」弗羅賽太太笑。

「我喜歡能賺錢的男人。」我仰仰頭。

「是嗎?」

「除非我愛上了他。」我歎口氣。

「吃點心嗎?」弗羅賽太太笑,「今天有奶油拔蘭地捲。」

「吃!吃!」我說:「拿出來。」

她用着的廣東娘姨白衣黑褲地走出來,服侍我們吃點心。

「翹,你的毛病就是戀愛次數太多。」她說:「一下子忘掉理想與宗旨。」

「那不是我的毛病,那是我的最大優點。」我說。

「你真的相信?」

「是的。」我說。

「讓我看看你微笑。」她說。

我裝一個史諾比式微笑,牙齒全在外邊。

弗羅賽太太放下茶杯,「性格造成命運,」她搖搖頭,「我可以算得出你的命運。」

「我的命運？你替我算一算。」我說。

「你自己難道還不知道？」她問。

我笑，「知是知道，但是事情往往有意外的發展。」

「你在逃避什麼？」弗羅賽太太問。

「我自己。我不喜歡我自己。故此一當有男人對我示意，我便看他不起。」

我說：「你相信嗎？」

「我當然相信。」弗羅賽太太說：「我看着你成長的。」

「我母親卻不相信我，她還看着我出生呢。」我說。

她笑一笑。

我告辭回家。心血來潮。得饒人處且饒人，跑到警局去銷案。

何掌珠在家門口等我。

我驚異。

「你在這裏等多久了？」我問。

「兩點半來的。」她眼睛紅紅。

「你為什麼不先打電話？」我開門，「快進來！站了兩個鐘頭，累都累死了。」

「電話沒人聽。」她說。

「那就表示我不在，你明白嗎？」我說：「如果我吃完飯才回來，你怎麼辦？」

「我情願站在你門口。」她說。

我看着她的面孔。「發生了大事，是不是？」

她蒼白着面孔點點頭。

「你爹又有什麼花樣？」我遞一杯茶給她。

她低下頭，「爹沒有怎麼樣。」

「我都把案子銷了，我頂怕事，人家會想：這歌女為什麼不去找別人，單去找她——恐怕是一丘之貉，我要面子，所以不會控訴她，你叫他放心。」

掌珠好像沒聽進去，她說：「蜜絲林——」她有十二分的難言之隱。

我是個很敏感的人，「你——」我用手指着她，「你——」

她恐懼的說：「我怕我是懷孕了。」

老天。我坐下來。

她嘴唇哆嗦，瞪着我。我並不是救命菩薩。

我問：「還有沒有其他人知道？千萬不要告訴任何人。」

「沒有。」她顫抖的說。

「驗過沒有？」

「我不知該往哪裏去驗。」

「還沒有驗？那你怎麼知道呢？」

「已經一個多月了。」她說。

「他是誰？」我問：「是不是男同學？」

「不是。」

「你不要替他掩護，他也應該負一半責任，真的。」

「我不想見他。」她掩住臉。

「我叫他出來。」我溫和的說：「大家對質一下。」

「他會侮辱我，我不要見他。」掌珠怎麼都不肯。

「你愛他嗎？」我問。

「不。」

「你會跟他結婚？」我問。

「不。」

「你會不會要這個孩子？」

「不！」她尖叫，叫完又叫，叫完又叫。聲音像受傷的動物的慘嚎。

我把何掌珠擁在懷裏，抱住她的頭。「別擔心，我們總有辦法，千萬別擔心，也不要怪你自己，這種事可以發生在任何人身上。」

其實我也不知道該怎麼辦。

她說：「……我覺得寂寞……我……」

「不需要解釋，」我拍着她的肩膀，「我明白，我不會勉強你去見他，你放心，錯一次，乖一次。」

她蜷縮在我懷中。

我說下去：「可是我們先得尋個好的婦科醫生檢查一下，你先別害怕，鎮靜一點好不好？」我放輕聲音，「別哭，我在這兒。」

「蜜絲林——」她嗚嗚的沒法子停下來。

我說：「生命不是想像中那樣的。」我搖着她，像哄嬰兒入睡，「掌珠，生命中充滿失望，這當兒你自然傷心痛苦，事後……不過如此，事後想起很可笑，你不要怕。」

她不大聽我勸，仍然伏在我胸前哭。

我順道取過日曆，翻出電話，撥電話過去找醫生。

護士說：「盧醫生明天上午要開刀，下午好不好？」

「可是我的妹妹非常不舒服，急着想看醫生。」

「這樣吧，林小姐，我們是熟人，盧醫生明天九點才去醫院，你帶妹妹八點半之前到診所，好不好？」

「好，好，謝謝你，小姐。」我放下話筒。

「瞧，看完醫生，我們還可以準時上課。」我說：「我到你家接你。」

我餵她服一粒鎮靜劑，她彷彿好過點，但硬是不肯回家。「不回家是不行的。」我說：「你父親不是要在這一兩天回來？找不到你不好。」

「他才不理我！」

「這不是真的。」我說：「他很愛你。」

「他只關心外頭不三不四的女人與他銀行的進賬。他才不理我的死活。」

「常然他是關心的，他只是表達能力不大好，你做女兒的總要原諒他一點。」

「我不會原諒爸爸！永不！上次他在學校裏搞得天翻地覆，連你都辭了職，現在同學們以什麼的目光看我！他從來都不會為我着想一下，我恨他。」何掌珠說。

我沉默。

我說：「我送你回去，明天我開車來接你，早點起床，七點好不好？」

「我家住在石澳，很遠，」掌珠說：「還是我到這裏來吧，準八點。」

「也好。」我說：「我現在送你回去，不看着你進家門我不放心。」

我洗一把臉，也替她洗一洗。又替她把頭髮梳好。

我把兩手放在她肩膀上，「掌珠，人不怕錯，錯了也未必要改，可是一定要學乖。明白嗎？」

她點點頭，大眼睛中充滿感激的神色。

我忽然笑，「你爹爹要是聽見我這番話，非要把我骨頭拆掉不可！」

「蜜絲林。」她靠倚在我肩膀上。

我現在仔細想起來，真不知道自己的青春期是怎麼過的。彷彿是充滿困惑，朝不保夕，也不曉得如何拉扯到今日，反正是一種煎熬。

我開車送掌珠回家。她的家環境好到極點，真正背山面海。住在這種地方，還鬧意氣，照說也應該滿足了，但是當這一切奢侈與生俱來，變成呼吸那麼自然的時候，她又有另外的欲望。

當我像她那種年紀的時候，我只希望母親不要拆我私人的信看，看了也不打緊，最好不要事後一邊朗誦一邊痛罵。

我的希望很低微。

「別忘記，明天早上見。」我說。

她下車，攀着車窗，眼淚默默的流下來。

這時候她父親在她身後出現，我推推她。

「林小姐。」何德璋招呼我，說道：「請進來小坐。」

我說：「我沒有空。」

「林小姐，多謝你幫忙。」

「我只是幫忙我自己，我不能同你們一樣見識。」我冷冷發動引擎，把車子開出去。

回到市區還有一大段路，我打開無綫電，風吹着我的臉，公路上一個一個彎，無綫電播的柏蒂佩芝舊歌《田納西華爾滋》像惡夢一樣的令人流汗。

我忽然記起我看過的一首新詩：

「——在本區的餐室中

我與女友

共享一個沙律

看着鄰桌的一對老伴

年長男人微笑

拎起妻子的手

而我想到我為我的獨立

而付出的代價。」

詩的題目叫《賬單，伙計》。現在我已經收到「獨立」的賬單，我希望可以付得起。

那位錢玲玲小姐在門口等我。

我有一剎那的恐懼。忽然又鎮靜下來，因為姓錢的女士看上去像隻鬥敗的雞，鬥敗的雞照例是不會再興攻擊的，這是邏輯。

我用鎖匙開門，一邊說：「我與何先生沒有認識，信在你，不信也在你。」

「我想請你幫忙。」她走前一步。

「不要再讓我看見你，錢小姐，你有沒有想到，台灣女人在香港的名譽這麼壞，就是因為你這種人的緣故？」

「是，林小姐——」

「不要再讓我看見你。」我開門進屋子，關上門。

那夜我沒睡好，我不能開冷氣，別笑，有兩隻鳥在我窗口的冷氣機下築了愛巢，生一堆小鳥，一開冷氣機，牠們一定被嚇走，變得無家可歸，於是只有在熱浪煎熬之下睡覺。

有時候我覺得自己真是個善良的好人。可惜環境把我訓練得一天歹毒似一天。

掌珠來按鈴的時候，我正在穿衣服，邊扣紐子邊去開門，掌珠穿着校服，我讓她坐下。「換上這條褲子與襯衫，你不能穿校服。」我說。

何掌珠很聽我的話。

「你父親知道沒有？」

「不知道。」她換衣服。

我抬起她的下巴。「你的氣色看上去還不錯。」我說。

她沉默。在這一刹那她忽然長大。「蜜絲林的化妝恰到好處」與「蜜絲張有男朋友」時代已經過去。

我們默默出門，默默上車，一言不發的到醫務所。護士接待我們，我陪掌珠坐在候診室。我悄聲說：「希望只是一場誤會。」

醫生召她進去。我沒有跟着她，她總得有她自己的秘密。盧醫生跟她談很久。然後她到洗手間去取小便驗。最後她出來，我替她墊付醫藥費。

「醫生怎麼說？」

「明天再來看報告。」掌珠似乎鎮靜很多。

我跟護士說：「應該不必等到明天。」

「下午四點左右打電話來吧。」護士說。

我與掌珠回家換校服。

她問道：「蜜絲林，你不罵我？」

「罵你？」、我問：「為什麼罵你？」

「我做錯了事。」

「Come on——」我說：「掌珠，女人一生當中，誰沒有看過婦科醫生？你以為這種事只發生在小說的女主角或是女明星身上？你有空去看看法庭的男女，他們比普通人還普通，長得平凡，穿得樸素，這種人應該白頭到老吧，不見得。你會以為這種人對精神與生活的要求都不高吧？不見得。不要認為你很重要，做了什麼驚天動地的事，」我聳聳肩，「很平常的。」

掌珠看我半晌，她說：「我仍然希望你是我媽媽。」

「快！」我扮個鬼臉，「我們要遲到了，還有，這件事千萬別跟人說起，我不想人家剝我的皮。」

四點鐘，我打電話到盧醫生診所。

盧醫生說：「並不是懷孕。」

我頓時有喜極而泣的感覺。

「如果她覺得不舒服，可以來接受注射，可是我勸她避孕，這樣下去很危險。至於不準的原因，可能是情緒上的不穩定引起內分泌失調，而內分泌是神秘的一件事，醫學無法解釋。」

「謝謝。」我說；「我們明天再來。」

「明早十時？」

「好。再見，謝謝你，盧醫生。」

我忙着奔出去，在地理室，把掌珠拉出來，將好消息告訴她，她擁抱我。

我說：「掌珠，下次你會小心，會不會？」

「一定。」她答應我。

我們又去看盧醫生。掌珠把一張現金支票還給我。

我說：「不必急。」

「爹想見你。」她說道：「爹叫你允許他見你。」

「我長着三隻眼睛？有什麼好見？」我問。

「你不想見他？」

我心裏念頭一轉，好久沒到嘉蒂斯吃飯，敲他一筆也不錯。我說：「嘉蒂斯吃飯？」

「好！」掌珠樂得要死。

她倒是很起勁。

我看着她。可憐的女孩子。「令堂去世多久了？」

「我出生的時候，她難產。」掌珠說。

「你才十六歲。十六年前醫學已經非常昌明，哪有難產説去就去的？」

「我不知道。」

我聳聳肩。「清明可有去掃墓？」

「她不是葬在香港。」

「你是香港出生的，不是嗎？」我覺得稀奇。

「是，母親的骨灰被運回美國加州，她在那裏出生，在那裏長大。」

「嗯。」

到嘉蒂斯吃飯，坐下我便點了三種最好的酒。

何德璋說：「林小姐，我們之間有誤會，我希望消除這個誤會。」

我說：「先讓我吃完這一頓，然後我再決定是否原諒你。」

「原諒我？」何德璋愕然。

「自然，否則還要你原諒我不成？」我指指鼻子。

掌珠在一旁急得什麼似的。

「你對我的成見很深，林小姐。」

「哈哈哈，何先生，你撫心自問，你的所作所為，德性品行，算不算上等人？」

他很生氣，「一切都是誤會。」

「一場戰爭發動了，成千上萬的人死去，也是誤會。」

海龍王湯被送上來，我舉案大喝大嚼。

何德璋食不下嚥，說道：「林小姐，我發覺你這個人是活脫脫的理論派，什麼都要講道理。」

掌珠忍不住，「爹，最喜歡講歪理的是你。」

「大膽！」他朝掌珠瞪眼。

「你就會罵我！你從來不了解我！」掌珠說。

何德璋說：「掌珠，近年來你令我非常失望。」

他轉向我。

「她受了我的壞影響。」我說道。

侍者撤去湯，遞上蝸牛，我換杯「堡多」紅酒，喝得起勁。我一點也不生氣，真的不氣，我把憤怒都溺斃在食物中。難得吃一頓冤家——現在我沒有冤家，又沒有朋友。我是一個再平和不過的人。

掌珠用手支着下巴，她根本吃不下面前的食物，她說：「蜜絲林，我從沒見過你吃這麼多東西。」

我把半打蝸牛解決掉，抹抹嘴唇。

掌珠問：「第三道菜是什麼？」

「燒小牛肉，蔬菜沙泣，煮茄子。」我說。

何德璋說：「我可以解釋錢小姐那件事。」

「我不感興趣，」我說着喝一口酒，「那是你家的事。你運氣好，最近我性情好着，否則大家在法庭上對答。」

「你無法消除你的成見？」他問。

「沒法子。」我放下杯子。

「我很難原諒你這樣的人，況且你何必要我原諒你？我對你的生活沒有絲毫的影響作用。」我說。掌珠叫侍者把她的食物拿走。

我繼續「吃」的偉大事業。

何德璋瞪着我很久。

我以為他又有什麼話要說。

誰知他忽然說：「老天，我從沒見過這麼能吃的女人！」

我回瞪他，忽然忍不住笑，一口紅酒全嗆在喉嚨裏，咳嗽起來，用餐巾掩住嘴。

「上帝，」他說：「你吃得像頭豬！」

「現在你說我像頭豬了！」我罵。

「你還沒有叫甜品，要什麼甜品？千萬不要客氣。」他居然懂得諷刺人。

掌珠說：「唉，你們兩個人像孩子。」

我說：「我要蘇珊班戟。」

「你一定要吃完！」他朝我瞪眼。

「放心。」我說：「吃不完是你孫子。」

「你教書的時候不是這樣的吧？」他很懷疑的說。

「不，我是獨眼J。你知道撲克牌中的J？有一張是側面的，永遠只看到他一隻眼睛，另外一面沒人知道。我就是獨眼J。」

「蜜絲林——」掌珠幾乎想哭。

何德璋看着我很久很久。

我沒他那麼好氣，吩咐侍者：「蘇珊班戟，愛爾蘭咖啡——一匙羹糖，一個XO拔蘭地。」

「蜜絲林——」

「就那麼多。」我說。

「所以你不打算原諒我——」他說：「我這一頓飯是白請了。」

我微笑。活該。他準備一千元付賬吧。

「不過我與掌珠都很感激你，林小姐。」他說道。

「不必客氣。」我說。

我想我有點醉，酒喝得太多，太多種類混在一起。

他伸出手，我不與他握。

「仍然生氣？」他問。

「我為什麼要生你的氣？你對我來說一點價值都沒有，你是個小人，專門騷擾我的生活，令我不安，如果你可以停止這些無聊的動作，我已經感激不淺。」我說。

「你歧視我，林小姐。」何德璋說。

「你完全說對了。」我說。

「我送你回家。」他說。

「不用。」我說。

「你一上來就喝醉了，我不相信你的車子到得了家。」

「別小覷人。」

我們在樓下分手。我走到停車場去取車子。被風一吹，酒氣上湧，心頭悶得難受，忽然有一絲後悔喝得太多。

電梯中有兩個小阿飛，眼睛不停的向我飛來。我很氣。男女再平等，女人還是得視這種色迷迷的眼色為光榮——如果沒有看的時候，哭也來不及。

這時小阿飛甲向小阿飛乙施一個眼色，趨向前來問我：「喝多了嗎？」

我不出聲，到了停車場四樓，他們跟我走出去，我就知道事情不妙。我當時並不害怕，一直向前走，停車場裏一個人也沒有，阿飛甲把一隻手放在我肩膀，我「霍」地轉過頭去，他們兩人反而嚇了一跳，鬆掉手。

我們對峙半晌。

我厲聲問：「想幹什麼？」

阿飛乙自懷內拿出一把小刀。

「這把刀？」我冷笑一聲，「切牛排還嫌鈍。」這時我已知道腕上的手錶可能要不保了。

身後忽然又伸出一隻怪手擱我肩膀上，我馬上心頭一涼。

我身後的人發話了：「滾！給我滾！否則揍死你們！」

我如逢大赦：「何德璋！」

我身後那人是何德璋！

小阿飛放腳便跑，其中一個因地上汽油滑，還摔了一跤。

我說：「為什麼不把他們扭往警局？」

「我也沒有把握打贏這兩個人。」他問：「你沒有嚇着吧？」

「沒有，剛在發冷，你便出現了。」我說。

「你也大意，這兩個小阿飛一直尾隨你，你還不知道。」

「我喝醉了。」我承認。

「我開車送你回去。」

「掌珠呢？」我問。

「在車裏。」他說。

「你怎麼會跟着來的？」我問。

「普通常識。」他說道：「你今天打扮得這個摸樣，又戴着金錶，無論劫財劫色都是上乘之選。」

「多謝。」我瞪起眼睛。

他替我拉開車門。

掌珠說：「蜜絲林，你沒事吧？我讓你坐前面。」

「不，我坐後面。」我揚手阻止。

「為什麼？」

後面安全。

掌珠把地址告訴她父親。

我靠在後面的座位上閉眼休息。坐後面最好，不必管閒事，到家便下車。坐後座的人永遠是無關痛癢的陌生人，何嘗不是逃避的方式？只有苦命人才開一輩子的車，命好的都有司機。

掌珠悄聲道：「蜜絲林，到了。」

我睜開眼睛，「呵，謝謝。」我說。

何德璋說：「我送你上樓。」

我沒有拒絕，跟他上樓，他沉默地看着我用鎖匙開了門。

我忽然笑道：「如果現在那位錢小姐來看到這種情形，我真是跳到黃河也洗不清。」

他不出聲。

我說：「再見。」關上門。

我覺得寂寞。如果一天到晚不出去，反而死心塌地坐家中看電視，現在熱鬧了半日，獨自回家，非常有曲終人散的感覺，所以我也喜聚不喜散——賈寶玉脾氣。

我把手袋扔在一角，脫下身上「柏可羅賓」的裙子，倒在沙發上。我撩撩頭髮，取一面鏡子來照。左臉頰上一個皰，唇膏早已溶掉，粉糊成為一塊一塊，我合上鏡子大笑，這個樣子——恐怕那兩個阿飛只是謀我腕上的金錶，我還有色可供人來劫？別自視過高了。

我洗完臉去睡覺。

許久都沒事。

何德璋在掌珠生日那天下帖子請我。

我問掌珠：「有很多小朋友去？」

「沒有。我跟同學不和，就是我與父親，還有……男朋友。」

「是不是好男孩？」

「還不知道。」她說：「不到要緊關頭，看不出真面目。」

這種論調已有點像我。

「畢業後你打算怎麼樣？」我問。

「考港大。」她說。

「港大如今不大吃香。我看你還是去考考牛津劍橋，讀一門狗屎垃圾科，什麼地理、歷史這種不相干的功課，多麼風流。要不考美國史蔑夫，衛斯理、沙拉勞倫斯這幾間——你父親會替你辦。」

「那樣做我會快樂嗎？」掌珠問。

「不會。」我說：「但是你會自傲。」

「我想要快樂。」

我微笑。

掌珠十六歲生日那天，我沒見過比她更漂亮的女孩。

她穿貝殼粉紅的紗衣。

「父親買給我的。婀蒂。」她說。

「很好看，」我說：「很美。」我是由衷的。

何德璋與我握手，請我坐下。

我說：「難得你這麼忙也會替女兒慶祝生日。」他笑笑，不與我爭吵。我很佩服他這一次。

掌珠走過來。「你們兩個還在吵架？」她說：「你們兩個怎麼會這樣？如果你恨她，你就不會下帖請她，如果你恨他，你就不會應約而來，到底搞什麼鬼？」

我與何德璋同時說：「不得無禮！」

我漲紅臉，我說：「你懂什麼。」

她說：「呵，我的朋友來了。」

我連忙抬起頭看她的朋友。

他是個年輕的男孩子，穿着套過時的西裝——領子太寬，腰身太窄，褲管還是喇叭的，襯衫領子也太大，領帶倒是夠狹的，不過顏色太複雜，一雙鞋子底厚，且是高跟，我頓時沒有胃口。

隨即我發覺對年輕朋友的要求不應太高，他總不能穿九百元一雙的巴利。

「在哪裏讀書？」我與他握手時問。

掌珠搶着答：「他在做事。」

哦，最後的希望也沒有了。這種年紀他應該在讀碩士。

掌珠在哪裏認識一個這樣的人。

他坐下來。我發覺何德璋忽然變得這麼瀟灑。中年人的魅力四射，我很詫異，我一直認為青春是最原始的本錢，現在要修正觀念了。

我說道：「我好像聽見開飯了。」

「來。」掌珠跟那個男孩子說：「我們到那邊去。」

菜很壞，何家的廚師簡直在混飯吃，但是何德璋沒有批評。

飯後我問掌珠，「你在什麼地方認識這個男孩子？他有什麼好處？」

「他聽話。」

我微笑。「有錢人家的小姐多數喜歡聽話的男人。可是你父親不過是小康，你不該惹上這種習氣，丈夫要有上進心與男人氣概。」

掌珠冷漠的說：「他不會成為我的丈夫。」

經過上一次的創傷，她人變了。

何德璋說：「我與她之間彷彿隔了一個大峽谷。」

「隔了一個宇宙黑洞。」我說。

沒多久蘭心與淩奕凱宣布訂婚。

我出外買訂婚禮物，硬是不給淩奕凱有任何機會佔便宜，我買了一條足金項鏈，墜子上說：花好月圓。

我說：「蘭心，祝你快樂。」

「你不看好這件事是不是？」她問。

「我看不看好這件事，有什麼重要性？」我反問。

蘭心尖聲罵：「你這個人老是這樣子！用這種口氣說話！叫人心都淡了。」

我笑，「是，我是很可惡，我知道，是否我應以三姑六婆的姿態出現？請多多指教。」

蘭心說：「你應該替我高興。」

「我很替你高興。」我說。

「講得有誠意一點。」她抗議。

「我很替你高興。」我說，自己都覺得聲音很空洞。

現在這兩個人可以住在一起了，合租一層小公寓，下班買菜回家煮了吃，吃完看電視長劇。

我知道我患了什麼症，我患了高度諷刺症。

凌奕凱也單獨見我，跟我說：「聽說你有男朋友了。」

「誰說的？」我詫異問。

「張太說的！你為他辭職，為他跟歌女打架，上警局，現在又重修舊好。」

奕凱說：「他是一個學生的家長。」

「謝謝你告訴我，謝謝張太替我宣傳。」

「翹，你知道我對你怎麼樣的。」

「我不知道。」我說。

「你為什麼要逃避我？」他問。

「你說得不錯，我是在逃避你。」我說。

「為什麼你不願意與我接近？」

「因為事情發展下去，最終結局是結婚，我不想嫁你這樣的人。」

「我有什麼不好？」奕凱問。

「你已與蘭心訂婚，何必再問這種問題？」我心平氣和的說。

「我想知道，那麼好心死。」他堅持。

我說：「你不是我心目中那種類型。」

「我賺得不夠，是不是？」他問。

「你為什麼不說：你各方面——包括收入在內——都比我弱？光說到『收入』，對我不公平，彷彿我是個頭號虛榮的女人。你們男人就是這樣會保護自己。」

他不響。

「你的知識學識與常識全不夠，不止是你的收入，你的品格性情也不合我胃口，總而言之、我們兩人合不來！而且既然你已向蘭心求婚，心中不該有旁騖，要不就耐心等待更好的。」

「我死心了。」凌奕凱說。

「你會很適合蘭心，但不是我，我不打算為你在一層兩房一廳的公寓中煮三十年的飯。」

他苦笑：「你的驕傲將會有苦果。」

「那是我的心事，你放心，我自己會料理。我只想祝你幸福。」

他不出聲。

他怪我不肯與他交際應酬。他不甘心。

他從來沒想到我有什麼道理要跟他交際應酬。

這一章又翻完了。

我最近確有與何德璋往來。我與他沒有看電影喝咖啡這種程序，我們很快就熟落，有一種奇異的默契。我並沒有怪他關於錢玲玲這件事。我何嘗沒有張佑森凌奕凱這種黑點，這種男人要是喝多兩杯，出去宣揚我與他們間的「情史」，也能說得很難聽。

我一向不理別人說些什麼，人家愛說破嘴，是人家的事。

我問他：「太太去世後，生活很寂寥？」

「自然。」

「不忙續弦？」我隨口問。

「你想知道些什麼？」他問。

「對不起。」我說：「我說得太多了。」

他笑。笑完後說：「找不到好對象。那時候我精神較為有寄託，掌珠小時候很聽話很可愛。」

「那時候掌珠是沒有腦袋的小可愛，你不能一輩子叫她這樣活下去。」

何德璋搖頭歎息。「她長大了……我老了。」

「你是怕老所以不讓她長大？」我問。

「多多少少有一點。」他答。

我說：「掌珠覺得你不愛她。」

「她不明白我的苦心。」他說：「像她現在這個男朋友，我壓根兒不贊成。」

「放心，她不會嫁他。」

「她與你倒是很相處得來，這也許是我唯一安慰的地方。」他說。

我看何德璋一眼。「掌珠也說這是她唯一安慰的地方。」

「你陪掌珠去看醫生的事，我全知道。」他說道。

「啊？」我吃一驚。

他凝視我，然後悲哀地低下頭，他說：「事前我竟不知道。」

我說：「在今日也是平常的事。」

他說：「我不能接受。」

「你思想太舊。掌珠需要大量的愛，不是管制。」

「你不能胡亂放縱她。你幫了她的忙，總得也教訓她幾句，她很聽你的。」

「我說過她，她是聰明人，我信任她。」我說：「不消嚕囌。」

他當時坐在絲絨沙發上，搖着拔蘭地杯子，忽然説：「翹，讓我們結婚吧。」

我一呆，面孔慢慢漲紅，熱辣辣地，我一句話頂過去，「窮教師終於找到男主人做戶口了？謝謝你的侮辱！」我憤怒的站起來，「偉大的父親為愛女兒，犧牲地娶了女教師——」

何德璋也站起來，舉手就給我一個耳光。我掩着臉尖叫起來，「你打我！」

「你這種人非捱打不可！」他沉聲説：「什麼事都反過來想——自護自衛，自卑得要死！不摑醒你是不行的！」

我哭。我做夢也沒想到我會在男人面前哭。

我轉頭就走，他並沒有送我，女傭人替我開門。走到門口我已經後悔，如果他不追上來我怎麼辦？失去他是一項大損失。我轉頭，他已站在我面前，我看着他端正的臉，我知道發生了什麼事，我一直在逃避的事終於發生了。

「我送你回去。」他説。

他是個君子，這方面的禮儀他做得又自然又十足。我認識過一些男人，在中環陪他們吃完飯，送到天星碼頭為止，叫一個女人深夜過海，再乘一程車，摸黑地搭電梯上樓，碰不到歹徒是運氣，他見這女人沒有啥事，平安抵埗，第二次又來約。

還有一種單身漢赴約，看見席中有獨身女子，先嚇得半死——「她又不是林青霞，莫叫我送她」——趕緊先溜。

或是有男人，約獨身女人到赤柱大嶼山去野餐，叫她在約會地點等的——這等男人何必做男人，換上裙子做女人算了，有很多女人的氣派還不止那樣。

一路上胡思亂想，並沒有開口說話。

我並不恨男人。可是我獨身久了，見得光怪陸離的男人太多，在這方面份外有心得，故此一有機會發表意見，不可收拾。你讓太太們說她丈夫的怪事，恐怕也可寫成一本厚厚巨著，只是她們沒有機會，可憐。

至於何德璋……他有一種跡近頑童式的固執，非常像男人，有着男人的優點與缺點，不知怎地，我與他矛盾得要命，這恐怕是感情的一部份。

我暗暗歎口氣。

何德璋看我一眼，彷彿在怪我唉聲歎氣。

我白他一眼。但我們始終沒有開口。被他掌摑的一邊面孔猶自熱辣辣的痛。

他停好車送我上樓，看我進門才走。

我心情好得很，不住的吹起口哨來。第一次，真是第一次，我覺得連老母這一號人物都可愛起來——活着還是不錯的。

掌珠在小息的時候很興奮的跟我說：「我爹爹是否向你求婚？」

我說：「我不知道，」有點囁嚅的，「說是這麼說。」

掌珠笑，在陽光下她的笑容帶着鼓舞的力量。

而我幾時變得口都澀、話都不能說了呢？我也不知道這算不算求婚，他只說：讓我們結婚吧。隨後給我一記耳光。

掌珠說：「他叫我帶一樣東西給你。」

「什麼？」我問。

掌珠攤開手，她手指戴着枚鑽戒，晶光四射。「爹爹說：『告訴她我是真的。』」

掌珠把戒指脫下來交給我。

我用兩隻手指拈着它在陽光下轉動，據我的經驗與眼光，這隻戒指是新買的，三卡拉，沒有斑點，顏色雪白，款式大方，是真正好貨色，價值不菲。這年頭正式求婚，又送上名貴禮物的男人為數並不多。

等了這麼些年，我想：等了這麼些年！在校園的陽光底下我忽然悲慟起來，像一個留級的小學生，等到家長來接的時候才放聲大哭，我現在也有落淚的感覺。

「你快戴上吧，」掌珠焦急的說：「快做我的媽媽。」

我十分情願。我把戒指緩緩的套上左手的無名指。

「真好看！」掌珠說：「多高貴，爹說你的手略大，起碼戴三卡拉的才會好看，果然。」

「他真的那麼說嗎？」我很感動。

「當然真的。」

從來沒有一個男人對我這麼好這麼有誠意，被照顧是幸福的。我低下頭，一口真氣外洩，我完全妥協了，為了我的終身。沒想到我也這麼關心我的終身。原來我也是一個女人，比任何女人都容易崩潰。

「爹說如果你要教書，他不反對，不過他說看樣子你也很疲倦，不如不教，替他煮早餐，他說他有十多年沒吃過早餐，因為他痛恨中式早餐，而傭人老做不好煎蛋煙肉。」

我什麼都說不出來。

隔很久，我說道：「看樣子我的確又要辭職了。」

「家裏的窗簾要換，都褪了色，又霉又醜，我房裏缺一盞枱燈，摸黑做足半年功課，還有廚房地板出了問題——」

「這也是你爹說的？」

「不，這是我說的。」

「我早知你是個小鬼。」我說。

我順利辭了職。

老校長說：「我很替你高興。」

我變成何家的老媽子，天天頭上綁一塊布指揮裝修工人幹活。何家豈止窗簾要換，玻璃已十年沒抹，廚房的碗碟沒有一隻不崩不缺，掌珠的床還是嬰兒時期白漆木床，我從沒有見過這麼倒霉的五房兩廳。

何德璋最沉默寡言，他只是歉意地微笑。

掌珠快樂似一隻小鳥，繞在我身邊轉，我跟她說：「你的男朋友呢？幹嗎不與男朋友出去玩？」她說：「現在家又像家了。我喜歡這隻花瓶的顏色。蜜絲林，我想去配一副隱形眼鏡……爹一天只給我五元零用，怎麼算都不夠用，求你跟爹說一聲。做了衣櫥之後，把雜物鎖進櫥內，我的房間看上去大得多。那張松木床真是漂亮。爹爹一直想要張真皮椅子……」

最後她問：「你幾時搬進來住，蜜絲林？」

「你叫我『蜜絲林』，蜜絲怎麼可以與男人同住？」我微笑。

「你們什麼時候結婚，嗄？幾時？」

「好像是明年。」我說。

「好像？」掌珠說：「快點好不好？」

「掌珠，你可有你母親的照片？」我想起問。

「沒有，一張都沒有。」掌珠非常遺憾。

這倒是稀罕，不過我不怕雷碧嘉，活人沒有理由妒忌死人。

「你當然是不記得她的相貌了？」

掌珠卻猶疑一刻。

「怎麼？」我小心的問。

「爹說我一生下來她便去世。但是我卻記得見過她。」

「你小時候弄糊塗了。」我笑。

「不，我記得她有一頭鬈髮，很鬈，彷彿是天然的。」

我既好氣又好笑，「對，你才離娘胎就知道熨髮與天然鬈髮的分別？」

「不，真的我知道她是一個美婦人——但是爹與你一樣，都說是我過敏，間時想她，把東拼西湊的印象加在一起，硬設一個母親的形象。」

「爹說我沒可能記得母親，除非我是神童。」何掌珠說。

「神童？你也可算是神童了。」我笑說。

我在書房角落找到一隻錦盒，裏面有一條斷線珍珠，我說：「掌珠，來看。」

「好漂亮的珠子，尚不止一串呢。」

我說：「三串。不知是誰的，怎麼不拿到珠寶店去重串？」

「管他呢，現在這屋子裏的東西都是你的，你拿去串了掛。」掌珠慫恿我。

「這怎麼可以？」我笑。

把盒子取到珠寶店，他們很驚異，都說兩百多粒珠子顆顆滾圓，實在不可多得，尤其是那隻鑽扣，是四粒一卡拉的方鑽，本身已經是很登樣的一件首飾。

「小姐，你打算重串，抑或賣出？」

「請重串。」

他們諾諾的答應。

我好奇的問道：「都說人老珠黃不值錢，這珠子怕已很久了吧。」

「並不是，大約十年八年。珠子也很耐久，三五十年才變黃，不能傳宗接代就是了。」

這種小事，我也不去煩德璋。等屋子全部裝修好，他詫異的問「怎麼主人房還這麼破？」

「你是主人，你看該怎麼個裝法。」

「你也太多心，你喜歡怎麼改就怎麼改，別忘了將來你也住一半房間。還有，你的婚紗做了沒有？」

我吞一口唾沫，「我想穿紗太煩。」

德璋沉默一下，「是因我結過婚，你不便穿紗吧？」

「是。」我直言不諱。

「那麼穿淺色禮服。」他說。

掌珠說：「爹，這裏裝修了多少錢？」

德璋拍一下額頭，「對！我怎麼會忘記這麼重要的事？訂洋是誰交付出去的？」

我不好意思。「我。」

「你哪來的錢？都是我糊塗。」

我說：「難道我做了那麼多年工，一點節蓄都沒有？」

「怎麼要你填出來？我明天就為你到銀行去開個戶口。」

一向我只知道賺多少用多少，如此的不勞而獲還是第一次。感情是沒有市價的東西，以前我賠着老本，正當要關門大吉，忽然有人大量投資，這種玩世不恭的尖酸思想現在也可以改掉了吧。我微笑起來。

「你笑什麼？」德璋問：「笑我糊塗？」

「你不糊塗。」我溫和的說。

掌珠在一旁掩着嘴，「蜜絲林像換了個人似的。」

「怎麼？」我問。

「你一向都不是這樣的。」她笑，「蜜絲林最諷刺了，誰做錯功課，倒不是怕捱罵，而是實在怕你的幽默感。」

我轉頭詫異問：「我竟是個那麼刻薄的人？我倒不發覺。」

德璋說道：「周處的故事重現。」

我揚起一道眉。

「不敢說了。」掌珠笑得直不起腰來。我一生中的日子第一次充滿快樂歡笑熱鬧，不由我不歎一聲：命中有時終須有。

一日早上睡得迷糊，接到媚的電話：「把手指都撥斷了，老天，你人在什麼地方去？就算已搬到未婚夫家去，也該留個話。叫我在你學校橫打聽豎打聽，都只說你不幹了，好傢伙，三個月內辭職兩次，真厲害，終於有什麼個張太太告訴我許多事，怎麼，釣到金龜婿，連老友記都忘了？」

又是張太太，真多謝世上有這種人。

我說：「事情來得太快，我只怕是做夢，沒敢說出來，他是一個很理想的人，沒理由無端端看中我。」

「你又有什麼不好？你什麼都好，就是運氣不好，人有三衰六旺，你只是不習慣好運，慢慢就沒事，恭喜恭喜，。麼時候吃喜酒？」

「我不作主了，多年來什麼都是我自己想法子，傷腦筋，好不容易有人照顧，他說什麼我聽什麼。」

「好得很。」媚在電話說。

「你呢？」我問。

「我，我什麼？」

「你的男友呀。」

「分手了。」

「什麼？」我差點掉了下巴，心中像塞着一塊鉛。「媚！」我很懊惱。

她像是無所謂，聲音很平穩。「有幸有不幸呵。」

我說：「怎麼回事？」

「不管是怎麼回事，都不過是因為他不愛我，或是因他愛我不夠。」

「你看得那麼清晰？」

「嗯。」她說。

「你可——傷心？」

「很倦。」她木然。

「媚——」我覺得天下如意的事實在太少。

「不用安慰我，你盡情享受你的幸福。」

「是。」我說：「但媚，你可需要任何一方面的幫忙？」

「我？你開玩笑，我是摔跤冠軍，一滑倒馬上再爬起來，長的是生命，多的是失望，這條路就是這麼走下去。」

我沒有再説話。

「祝你快樂。」她說。

「謝謝。」

「不用同情我，我也快樂過。」

我想到那日她上我家來，展示她為愛人買的金錶鏈子，臉上充滿幸福，施確是比受有福。媚有她生活的方式，她不計犧牲地追求真正的快樂，即使是一刹那的光輝都好過一輩子的平庸。

可惜她也累了。即使鬥士也有累的時候。

媚說：「有時我覺得你小心過頭，翹，你是這麼的吝嗇感情，永遠疊着手只看人做戲，你嘴角的冷笑多惹人厭，有時我也想給你兩個耳光。可是你做對了，儘管寂寞，你沒有創傷。而且你也終於等到你要等的人。」

「我……」我不知該謙虛兩句還是自傲兩句。

「翹，有空時我們再通消息。」她說：「再見。」

「再見。」

別人的事，再也不會掛在心上長久，唏噓一陣也完了。我零零碎碎置着婚禮需要的東西，像水晶的香水瓶子，名貴肥皂，真絲睡衣，我的快樂在心中長苗成為枝葉茂盛的大樹，暗暗的歡喜終於在臉上洋溢出來。

我終於要結婚了。

我跟母親透露消息。事情已有九分光，叫她說出來也不算早。她照例是挑剔。她是那種女兒買件三百塊裙子穿都會受她挑剔說攤子上同樣的貨色只十九塊——錢並不是她給的，簡直不能想像在她手底下討生活是怎麼一回事。

當時她上上下下的打量我，女兒也就跟陌生女人一樣。她避重就輕地問：「脖子上那算是玉墜嗎？」

「是。」

「多少錢？」眼光很輕蔑。

「數百元。」我說。

連女兒都能看輕的母親實在是世上少有的。

她心中不開心，是嫌何德璋沒有四色大禮，唯唯諾諾的上來拜見岳母。這一天她等了良久，等到之後，卻不見鑼鼓喧天，好生失望。

「這種玻璃能值多少？」她說下去，「真假有什麼分別？」

我笑笑。假作真時真亦假，她自然是分辨不出的。

「幾時結婚？」

「快了。」我說：「到時才通知你。」

「現在的人新派了，他也不必來見過岳父岳母。」

「會來的。」

「一切你自己作主，將來有什麼事你自己擔當。」

我忽然轉頭說：「這些年來，我的一切，難道你替我擔過一分半分？」

然後我走了。

與蘭心約會，喝咖啡時笑說：「我還想，好好去算個命，瞧瞧運程，現在錢省下了，買塊玉墜戴。」

「顏色很好，你的氣色更好。」她笑說。

「你又何嘗不是。」

「大不相同，」蘭心苦笑，「從此我是前程未卜，跟着淩奕凱這人，步步為營，還有什麼自由？他這人，用形容女人的『水性楊花』去形容他，倒是千真萬確，貼切之至。嫁過去他家，我貼精神貼力氣又得貼薪水。我不是不曉得，翹，你只是嘴裏不說，心中何嘗不替我可惜，只是你口裏不說出來而已。」

我問：「那你還嫁他？」

「不嫁又如何呢？」蘭心歎口氣，「現在每個週末在家徬徨，不知何去何從。我只是一個普通的女人，到了一定年齡自然要結婚找個伴，快快趁年輕生一兩個孩子，反正我確是愛他的，將來孩子大了，總有點感情，兩個人的收入併作一家用，生活也舒適。一生就這麼過，不然還變什麼戲法？」

我不響，低着頭。

「女人就算是牡丹，沒有綠葉，光禿禿的有什麼好看？」蘭心笑，「你別以為我從了俗，命運可悲，這裏十個女人，九個半走上這種路，也很有樂趣，十五廿年後，妻子在家搓小麻將，老公在外約女秘書喝下午茶，大家隻眼開隻眼閉，兒子大了又娶妻生子——我們照我們的方法活下去，太陽也一樣照在我們頭上。翹，我一向替你擔心，怕你場面做得太大，反而不容易找到幸福，現在我再為你高興沒有了。」

蘭心一向很懂事。然而洞悉世情之後又有什麼用處？

她還是結婚了。

像我，也決定結婚。

那日，我的禮服自倫敦運到，我在家試過又試，把每一層紗貼在臉上。忽然我想起弗羅賽太太，我一定要把這件禮服給她看。

還是先給德璋看？

多年來我都留戀帽子店，對雪白的婚帽愛不釋手，現在終於可以把帽子擱頭上了。

德璋會怎麼說？他會說：「很好，我喜歡你穿白紗，新娘子應該穿白色。」

或者：「你終於搞通思想，不再介意這是我的第二次婚姻？」

或者他會有很諷刺好笑的置評。

我微笑。

車子到他家，女傭人來替我開門。

「先生不在家，」她說：「另外有位客人也在等他。」

「他在辦公室？」我抱着禮服盒子進屋。

「這位客人是女的，她說稍等無所謂。」女傭說。

「你怎麼讓陌生女客進門？」我問。

「是小姐帶她進來的。」女傭人說。

「小姐呢？」

我放下盒子，覺得事情非常蹊蹺。

「她在樓上房中。」

「女客呢？」我問。

「書房。」

掌珠不應在家，我看看錶，她還沒放學。

我應該去看掌珠還是那個女客呢？

我有種感覺那女客或者會是錢玲玲。終於找上門來了，我在她面前真是黃河的水都洗不清。才說着與何德璋沒關係，現在又要嫁他。

我上樓去找掌珠，敲她房門。

她沒有應，我推門進去。

她呆呆的躺在床上，看着天花板。

「掌珠，」我叫她，「掌珠——」

她目光遲鈍，轉過頭來看見是我。「蜜絲林。」她說。

「你不舒服？」

「沒有。」她自床上起來。

她的聲音縹緲得很，像在一千里路外，我的心突突跳了起來。「發生什麼事？你爹呢？快叫他回來。」

「我已經叫他回來了。」掌珠說。

「掌珠，什麼事？」我問。

「你有沒有見過樓下那個女人？」她問我。

「是誰？錢玲玲？你不要怕，我去打發她，」我霍地站起來，「反了，把你嚇成那樣子。」

「不，不是她。」何掌珠說。

我轉過頭來，「那麼是誰？」

掌珠說：「她……她到學校來找我，她說……她是我母親。」

「你母親？」

「是。」

「不可能，你母親去世十多廿年了！」我的雙手發涼。

「但她確是我母親——」掌珠額角沁滿汗。

「為什麼？」我問：「她有什麼證據？」

「她的面孔。」掌珠說：「我們兩人的面孔簡直一模一式。」

「可是——」我一直退到牆角。

「我記得她有鬈髮，蜜絲林，」掌珠像在夢魘中，「你去看看，你去看看。」她捏着我的手，用力得手指發白，「我與你下去。」我說。

「不，我不去，你去。」

「好。」我走下樓。

在書房一個女人背着門口。在看書。她站在書桌前，一件米白色絲衣服，肩上掛小小的一隻鱷魚皮包，鞋跟很細很高，小腿均勻，雙肩窄窄。她的一頭頭髮，一看就知道是天然鬈曲，任何師傅燙不出這樣驚心動魄的波浪。

我向前走一步。

她聽見聲音，轉過頭來。

我馬上明白何以掌珠會震驚到那個地步。

她與掌珠簡直像照鏡子一樣，眼睛鼻子嘴唇，可以肯定過十多廿年之後，掌珠就是這個樣子。

我心死了，德璋對我撒了一個彌天大謊，他的妻子並沒有死，她回來了，既年輕又美艷，尤其是那種罕見的冷艷——我絕望的看着她，比起她，我也只是一個女教員，她，她是貴婦。

我苦笑。因為我不能哭。

我早該去找鐵算盤算算命。雷碧嘉回來了。

她也看着我，過半晌她問：「是林小姐吧？」

「是。」

「屋子是你裝修的？」雷碧嘉問：「顏色不錯。」

我不響，在一個角落坐下來。

她怎麼不顯老？她應該比我老。掌珠已經十六歲，她應有四十歲，為什麼看上去還是粉妝玉琢似的？

她微微笑着，翻看德璋的書本，也不與我多說話。我像置身噩夢中，渾身出汗，巴不得有人推我一把，叫醒我。

德璋！我心裏喚，德璋快來救我。

我終於聽到德璋進門的聲音，他大步大步踏進書房，看到她，就呆住了，我發覺他的眼睛內除了她一個人外根本沒有其他的人，他沒有覺得我的存在。

他一直在她的魔咒下生活，他在等她回來。

在這種時候，我還能做什麼，說什麼？錢玲玲不能與我比，正如我不能跟這個女人比。

我走到客廳，拿起我那盒子結婚禮物，離開了何家。

如果何德璋要找我，輕而易舉呀。

但是他沒有找我，我一閉上眼睛便想到那日他臉上中魔似的神情，他不會來找我。

珠寶店送來一隻鑽鐲，只附着一張「何德璋」的卡片。

我沒有退回去，在現實的世界上，有賠償永遠勝於沒賠償。

我把手鐲拿到珠寶店去格價。他們很驚異——「小姐，你的東西都是好貨。這裏一共十一卡拉五十二分，共四十八粒，平均每顆三十一．六分。因為粒粒雪白無疤，成色九十六以上，所以連鑲工在內，也不便宜。」

「你們收不收這種貨色？」我問。

「自然。」

「多少？」

「十萬？」他們尚是試探式的，看樣子還可以添些價錢。

「這麼貴？這種芝蔴綠豆——」我住了嘴，我不捨得賣，我手頭上三件手飾，都不會賣。

媚說道：「是不必退回去。現在又不演粵語片。」

「三件都是好東西，」我說：「以後做客人拜菩薩也有點東西掛身上，不致失禮。」

「我喜歡那三串珍珠。」媚說。

「這隻戒指也不錯。」我說：「三卡拉。我現在對鑽石很有研究。」

「你不難過？」她問。

「當然。眼看飯票逃之夭夭。但是我不能在你面前哭。」

「為什麼？」媚問。

「因為你也沒有對我哭。」我說。

她哈哈笑起來。

我把戒指轉來轉去，「將來養老，說不定靠它，還遇上貴人了呢。」我也笑起來。

媚說：「你的笑聲太恐怖，別笑下去了，粵語武俠片裏歹角出場似的。」

「歹角都有法寶，祭起來法力無邊，我啥也沒有。」

「至少你還有母親，我沒有。」媚說。

這倒提醒了我。我還不知道怎麼向老母交代，前一陣子才向她表示我要飛上枝頭作鳳凰，現在摔下來，第一個踩我的當然是她，她不踩死我怎麼好向親友們交代。

「我母親？」我反問：「她是我生命中的荊棘與障礙，沒有她，我如何會落到這種田地！」

「不壞啦！」媚點起一支煙，「你不算虧本啦。」

我心中有一絲溫柔的牽動，痛了一痛，我是喜歡何德璋的，只有他會得容忍我出去買一千二百元的紅樓夢看，只有他。

但是我沒有抓住他。任何條件比較好一點的男人都滑不溜手。

我去找弗羅賽太太。她說道：「喝一杯熱茶吧。」

我說：「我真想與他結婚，而且是他先提出來的。」

「世上不如意之事常八九。」弗羅賽太太說。

我說：「我很大方，我沒有去煩何先生。」

「所以他感激你，不但不討還你帶走的，再加送你一件禮物。」弗羅賽太太說。

「每個人都有一個價錢。」

「你覺得你的價錢很好？」弗羅賽太太諷刺我。

「在你來說，當然我不應收他這些禮物，但是我們不同，我們這代世風日下，道德淪亡，有一點值錢的東西傍身，總是好的。」

「或者你對。」她歎氣。「現在你打算怎麼樣？」

「找一份工作。」我說：「活下去。」

「但是你的感情生活呢？」她說。

「我想我不會結婚。」我說：「太遲了，我現在年紀已經很大，戀愛結婚生子之後，都快四十歲：還來這一套？」

「你灰心了？」

「是的。」我說：「買好婚紗，結不成婚，你想想。」

「我也明白，但是以後的日子呢？」弗羅賽太太問我。

「像你這樣，」我說：「喝紅茶，坐在陽光下看書，約朋友上街。我不如道，但總會過的。」我掩着臉。

「很快會過的，創傷的心……我們痊癒得很快，轉一個街角，你會碰到另一個人。」

「我很疲倦。」

「人生是一個旅行團，你反正已經參加了這個團體，不走畢全程看看清楚，多麼可惜，代價早已付出去，多看一個城市總是好的。」弗羅賽太太說。

我說：「或者。」

但是我還是哭了，一哭不能停止，眼淚自我手指縫中流出來，滔滔不絕。

弗羅賽太太把手按在我肩上，說：「生命的道路還很長呢，親愛的。」

# 尋找家明

我第一次注意藍剛，是因為他有一個美麗的名字。

藍剛。

英文名字，他們都叫Kong。金剛的那個剛。

我在倫敦認識他，開中國同學會，他開一部紅色的贊臣希利，帶着一個洋妞，飛揚跋扈，做同學會副主席。

他很沉默，因為我是乘公路車去的，並且沒有女朋友。

我並沒有找到女朋友，一直沒有。

有人介紹我們認識。

介紹人這樣說：「家明，來來，你一定要認識藍剛，你們兩個人同唸一科，並且都是那麼出色，唸流體動力的學生並不很多。」

我記得他們仰起頭笑，他說：「家明，真是天曉得！在中國，男人只懂得叫家明，女的只會叫美玲！」

我沒有生氣，他們常常取笑我的名字，因為太普通了。可是我根本是一個普通的人，有個普通的名字，有什麼不好，我當時與他握手。

他是一個非常漂亮的男孩子，廿五六歲，大概與我差不多。他給我看他的學生證，ＩＣ的博士第二年。那天我們坐下來談了一點功課上的問題。我們做的論文都鑽了牛角尖，只佔流體動力一點點小題目，然後把這題目放大幾百倍來做。

母親說：「我明白了，譬如你唸的是電話科，先是唸學士，那麼是整具電話裏裏外外都粗淺地研究一番，到修碩士，專門針對話筒來解剖，最後修博士，也許只是寫部論文來講明改良一枚螺絲會引起些什麼效果。」

對了。

我管我改良螺絲，他管他修正電線，我與藍剛的工作其實沒什麼關係。

但是我喜歡他。他能幹、好勝、活潑、聰明，而且驕傲，善辯、愛笑，像他那樣的學生如果多一點，那一定是為國爭光，我喜歡他，不是為了他，而是因他帶起的勁道，他是個自信的傢伙。

那夜他與洋妞說：「我們中國人寫論文，不用超過兩年，三十歲之前，我早已身居要職了！」

洋妞才不理他什麼時候拿學位，她們看得見的是他袋中的英鎊，他開的紅色跑車。

我們很客氣地分手。

他叫我與他聯絡，把電話地址留給我。

他住在雪萊區，我住宿舍，我們之間的貧富懸殊，所以我沒有去找他。

不久我便畢業了，臨走前我打電話給他，他不在家，我留話，他可沒有覆電，我不過是例行公事，向所有友人同學告別一番，其實是沒有意義的。

可是就在我將走的前一夜，他的人來了。

他拍着我的肩膀，叫我出去吃飯，我推辭不過，我們在意大利館子中吃得很飽，他還叫我去喝酒。

我很高興，本來我也想喝個半醉，在英國最後一夜，值得紀念的事那麼多。

藍剛問：「你的女友呢？叫她出來好不好？」

我搖搖頭，應道：「我沒有女朋友。」

「怎麼會沒有女朋友？」他愕然。

「我自己也不知道，」我說：「說來話長。」

「當然你不是處男！」他笑着推我一把。

我也笑。

「你在英國快樂嗎？」他問。

「我也不知道。來這裏是為了奮鬥。也有快樂的時候，相信以後回了香港深夜會夢見英國——嗚嗚的風，紫色的天空。但那是以後的事。」

「為什麼要回去？」藍剛問。

「我倒不是愛國，我沒有國家，但是住在別人的國家，寄人籬下，那種滋味並不好。」

「是嗎？真是民族自卑感。」他聳肩。

「如果我有國籍，我便不會有自卑，」我苦笑，「但是我的身份證明書上沒有國籍。」

我們兩人沉默了一會兒。

「寫信給我。」

「好的。」我說道：「謝謝你這一番心意。」

「我很少朋友，」藍剛說：「家明，我們是不是朋友？」

「當然。」我很詫異，「為什麼？」

「很多人不喜歡我。」他說道：「你喜歡我嗎？」

「當然。」我說：「我欣賞你的活力。」

「你說得對，我們確是在奮鬥，是我無意做出一副被鬥垮了的樣子，我也無意訴苦，洋鬼子最會乘虛而入，你明白我說什麼。」

「那自然。」我說。

「我們保持聯絡吧。」他說。

「好的。」

我們並沒有分手，他開車，我們在深夜遊倫敦。他說：「反正也不能睡多少時候，索性在飛機上睡也罷。」我們經過大笨鐘、國會、西敏寺，經過街道、倫敦橋，甚至是熟悉的戲院、酒館、美術館、校院、宿舍。

我們都沒有睡意。

最後天亮了，是一個罕有的太陽天，太陽第一條光線照在大笨鐘上，金光四射。我們在七彩的匹克狄利兜一個圈子，回到宿舍，他幫我搬了行李下來。

「就這麼多？」他問。

「其餘的已海運寄出了。」我說。

「走吧。」他說。

他送我到機場。

我真沒想到他這麼熱心。

我們在候機室擁抱，他仰起頭笑，向我擺擺手，走了。

他真是灑脱、漂亮，所做的事出人意表，但是又合情合理，如果不是妒忌他，那麼一定會喜歡他。

我回了家。

一年之後，才在理工學院找到一份講師的工作，在這一年中，因與現實初初接觸，非常壯志消沉，再且寂寞得很，社會上怪異現象太多，錯愕之餘交不到朋友，因此長篇大論地寫信給英國的同學，只有藍剛的回信最頻最快，我們真成了莫逆。

好不容易生活安定下來，已是兩年之後的事。

這兩年中發生很多的事。

藍剛畢業後在外國人的工廠中做事，他升得很快，並且被他們派到香港的分廠來做管事。

我接到他的信高興得幾乎跳起來。

藍剛這人永遠是這麼一帆風順，但是我知道他為他的生命作了太詳盡的安排，他是經過一番苦心的。

等他到香港的時候，我開着我的福士去機場接他。

廠方早有人等他，藍剛是有點辦法的。

好小子！精神奕奕的走出來。

「藍剛！」我忍不住大喝一聲。

他舉起兩隻手，「家明！」

我們又在一起擁抱。

「你好不好？」他問我。

「我好。」我說：「你比什麼時候都神氣！」
「我永遠不會打敗仗，別給自己這種機會！」他揚揚拳頭。
我笑，「怎麼？我們今晚可不可以安排節目？」
「我們去喝個賊死！」藍剛喊叫。
安頓好了我們去喝。並沒有醉倒，我們撫着啤酒杯，緩緩的喝着，嚼着花生。
「香港怎麼樣？」他問。
「對你來說不會差到什麼地方去。」我說。
「對你呢？」他問。
「也不薄，我的奮鬥，掙扎都已成過去，從此以後我將老死在理工學院。」
我並不是開玩笑。
「那是間好學校是不是？」他問。
「不錯，學生聽話得令人憐憫，程度卻與大學不相等。」我自覺說得很得體，「寧為雞口，他們很尊重我。」我拿起啤酒杯子，「乾杯。」

「家明，」他笑，「別這樣好不好？全世界只有台灣人是乾啤酒的。」

「是嘛？那時候我們不是也喝乾過一整隻靴子？」我詫異。

「我們是比賽——家明，你這個人什麼都好，就是説話不通感覺遲鈍！」他取笑我。

我笑了，「你去過台灣？」

「自然。」他說：「誰像你，要多土便有多土。」

「這麼大的房子你一個住？」我問：「廠方對你這麼好的。」

「還不錯。」他的驕傲如日中天。

我說：「這些日子你從來沒告訴我，你家住哪裏。」

他沉默一會兒。「我沒有家人。」他說。

「呵？」我一呆，「父母呢？」

「去世了。」他說。

「對不起。」我連忙補一句。

「沒關係。」他笑笑。

我覺得很奇怪，我一直以為他是富家子弟，但是我知道，即使是最好的朋友，還是適宜保持一定的距離。我沒有問下去。

「藍剛，」我說：「我們兩個人都在香港了，一定得好好維持友誼。」

「那一定。」他說。

「我有空來看你。」我說。

「喂！你有了女朋友沒有？」他問。

我搖搖頭。

「一個也沒有？總有約會女孩子吧？」他不置信。

「沒有，」我說：「我覺得沒有這種必要。」

「怎麼會有這種事，你什麼地方有毛病，嗯？」他大笑。

我只好也笑。

我們分手。

之後的三個月，他一直忙，我們間中也通過電話，但是沒見面，事情就這麼擱下來。

天氣漸漸熱，終於有一天放學，藍剛在校門口等我。

藍剛開着一部黑色的保時捷，無懈可擊。

我搖搖頭，只能夠笑，他真的永遠不會刻薄自己。

「今天我生日，到我家來吃飯。」他笑。

「好傢伙！讓我去買禮物。」我嚷：「從來不告訴我！」

「家明，你真是娘娘腔，上車吧！」藍剛說。

我只好身不由主的上了車。

「等等！」我說：「藍剛，先到我家停一停，有兩瓶上好的不知年干邑，我去取來慶祝。」

「你幾時成為秘飲者的？」他愕然。

「苦悶之餘。」我笑。

「一瓶夠了。」他說：「如果想喝醉，三星就夠了。」

「好的。」

取了酒到他家，已有一個女孩子在指揮女傭人做沙拉、燒雞，一大堆食物。

他為我介紹，她叫寶兒，是一個很美麗的女孩子，在一間酒店做公共關係，看那身打扮，知道賺錢不過是買花戴，不用替她擔心，父母自有供給。

我要了啤酒，坐在一角看雜誌聽音樂，其樂融融。

藍剛與他最新女朋友在廚房幫忙。

後來那女孩子出來坐，與我閒談。

我說：「這屋子裝修得很舒服。」

「是呀，他向公司借了錢重新裝修的，才剛剛弄好，又在這裏請客，我說不如出去吃，一下子就弄髒了，傢俬全是米白色的。」寶兒顯得很賢惠。

女人在想結婚的時候，特別賢惠。

我說：「他是洋派，喜歡把朋友招呼到家中來。」

「真累。」寶兒笑說。

「誰在說我累？」藍剛走出來問。

「你呀。」寶兒笑他。

「嘿！」藍剛取過我的啤酒喝一口。

我說：「我們在說你的家裝修得很好。」

「你呢？」寶兒問：「你住在什麼地方？」

「我與父母住。」我說：「古老作風。」

「你是獨子吧。」藍剛笑問：「我記得你以前說過。」

「是。」我說。

寶兒說：「難怪能成為好朋友，兩個人都那麼孤僻。」

我笑笑。

她是個可愛的女子，但不是我心中那種，她似乎不十分運用思想。

我只是笑。

沒坐了多久，客人陸續來了，我反而覺得很寂寞。

我不是不喜歡交際，而是不善交際，只好坐在一角裏看人。

有一個很美麗的女孩子，短頭髮，聲音很大，她在說一個笑話：「……他打電話來，說我答應會嫁他。我問：那是幾時的事？他說：去年。我查了查筆記簿，我說：下星期三下午四點到五點我有空，你要不要來？我們可以談一談。他說不用，算了。我真的忘了，我真的答應過嫁他？我並不記得。」

我並不覺得這是好笑的。

她真的很美，眼皮上一點金色，時下最流行的化妝，那點金色閃閃生光，她的眼神也在閃閃生光。

在外國，很容易愛上一個人，因此結婚了，回到家，發覺需要不一樣。那個人並不適合做終身伴侶。

那時的山盟海誓可能是真的，但現在的情形不同，現在那個人一點重要性都沒有。

我是一個孤寂的人，我一直沒有女朋友。與我的朋友藍剛恰恰相反。他到香港才三個月，生日可以請到這麼一大群朋友來吃飯，真了不起。

那些女孩子都嬌媚動人，男人們瀟灑英俊。

除了我，我並不漂亮。

我靜靜地觀望着。我喜歡炎夏，因為女孩子們露出了手臂、大腿、脖子。我喜歡看，欣賞她們那暫時的青春，女人們真的像花。

七點鐘的時候我們吃自助餐，我看到藍剛忙着交際應酬，也不去煩他，他倒過來了，向我擠擠眼。「幹嗎？」我笑問。

「傻子，這麼多適齡的女孩子，你難道還不懂得好好的挑一個？」他笑，「你看中了誰，包在我身上！」

「真的，真的包在你身上？」我笑，推藍剛一下。

「當然。」藍剛誇下海口。

「好的，」我笑，「我會留意的。」

「打醒精神。」他拍拍我肩膀。

那個金色眼皮的女孩子轉過頭來，看一看我。

不不，她也不是我心目中的人，她太跋扈、太囂張。我只是一個普通人，我知道自己的份量。

我走到露台去。

萬家燈火。吃完飯後他們放音樂，捧着咖啡杯，三三兩兩的説話。

我聽到門鈴聲，沒人應門，他們都太忙，什麼都沒聽見。

我站起來去開，大門打開，外頭站着一個女孩子。

她向我笑笑，「藍剛在嗎？」她問。

我微微一驚，藍剛沒請她，她來了，怎麼，是他的過氣女朋友？我老友風流成性，不是沒有可能的。

我問：「你是哪一位？」

「我是他妹妹。」她微笑。

妹妹。他沒有妹妹。

我笑，「他沒有妹妹。」

「我是真的。」她溫柔地說：「是不是他以前有過假妹妹？」

我啼笑皆非。「有事嗎？」我問。

「我替他送生日蛋糕來，」她自身後拿起一隻大蛋糕盒子，「他很忙嗎？我不進去了。」

「他的女朋友與他在一起。」我只好說實話。

「那是寶兒。」她點點頭，「你還是不相信？我叫藍玉。」她笑。

但是藍剛沒有妹妹。

什麼道理？

「你要進來嗎？對不起。」我只好讓她進來。

她是一個柔弱的女孩子。在瘦的那一邊，長腿、美麗的胸脯，穿一件白色料子襯衫，土黃長褲，一雙金色高跟涼鞋，腳趾一小粒一小粒。

她把手插在褲袋中，我替她把蛋糕放在桌子上。我也不能夠解釋是什麼吸引了我，她有一種悠然的神情，與這裏的女孩子不一樣，今天來的這些女子都像打仗似的。

藍剛見到藍玉，臉上變了一變，他走過來。

藍玉輕輕的說：「生日快樂。」

「謝謝。」藍剛的聲音有點硬。

「我走了。」她說：「我只是送蛋糕上來。」

「好的，」藍剛說：「我送你下去。」

我說：「我送好了，藍剛，你招呼客人。」

藍玉說：「我自己會走。」她微笑。

「我送。」我與她走出人群。

在電梯我問：「你不喝點東西？」

「不了，我只是送蛋糕來。」她笑說。

她的頭髮自當中分開，剛垂在肩上。

我向她笑笑，她沒有化妝，皮膚真是難得的好皮膚，並不十分白，是一種象牙的顏色。

「我真是他的妹妹。」她笑：「不管你怎麼樣想。」

我說：「我沒有不相信的理由。」

我們到了街上，不知怎地，我一直陪她走過去。

她問：「你是他的朋友？」

「是的，好朋友。他沒有提過嗎？我姓程，叫家明。」

「真的？你的名字叫家明？」她有點驚異。

我笑，「令兄也覺得這名字太普通了。」

「不不！我不是那個意思，我認為『家明』實在是一個好名字——家裏因你而光明了。」她很有誠意，「男孩子中最好是這個名字，我真的喜歡。」

「謝謝你。」我笑。

「你認識藍剛有多久？」她問。

「多年了。當我們在英國的時候。」我答。

「呵，」她又親切了一點，「你們是同學？」

「不，我們唸的是同一科。」我解釋：「流體動力。」

「我明白了。藍剛在英國是頂尖兒的好學生，是不是？」她充滿愛意：「我真的為他驕傲，他的功課是最好的，是不是？」一連好幾個「是不是」。

我看着她的臉。當然，她是他的妹妹，她的眼神又興奮又愉快，帶着崇敬，仰慕。她的確是他的妹妹。

有很多事我不明白，譬如……算了，別人的家事。

「是的，藍剛是數一數二的好學生。」我說：「我是由衷的，我認為他各方面都是個人材，少年得志是應該的。」

「我也認為是。」藍玉笑說：「他真的是能幹。」

我們一直在馬路上走，漸漸離開藍剛的家很遠了。

「噯，我要叫部車子，」藍玉說。

「好的。」我與她停在街角等車。

「家明，很高興認識你。」她與我握手。

「我也一樣。」我說。

替她叫了車，開門，她上車，擺擺手，走了。

我覺得有點疲倦，藍剛並沒有開我那瓶不知年干邑。我還是趁早回家睡一覺吧，明早還要上班的。

我回了家。

藍剛的電話第二天把我吵醒。

我問：「有什麼事？」

「不爭氣的人，怎麼偷偷的走了？」他轟然笑，「打算一輩子做王老五？」

我也笑。

「我們切蛋糕的時候你也不在。」

「喂，對了，那位小姐真是你妹妹？」

那邊停一停。「什麼，有人說是我妹妹嗎？」

「怎麼，不會是你的前度女友吧？」我笑。

「我們不說那個，有空出來喝酒。」他說：「對了，璉黛問起你。」

「誰是璉黛？」我愕然。

「那個眼皮上有金粉的女孩子。」他提醒我。

「啊。」我說，是她。

「傻子。」他笑着說：「電話是零一六九三三。」

「得了。」我說。我一輩子也不會打這種電話。

他掛上電話。

我起床，刮鬍髭的時候想：藍玉說是他妹妹。

藍剛沒有承認，也沒有否認。

藍剛以前說他在香港沒有親人。

但是現在多了一個妹妹，而看樣子，藍玉又的確像他的妹妹。

我喜歡那女孩子，她溫柔的笑，她時髦而不過火的打扮，她沒有藍剛美，但是她給人一種舒服熨帖的感覺，我喜歡她的足趾與那雙金色的高跟涼鞋，金鞋已經不流行了，但是穿在她腳上還是很好看的。

如果我有她的電話號碼，或者我會得撥過去。

我忘記了問她，我滿以為可以在藍剛那裏拿得到。

即使她是藍剛以前的女友，也沒有什麼關係，我不介意這種事。

但不可能，她的名字叫藍玉，的確像兩兄妹。

我都給弄糊塗了，這事還得問藍剛。

或者她是藍剛同父異母的妹妹——不管這麼多了。

晚上藍剛跟我喝啤酒，他還在說我眼界高，活該找不到女朋友，活該一個人冷冷清清的過日子的。

我問：「你記得那個自稱是你妹妹的女孩子嗎？」

他抬起頭，「誰？」

「藍玉。」我說。

我很少這樣老提着人家忌諱的事，但我實在是忍不注。我想認識這個女孩子。

「我想認識她。」我說。

「你們不是認識了嗎？」藍剛反問。

「我沒有她的電話號碼。」

「家明，她不適合你。」藍剛說：「我們別提她好不好？」

「但是——她是不是你的妹妹？」

「我一定要回答？」

「我希望。」

「家明，你是我唯一的朋友，答完這個問題之後，我們把這件事忘了好不好？」

「她是不是你妹妹？」我實在太好奇了。

「是的，她是。」

我忽然很後悔，「對不起，藍剛，我原來不該問這麼多，但我怕就是怕她是你的女朋友，你這個女人殺手！」

他蒼白着臉，勉強的笑笑。

我們有點僵，然後就分手了。

這次以後，我更後悔，因為藍剛忽然間不找我了。就因為那個妹妹的事，他疏遠我，我知道。

每個人都有權保留一點秘密，藍剛當然有，他不願說的事，我不該逼着他說出來，現在連友誼都破壞了。

他很久不打電話來，我撥過去找他，他也不回。這件事就這麼擱下來了。

但是隔不久，我們有一個共同的朋友找我打網球，我到那邊，發現他也在。

藍剛看見了我，先是一呆，但馬上一臉笑容迎上來，用力握住我的手——「家明！」

誤會冰釋了。

我再也不敢提藍玉的事。我們那一日打了兩局網球，他把寶兒叫出來吃飯，沒到一會兒，那個璉黛也來了，打扮非常時髦，身上掛着一塊大大的披肩，顏色素雅。眼部化妝很濃很亮，她的嘴唇略帶厚重，有點賭氣，她很美，像一個洋娃娃般。

我這一生人所遇見的美女是很多的，如果每個都要追求，恐怕是很痛苦的。

為了要讓藍剛高興一點，我故意很愉快地陪着他們。

寶兒說：「家明與藍剛相反，家明很少說話。」她很有興趣的凝視我。

我的臉馬上紅了，我沒想到有這麼複雜的事——她們居然注意我。

璉黛說：「家明是那種——是不是這樣說？有種孤芳自賞的味道。」

「他？」藍剛笑，「他簡直是孤僻，早就是老處男脾氣。」

寶兒推他一下，「你別老取笑家明，人家要生氣的，當心他不理睬你——所以這個人沒有朋友。」

藍剛說：「你懂什麼？本來有存在價值的人才不在乎別人說什麼！家明有他自己的一套，他不小器，你把他捧上天去，他也不會相信，他就是他。」

我很慚愧，我這才知道我在藍剛的心目中佔這麼大的位置，他很明白我。

璉黛看我一眼，不出聲。

我忽然想起來，藍剛的妹妹藍玉也有這樣的脾氣——別人怎麼樣對她，她很少理，我不放她進她哥哥的家，她處之泰然，見到藍剛，藍剛不歡迎她，她也不介意。她是這麼一意孤行地愛着藍剛。

「你怎麼了？」藍剛問：「家明，你在想什麼？」

「沒什麼。」我陪笑。

璉黛笑，「他老是這樣，忽然之間出了神，不再與我們在一起，魂遊四方，過好一會兒才回來。」

如今的女孩子都太厲害，男人的心事他們一猜便知，難怪人家說聰明的女人不適宜做妻子，我打量着璉黛，她是鋒芒畢露的，一點也不含蓄，的確現在流行這樣的女子，開放、大膽，毫無顧忌，但是我不喜歡，女人總得像女人，女人要有柔軟感。

璉黛剛強過度，她是那種「雖千萬人，吾往矣」的女子，千萬人當然是拜倒在她腳下的男人。她對男人甚至不會冷笑，冷笑也是要感情的，她根本沒有看見他們倒下，她跨過他們，像跨過一堆石頭，便走向前了。

璉黛輕聲問我：「為什麼你心事重重，永遠不說出來？」

非常親暱，像一個男孩子問他的女朋友：「你穿的是絲襪褲，還是吊襪帶？」

我又臉紅了。我說：「我哪裏說得了那麼多？如果把我想着的事都告訴你，你也會覺得難堪吧。」

璉黛的眼睛發亮，「你在想什麼？」

天呵，這年頭的時代女性，我有種感覺，她要強姦我了，我只是笑。

寶兒適在這個時候叫了起來，「喂喂，你們兩個人別這樣交頭接耳好不好？我反對！」

我說：「怎麼？我們還有餘興節目嗎？」

「去跳舞！」藍剛說。

我表示贊成。因為我有話想要跟寶兒說。

我們到夜總會，找到位子，叫了飲品。

輪到我與寶兒跳舞的時候，我跟她說：「寶兒，你可以不可以答應我，我跟你說的話，不告訴藍剛？」

「什麼事？」她問。

「你先答應了再說。」我說。

「藍剛很愛我，你當心！」寶兒向我眨眨眼。

我啼笑皆非，「不，與你想像中的完全不一樣，我不是那樣的人，你放心。」

「哦，」她彷彿有點失望，又彷彿鬆了口氣，「那是什麼事？你彷彿很緊張。」

「是的。」我遲疑一下，終於問：「你知道藍玉這個人？」

她搖搖頭，意料中事，我不知道的事，她怎麼會知道。我還是失望了。

「誰？」她狐疑的問：「誰叫藍玉？」

「忘了它，如果你不在藍剛面前提起，那麼咱們還是老朋友。」我說。

「好的，我不說。」

「謝謝你。」但是我對她毫無信心。

寶兒不是可以信任的那種女孩子，她是一個普通的女人，不知什麼叫做保守秘密，不過好是好在她也從來未曾以一個知識分子姿態出現過，誰相信她，誰比她更笨。

我回去與璉黛在一起坐，我們繼續聊天、喝酒，消耗時間。

漸漸我覺得不耐煩，想走。

這裏兩個女孩子，一個太蠢，一個太聰明，都叫人覺得辛苦。

在十點鐘的時候我告辭。

藍剛說：「替我送璉黛回去吧。」

「好的。」我說。

藍剛又說：「明天下午我到你家來好不好？我們玩雙六，很久沒與你交手了，賭一百塊。」

我點點頭。

上了車，璉黛問我：「要不要找個地方喝咖啡？」

我微微一笑，我實在是有點疲倦，我說：「咖啡店太擠，而且也太吵。」
她想一想，「這樣吧，上我家來，如果不介意，嚐嚐我的咖啡。」
我一呆，沒想到她會這樣建議，再推辭下去，顯得太沒禮貌——漂亮的小姐邀請到香閨去，又是深夜，如果拒絕，下次還想見她嗎？
我說：「不怕打擾的話，我一定到。」
她淡然一笑，「如果我怕你打擾，早在藍剛讓你送我的時候，已經拒絕了。」
她是一個聰明的女孩子。
我問：「請問住什麼地方？」
她把地址告訴我。
「一個人住？」
「是的。」她問：「對於一個人住的女子，有什麼感覺？」
「她是個經濟上完全獨立的女子，要討好她不是太容易的事，她才不稀罕一頓晚飯、一束鮮花。」

璉黛笑了。

「家明，我喜歡你，我希望你會約會我。」她很坦率地說。

這是她可愛的地方。

我說：「我沒有這樣的勇氣，試一試罷，我的朋友藍剛倒是理想人選。」

「他？」璉黛有點詫異。

「為什麼不是他？」我也十分詫異。

「我認識他很久了。」她說：「遠在他去英國之前，我不會喜歡他多過一個朋友那樣。」

「為什麼？」

「我覺得他太喜歡以女人殺手姿態出現。當然，殺殺寶兒這樣的女孩子是綽綽有餘了，」她笑：「殺雞還真的不需要牛刀呢。」

我也只好笑。

璉黛真的刻薄，但也說到真相上去。

「但是你不一樣，」她忽然認真起來，「你是那種可以託付終身的男人，立時三刻使女人覺得有安全感，沒有是非、有性格、有品德、有學問的人。」
我吃驚了，「天呀，」我說：「我從沒有想到我有這樣的美德呢。」
「別怕，」她笑，「我的家到了。」
我把車子停下來。我們下車。
她說：「唉呀，剛洗過地呢。」
地下是濕的，輕風吹來，有種涼意，那情況就像倫敦的初春，忽然之間，我刻骨銘心地想念起倫敦來。可惜在英國沒有戀愛過。
璉黛問：「你又在想什麼？」
我說：「在想，我竟沒有戀愛過。」
「真的？」她詫異了。
「是的。」
「我相信你。」她把手臂繞着我的手。
我倒覺得很自然。我跟她到家。
她的公寓布置得很素淨，一塵不染。

我坐下。她到廚房去做咖啡。

我翻了翻雜誌，她把咖啡已端了出來。

連茶具都是考究的。她是一個能幹的女孩子。

我喝着咖啡，好香。

我問：「常常有客人來的，是嗎？」

「你是指男客？」她問：「還沒有人配來過。」

「我相信你。」我說。

她淡淡的笑道：「謝謝你，你還喜歡這咖啡吧？」

「很好。」我居然很鬆弛，伸長了腿。

「你住在家裏？」她問我。

「是的。」我說：「我是獨子，沒結婚之前，住在家中無所謂吧。」

「當然，如果你喜歡的話。」她聳聳肩。

「像你這樣的女孩子，要嫁人其實很容易，」我說：「也可以說是很難的，恐怕你擇偶的條件很高。」

「我不想結婚，」璉黛說：「我也不想同居，我只希望有一個伴侶。」

「那正是最難的。」我溫和的說。

她無奈的笑笑，「你疲倦了吧，你可以隨時告辭。」

「好的。」我站起來，說：「我有你的電話號碼。」

璉黛送我下樓，到了樓下，我說：「我再送你上去，怕梯間有壞人。」

她笑笑，又讓我送她到門口，看她開門進去，然後才走。我沒有吻她，什麼也沒有。

我相信我們都不是那種上夜總會去看節目的人了，早已過了那種階段，如果真的談得攏，不如在一起聊聊天。

第二天藍剛來找我。

他問：「爸爸媽媽呢？」

「旅行去了。」我說：「兩老很會享受。」

「兩個人，不如玩雙六，沒有橋牌搭子。」他說。

「好的。」我拿出雙六棋子，「寶兒呢，你沒帶她出來？」

「怎麼可能天天帶着她？」藍剛說：「只在我有空的時候才找她，她是不是有空，與我無關的。」

我看他一眼，笑：「倒是很自私。」

「我從沒說過我不是。」他說：「我不是那種樂意提攜女人的男人，把她們從底下層救出來，連帶她的一家也恩待，幹嗎？我不是耶穌，也不是聖誕老人，一個人逍遙自在，樂不可支。」

「有老婆，」我笑，「冷暖也有人知道呀。」

「她知道我的冷暖有什麼用？」藍剛笑，「如果她一輩子靠死了我，真是想想不寒而慄！」

「如果你愛她，一切都不一樣了。」我說。

「那當然，如果我不是受薪階級，大把鈔票，一定娶個女人回來幫着我呢，我又沒有那個資格。」他笑。

「寶兒知道你這種想法嗎？」我問。

「她知道，但是女人有個通病，她們老覺得對別人如此，她是個例外，她有魅力來改變我。」

藍剛笑了，我也笑。

我們玩到吃晚飯時候才出來，藍剛與我又恢復友誼。晚間是想找璉黛出來，隨後作罷。男人很難寂寞，偶然也有，卻不是肉體上的寂寞，我只希望有個女子了解我，站在我身邊，支持我。

男人與女人的關係漸漸淡薄。肯養着女人的丈夫已經少之又少，大多數是那種粗茶淡飯的男人才想娶老婆，因為他們無法接觸到其他的女人。

至於我，我還在茫茫人海中尋找藍玉。

藍玉會不會在尋找家明？

天氣漸漸潮濕，藍剛早換上了短袖襯衫。

寶兒已被淘汰，現在跟着他的是一個叫做咪咪的女孩子。

他把咪咪介紹給我。我想：又是三個月的貨色吧。

但這個女孩子有種罕見的天真，似乎什麼都不在乎，一張圓臉純得任人宰割。

他請我吃飯，我把璉黛約了出來。

璉黛很得體自然。

她說：「這種情形我見過很多次了。」她是指藍剛頻換女友。

我忽然想起，「那麼，你說是在他沒有去英國之前，他已經有這種習慣？」

「當然。」璉黛笑，「藍剛那時候的女友，都早做了母親輩啦。」

「你與他有多熟？」

「我們兩姐妹與他是同校同學，不同班。」璉黛說。

「啊，你知道藍玉這個人嗎？」我問。

「那不是他的女朋友，那是他的妹妹。」璉黛說。

「妹妹！」我低呼。

「當然，你以為是誰？」她問。

「可以找到她嗎？」我問。

「當然，問藍剛好了。」璉黛說。

「如果藍剛肯說，我難道還得問你？」我說。

璉黛沉默了一會兒，她說：「對不起，我太笨了，無法與你交通，我告辭。」她拿起手袋站起來。

「璉黛，」我拉住她，「對不起——」

「再見。」她什麼話也不說，拂袖而去。她被得罪了。

藍剛問：「怎麼了?」

我心頭很悶，為了藍玉，我一提起這個名字，就會得罪人。我說：「她生氣，走了。」

「哦。」藍剛說：「讓她走吧。」

如果只是女朋友，讓她走吧，如果是朋友，可沒有這麼簡單。

「我去找她回來。」我說：「我先走一步。」

「別傻了，她怎麼會回家！」藍剛笑道。

「她不是那樣的人。」

「當心，家明！」咪咪笑道。

我走了。經過花店時買一束花。

也許璉黛根本不喜歡一大堆人一起見面，咪咪比寶兒還乏味，我難道不知道？

我到璉黛的寓所按鈴。她出來應門，正在洗頭，頭髮濕濕地裹在毛巾裏。

我說：「不介意我進來？我是道歉來的。」我把花遞上去。

她笑。氣早消了。

「請進。」

她用大毛巾擦着頭。「下次不用買花，我會誤會的。」

「我不喜歡空手到別人家裏去。」

「謝謝，下次買水果吧，巧克力用不着，我一輩子都不吃糖。」我坐下來，看着她把花放進花瓶裏，她有一隻很高的水晶花瓶。

「你的名字不應該叫璉黛，」我說：「應該叫玫瑰，或者是丹薇。」

「你自己已經是家明了，還不心足？」她笑，「怎麼老以救世主的姿態出現？」

她把頭髮梳通，披在肩上待乾。

水晶簾下看梳頭的光景恐怕也不過如此，詩人們把幻想擴大，得到了滿足，後世的人以為他們家中真的有一座水晶的簾子。

「你想知道什麼？」璉黛問。

我笑，「幾乎不想問了。」

「還是問吧，是不是藍玉的事？」

我詫異：「你真聰明至斯！」

她忽然嘲諷起來，「有什麼用？並沒有人因此提拔我一把，我還是躭在這裏。聰明對一個女人來說是負累。好了，你要知道什麼？」

「藍剛為什麼與她不和？」我問。

「我們不知道。」她搖搖頭，「但是他們還常常見面，我還沒見過藍玉幾次，她是一個很美的女孩子。」

「美，倒並不見得，她沒有你神氣，」我說：「那日藍剛的生日，你見到她沒有？」

「她沒有打扮，打扮起來是很美的，小時候大家一起劃眼圈，數她最艷。」

「你不覺藍剛對她特別冷淡？」我問。

「早就覺得了，藍剛對女人一貫如此。」

「為什麼？」我說：「藍玉是他的妹妹。」

「真的不知道，」她為難的說：「我的習慣是不探人私隱，我對別人的生活不感興趣。」

「對不起。」

「沒關係，你為什麼要追究？」

「我喜歡這女子。」我坦白的說。

「呵。」

「我想認識她，真的。」

「如果我有辦法，一定幫你忙。」璉黛說：「我會記得。」

「謝謝你。」我說：「我要告辭了，打擾你。」

「那是一個拒絕女人的好辦法——向她打聽另一個女人。」

「璉黛，你別多心——」我連忙解釋。

「我沒有。」她微笑，忽然落下一串淚珠。

我呆了一會兒，然後說：「再見。」我走了。

我傷害了她。外表剛強的女子往往是最容易受傷害的，這是我的錯。我傻傻地在街上走。真不懂女人，我又沒對璉黛說過俏皮話，又沒追求過她，她憑什麼以為我會故意傷害她？女人，沒事連招呼也不要跟她們打一個。

我看看錶，才四點，往什麼地方去好？找藍剛去，或許他提早走，就帶咪咪回家了。

無論如何先撥一個電話去。

電話響了很久很久沒人聽，忽然之間我的心煩躁起來，生活真是沒意思，期望這個期望那個，無論做什麼事都有人在前面擋着，人與人擠在一起。做人真的做得很恨。

記得有一次，大夥兒一起吃飯，大家都有點膩，決定不再做男人，要做女人。

她們問我，我說：「我不要做人了，做白鮓吧，俗稱啫喱魚的那種。」

然後他們說：「子非魚，焉知魚之樂乎？」

真是十分啼笑皆非的。

「那麼，」我沉默地說：「讓我這次生命結束之後，再也不要有生命吧。」

他們也沉默一會兒，答：「根本如此，好好的過這一輩子吧。」

電話鈴響着，然後有人來接電話，是一個女孩子，她問：「請問找誰？」

我懷疑打錯了電話：「藍剛在？」

「不在，請問哪一位？留個話好不好？」

「你是哪一位？」我問：「我是家明。」我懷疑她是咪咪。

「家明？」那邊沉默一下，「我是藍玉。」

我簡直不相信自己有這麼好的運氣。隔了很久很久，我說：「藍玉！你在哥哥家中嗎？」

「不在，我幫他把夏天的衣服收拾出來，天氣熱了，你知道藍剛，他像個小孩子，穿了好幾個月的厚毛衣，早該膩了，」她笑，「巴不得趕快穿短袖子呢。」

動。」

我也笑，我說：「我現在馬上來，你坐在那裏別動，好不好？答應我，別

「藍剛不在。」

「我知道，剛與他分手，我現在就來！」我說一個謊，「他欠我一本書，我趕緊要拿回來。」

「好的。」

我放下電話，馬上衝出門去，開動車子，直是踏破鐵鞋無覓處，得來全不費功夫。

我一路匆匆忙忙的，碰到紅燈就跳腳，一邊又告訴自己，要當心，不然撞死在車上就永遠到不了那個地方。但是為什麼？行人過馬路的時候，我把頭放在駕駛盤上想，為什麼？為了一個只見過一次面、說過數句話的女子，豈不是太浪漫了，這樣盲目的追尋一個不相干的人，不過是為了滿足生活上的空虛。

我的空虛與藍剛的空虛並非不一樣，因此他不停的換女朋友，我不停的尋求一個理想的對象。

我們還有什麼好做的呢？我茫然的想，書讀過了，女朋友隨手可以找到，工作並不差，但是決無希望飛黃騰達，我們這些小市民還能做什麼呢，週末跑馬吧，看踢足球，對牢電視機，搓麻將，可以做這些，如果你喜歡的話。不喜歡吧？可以結婚，生一大堆子女，叫他們也同樣的困惑。

車子終於到了，我隨意把它停在橫街上，奔上樓去。

我忽然很害怕，怕見到藍玉的時候，與我存在心中的印象不合。

我用力地按着鈴，藍玉說：「來了！來了！」

現在很少人應門的時候會說來了來了，真是孩子氣。

門打開，她站在我面前，很親切地說：「家明嗎？請進來，我已經替你泡了茶。」

她的頭髮用髮夾夾起來，襯衫袖子高捲，顯然在操作。

她和氣的說：「好久沒來了？藍剛很久都沒說起你，我們昨天才商量請朋友吃飯。」

我看着她，我很想告訴她，我是幾乎歷盡千辛萬苦才把她找到的，但是見到了她，覺得一切都平復了，不要緊，她不是在我面前嗎？

我寧一寧神，坐了下來喝一口茶。

藍玉問我：「你要的是哪本書，讓我幫你找找看。」

我說：「你先把你的住址電話告訴我。」

「呵？」

「請說吧。」我拿出紙筆。「別騙我，我知道有些女孩子，居然把廉政公署的投訴電話告訴男人的。」

她笑，「是嗎？真是好辦法。」

「女孩子們真是殘忍，」我說：「來，講。」

她順手取過我的筆，寫了號碼給我。

「地址呢？」我追問。

「你問藍剛，還怕找不到我？」她詫異，「家明，你是我哥哥的老朋友呀。」

但是我們老朋友差點為她翻了臉。

「你跟你哥哥的感情好不好？」我問。

「很好，」她笑，「謝謝。」

我不明白。

「好的。」我說：「我要試一試這號碼。」

我拿起電話撥了過去，我說道：「請藍玉小姐。」

「藍小姐出去了。」

我問：「你是哪一位？」

「我是女傭。」

「謝謝你。」我放下電話。

「你看，」藍玉笑，「我從沒見過像你這樣的人呢。」

「你住在什麼地方？」我迫切的問。

「落陽道三號。」她說。

「好了，現在我們可以談其他的了。」

「你那本書呢？」她問：「我替你找找。」

「好吧，是《駱駝祥子》。」我說：「恐怕是在書架上。」

她沉默一會兒，「家明，你知道藍剛是從來不看這種書的，他除了科技書籍，只看英文版《讀者文摘》，他連中文字也不多認識，怎麼會向你借這種書？」

我說：「我撒了謊。」

「為什麼？」她笑，「為什麼撒這種謊？」

「我怕你走掉，不肯等我來。」我很坦白。

「奇怪，這是我哥哥的家，我怕什麼等；我天天在這裏坐。」她說：「我越來越不明白了。」

我瞪着她。我還以為我運氣好，一撥電話她就在，誰曉得她卻天天在這間屋子裏。

我找得她這麼辛苦，原來她天天在這裏。

她的臉色還是象牙色的，捧着一隻茶杯喝水。動人的神情呵。身邊一大疊藍剛的夏季衣服，襯衫管襯衫，褲子管褲子，她把她兄弟照顧得這麼好。

「你們兩個人為什麼不住在一起？」我問。

「大家都有私生活，沒有必要住一起呢。」她說。

「藍剛的私生活是忙一點呢。」我說。

她笑笑，「男孩子，當然是這個樣子。」她很原諒的說。

我可以坐在這裏與藍玉聊一整天。但是藍剛是要回來的，我很怕他因此又被得罪。

我說：「我請你答應我，別提我來過這裏，藍剛會不喜歡。」

「為什麼？」藍玉不明白地看着我。

「別問，只答應我，好嗎？」

「好的好的。」她說：「我不懂得，但是我答應。」

她把衣服拿起，到房間去逐件掛好，然後抹抹手，她說：「好了，我該走了。」

「到哪裏去？是週末呢。」我提醒她。

「你有建議嗎？」她問。

「有，我們到淺水灣吃下午茶去。」

「快晚飯了，還喝茶呢。」她笑。

「那麼就晚飯好了。」我慷慨地：「喜歡哪裏就哪裏，把薪水吃掉它，吃死為止。」

她笑，「好的，我們走。」

仍然是那種溫和的、母性的笑，一種溫柔的光輝，佔據我的心，長遠的渴望與等待是值得的。

我們等電梯，我偷偷的看她一眼，她臉上帶着微笑，也回頭看我一眼。

「家明，我真不懂得你，為什麼這樣的孩子氣？發生了什麼事？」她笑說：「看你，喜孜孜地。」

但是我還沒有回答，電梯門一開，藍剛與咪咪回來了。

我的心直沉下去。

藍剛一看見我，非常驚異，剛想打招呼，馬上看到我身邊的藍玉，他整個人凝了一凝。

他反應很快，馬上對咪咪說：「你先回去。」

咪咪要抗議，被他一手推進電梯，「快！」

咪咪來不及尖叫，電梯門已經合上。

我先開口，「藍剛，我真不明白為什麼你要這麼做，你不覺得過火嗎？」

藍剛以一種低氣壓低溫度的語氣問藍玉，「你來幹什麼？」

「幫你收拾衣服。」藍玉平靜的說。

「那個我自己會，我只要你為我做一件事。」

「什麼？」藍玉抬起頭。

「遠離我的生活！」

他頭也不回的進屋子，關上門。

我有種感覺，我們這一次一定要成陌路人了。

「藍剛！」藍玉追上去。

她按鈴，但是沒有人來開門。

她看看我，無可奈何的笑了，「家明，你先回去。」

「他不會有事的！」我說：「他只是不喜歡我看見你！」

「什麼？」

「他不讓我見你、提你，甚至是說起你，我感到極度的困擾，而且不明白為什麼他要這麼做！你看今天的反應！像世界末日似的，為什麼？不過是因為他最好的朋友與他妹妹站在同一條走廊上。」

我越說越氣憤。

「君子成人之美，不肯也算了，何必這樣！」我加一句。

藍玉一直默不出聲，她說：「好了，家明，你可以回去，我明白了。」

「我們的晚飯——」我急。

「我想你也不會有心情吃飯了。」她說。

「是的。」

「我們改天再見。」

「我打電話給你。」我說：「我不相信現在還有孔雀東南飛的故事。」

她微笑着，但是笑容非常的灰敗，「你回家吧。」

「你很愛你的哥哥。」我說：「他卻不愛你了！」

「我很關心他。在這世界上，我只有他一個親人，他只有我，血濃於水，你聽過反目成仇的情人，但兄妹很少登報脫離關係，你放心。」

我說：「照顧你自己。」

「這個我懂得。」她說：「家明，如果藍剛不喜歡你與我有接觸，你聽他的話好了。」

「我不明白。」

「或者他是為你好。」

「我不懂。」我說：「你太聽藍剛的話，我要走了，我想回家洗個熱水澡，改天見。」

「再見，家明。」

我進電梯走了。

到樓下，咪咪還在等車。

她氣得臉都歪了，化妝早已糊掉。

她見到我，拉住我，「家明，你送我回家。」

「好的，」我說。

我怕她一路上罵藍剛，她卻沒有。每個女子都有可敬可畏的地方，咪咪在這方面很硬。

她說：「剛好是計程車司機吃飯的時候。」

「是的。」

我飛車到她家門。

「謝謝你，家明。」

「不客氣。」我說：「好好的休息，別再生氣。」

「我早氣過了。」她恨恨的說：「決不再浪費時間！」

我微笑，她進去了。

回到家，我放下一張唱片，聽我要聽的歌。

我在筆記簿上劃符號，真是不明白，來來去去那幾個問題，我並沒有時間問藍玉。

為什麼藍剛要他的妹妹與我們隔開？

藍剛的脾氣是壞一點，是非常的驕傲，但事實上他是一個溫情的傢伙，他對我好是沒話說的，但是我怎麼能夠告訴他，我並不是開玩笑？我對藍玉有異常好感。

不過他也會說：「別開玩笑了，天下那麼多女人，只是她一個？」

夜裏打了一個電話給藍剛，沒人聽。

再過幾天我找藍玉，女傭說她不在。

沒有父母的兩兄妹不一起住。

我記得藍剛大聲對她說：「離開我的生活！」

我寫一封信到他公司去。

他沒有回。

他彷彿叫我也離開他的生活。

過沒多少天，我再去電話，宿舍的人說他搬掉了。

如果真的找藍剛，是可以的。

我問：「他的新地址呢？」

電話那邊的人說：「他會通知他的朋友。」那是指我並非他的朋友。

再要找他也是可以的，不是可以動用私家偵探嗎？但我的臉皮沒有那麼厚。

藍剛的理由一定是充份的，不管為了什麼，他一定有他的理由，他有那麼科學化的腦袋。

我不停的找藍玉，終於被我找到她。

她說：「真後悔把電話給了你。」

「因為藍剛說我的壞話？」我問。

「他沒提起你。」

「那就行了，別管他，你不會因為他而對我起反感吧？」

「家明，我覺得你與眾不同，你是值得信任的，一切事情其實再簡單沒有了，你一想便該明白。」

「想什麼？」我大惑不解。

「如果你不願意想，那麼你來看吧。」

「看什麼？」我問。

「來看看為何藍剛不要你與我來往。」

「我不明白。」

「我來接你，廿分鐘後在樓下等。」她說。

「好的。」我說：「只要見到你，我什麼也不介意。」

「真是癡心！」她說：「這種對白現在連電影中都聽不到了。」她的聲音裏非常蒼涼。

我說：「一會兒見。」

我幾乎是馬上跑到樓下去等的，她來接我，她真是奇怪，為什麼她要來接我？

她來了。

我當時沒有看見她。

一輛雪白的雪鐵龍CX對牢我按喇叭，我抬頭好幾次，不明白為什麼，終於車門打開，藍玉站出來。

我呆呆的看着她，這是她的車子？

我問：「你坐在這種車裏幹什麼？」

她說：「進來吧。」

我坐在她的身邊——「你的車子？」

她笑笑，「是的。」

「你們的父親剩下不少錢給你們呢。」我說。

「我自己的錢。」她說。

「呵？」

「我賺的。」她說。

「我以為你剛自學校出來。」我說。

「學校，什麼學校？」他看着我問。

「大學。」我納罕的說：「當然是，像你哥哥……」

「呵，是，社會大學，我現在還在寫論文，專修吃喝嫖賭。」她笑說。

她今日的臉並不是濃妝的，不過是搽了點口紅；但是很稀奇，偏偏給人一種哀艷的感覺，像京戲中的旦角，沒有真實感，她的態度那麼特別。

我開導她：「即使你沒有學藍剛，也不見得錯了，有些人喜歡上學，有些人不喜歡上學。」

她笑笑，把車子往市區駛，到了著名夜生活區，把車子在一條橫街上一停，有印度人替她開車門，她把車匙交給那人，我目瞪口呆地站着。

「來看看我的店。」她把手放進我臂彎。

她拉着我往一條旋轉樓梯走下地窖。

音響排山倒海的進入我的耳朵。

地窖下是一間酒吧俱樂部，一個年青的女歌星站在台上，不斷蠕動她青春的身體，大叫大喊地唱一首歌：

「我的愛人快來與我跳，

跳到天亮清晨，

愛人快來，

哼哼，愛人快來！」

對她來說，彷彿跳舞是一切。

我震慄地看着藍玉，她熟落地在打招呼，在藍紫色的燈光下，她是個不折不扣的美女，唇紅欲滴，眼睛閃亮，皮膚是那麼白。

我忽然想起璉黛說過，她說藍玉是個美女，她大概也在這種場合看過她？

我萬念俱灰，我的女神原來在這種地方出沒的。怎可能！我做夢也不能想到。

她與我坐下來。

她說：「全城最好的酒吧，我的金礦，怎麼樣？」

「你在這裏工作？」我絕望的看着她。

「不，我擁有這個地方。」

「我不明白。」我張大嘴巴。

「擁有。我是老闆娘，不明白？我是媽媽生，手下廿四個全城最好的小姐，每人月入三五萬港幣。」

我想說話，但是她講的每一個字都在我耳中引起回音，聽着使我沒踏到實地。

吧。」

她說：「我很有錢，你看到了，你現在知道為什麼藍剛不願意你與我來往了

她的笑還是那麼溫和。我明白她笑中真正的含意了。她根本不再在乎，不再關心，她有她自己的國度，在這個地方，她根本不需要前程，不需要希望。

「我們走吧。」她站起來。

有兩三個打扮時髦的女子迎上來與她擁抱，同時上上下下打量着我，嘻笑。

藍玉送我到門口，她說：「如果你是藍剛的朋友，別宣揚出去，好嗎？」

說到藍剛的時候，她的語氣中那種迫切還是如此動人。

「一定。」我簡單的說。

「知道嗎？家明，如果我有資格，我是會追求你的。」她微笑說：「我雖然沒有自卑感，也不想高攀任何人，在我自己的天地中，我很自由自在。」

我胡亂的點點頭，走了。

我是步行回家的。

天氣很潮濕，風很涼，穿單布衫嫌冷，穿毛衣嫌熱。

父母旅行回來了。

媽媽對這種天氣的評語是：「春天生意實難做，一頭行李一頭貨。」

週末我躭在家中，在長沙發胡亂酣睡了，睡夢中聽見大廈各層的電話鈴，搓麻將聲。

看了就明白了。

的確是，怎麼解釋呢，我是藍剛，也只好與藍玉分開生活。照常理推測，要不藍剛是酒吧打手，要不藍玉也是大學生，但現實安排他們走了不同的路。

怎麼會發生這種事，並不重要，重要的是這是事實。

我陪母親進進出出，甚至是買衣料、縫旗袍，時間太多。

在綢緞店裏碰見璉黛。

她把一幅絲緞覆在身上比劃，料子垂在她胸前，活像印度舞孃似的，她的一張臉在鏡子前非常活潑，我馬上上前與她打招呼。

她似乎是與女友同來的，看到我，她像是很愉快。

「家明，好嗎？」她熱烈地與我握手。

我連忙把她介紹給母親。她是可以介紹給家人的那種女友，我想起藍玉，非常辛酸，誰能堂堂正正地把藍玉帶到母親面前？

媽媽看看璉黛，馬上說：「與我們一起喝茶吧，我們一起去吃茶。」

出乎我意料之外，璉黛居然答應了。

母親顯然也頗為意外，因此對她刮目相看起來了。

我們挑了個咖啡座，選了茶點點心，媽媽從衣料一直說起，說到擇媳條件。

我頻頻打呵欠，暗示好幾次——「媽，你也累了，回家休息休息吧，可好？」

但是她白我一眼，繼續說下去。

璉黛呢，她一直微笑，我覺得一個女人如果懂得以微笑來對付一切事情，那麼她已經成熟了，與成熟的女人來往是安全的。

到最後媽媽顯然是吃不消了，她要回去睡覺。「好吧！」我說：「我送你回家。」

「不不不，」媽媽說：「你們兩個人多玩一會兒，我自己回去！」

「媽……」我道。

「我自己回去！」母親說。

她自己回去了。

我向璉黛聳聳肩。

她說：「我也會自己回去的。」

「別這樣好不好？」我說：「我們去逛逛。」

「不，我真的要回去了，多謝你那頓茶，謝謝你母親。」

「別客氣。」我說：「我希望我們可以一起吃晚飯。」

她看了我半晌，終於點點頭。

女孩子就是這樣，禁不得你求她，求求就答應了。

我們有點沉默，態度像老相好似的。

我說：「這些日子你在做什麼？」

「什麼也沒做，無聊得很。」她說：「上班下班。我父母快要搬來與我同住了。」

「嗯。」我說。

「你呢？找到藍玉沒有？」她問。

我一怔，我告訴過她這件事，她記住了，因此我在她心目中的地位還是相當重要的。

「找到了。」我說。

「在什麼地方找到的？」她問道。

我一怔，馬上明白了。我看着她。「你一直知道的，是不是？」

「是。」

「但是你沒有說，為什麼不告訴我？」

「知道的事都得說出來嗎？」她反問：「我還沒有這個習慣。」

我沉默了一下，每個女人都有她的美德，這是璉黛最美麗的地方。

「你與他們是同學？」我問。

「與藍剛是同學。」

「可否把他們的事告訴我？」我作一個不合理的要求。

「但你不是都知道了嗎？」她詫異的問。

「但藍玉是怎麼淪落到風塵裏去的？」我問。

「她根本沒有淪落，她是在風塵中長大的，她十四歲就在酒吧做女侍，她們家的開銷是她頂着的，不然，你以為藍剛是怎麼出去留的學？」璉黛說。

「你的意思是？」我一時還不明白。

「藍剛是藍玉栽培的。」她說：「我講得太多了。」

我非常的驚訝震盪。

「藍剛並不知道我曉得那麼多，但是同學之間沒有什麼可瞞的，我與藍玉有一度很熟。」璉黛說：「她是一個很好的女孩子，最好的地方是她一向不抱怨，她並沒有哭訴社會害了她，事實上她現在很有錢也很有面子，看不出來吧？」

我用手帕掩住了嘴，咳了兩聲。

我一句話說不出來，靠在椅子上。

「藍剛這個人，你知道他，他是十分好強的，他的心理可以猜想得到。」璉黛說。
「不錯。」我終於說了兩個字，喉嚨乾燥。
「家明，我們還是朋友吧。」她問。
「當然，璉黛，你是好朋友。」我說。
「有空找我。」她說。
「自然。」我說：「請不要拒絕我的約會。」
她笑：「對於好的男人，真不想把他們佔為己有，做普通朋友反而可以做一輩子。」
我說：「我並不是好男人。」
璉黛笑笑。
我並沒有考慮多久，便去找藍玉。
她的酒吧叫「金世界」，多麼貼切的名字。
她的世界是超乎我想像的，這是我平生第一次花錢到這種地方來坐。
我跟侍者說：「藍玉小姐。」

他沒聽懂。當然，我怎麼這麼笨，她在這裏不可能叫藍玉。我改口說：「老闆娘。」

「哦！」他堆滿了笑容，「你請等一等。」

沒到一會兒，藍玉來了。

見到是我，藍玉笑笑，「怎麼，有空？」態度變得很熟落，坐在我的身邊，「喝什麼？」

一點也不像粵語片，她並沒有勸我趕快離開。

「來看看你。」我說。

「有什麼好看的？」她問：「我還不就是這個樣子。」

真的，有什麼好看，她還年輕，長得很美，穿着一套白色細麻的衫裙，金色涼鞋，與一般打扮時髦的年輕女子沒有任何分別。

時勢早已變了，現在的歡場女角早已不是杜十娘，看看藍玉，她在這裏多健康快樂。

她說：「喝拔蘭地好不好？」

我點點頭。

「你知道這裏一切怎麼算？」她說：「很貴的。」

來了，「我付得起。」我賭氣的說。

她笑，「這對白多像文藝小說，我當然喜歡你在這裏多花一點。我是老闆，沒說不歡迎顧客的。」

「我不是外行，早打聽過了，小姐坐枱子，每人每十五分鐘是廿塊錢。」

「是的，」她笑，「你叫四個小姐陪你兩個鐘頭，是什麼價錢？」

「四乘四乘廿，三百多，開兩瓶酒，一千塊總可以走了吧。」我還是氣。

「是的，」藍玉還是那個笑容，「你一個月可以來幾次？來了又怎樣呢？」

「我真不明白，你竟然會是這地方的老闆娘。」

「我運氣好，早上岸，」她含笑說：「你聽過一般人的俗語嗎？我便是他們口裏所謂撈得風生水起的紅牌阿姑。」

「你不像。」我終於說。

「誰的額頭上鑿了字呢？」她問。

「你是……撈女？」

「當然是。」她笑笑，「我十四歲在這吧裏混，被選過酒吧公主，也被星探發掘過，入過黑幫，被闊佬包起過……這還不算撈女？你以為撈女是怎麼樣的？」

「你還這麼年輕……」我一口口的喝着拔蘭地說。

「做我們這一行的，現在不上岸，一輩子上不了岸。」她說：「不算年輕了，我已經二十六歲，現在出來做小姐都只有十七八。」

「我聽說過。」我說：「社會真是……」

「社會，」她輕笑，非常溫文，「我卻不抱怨社會，我們不都是活得好好的嗎？我有錢、生活多彩多姿，我不需要理會別人怎麼想。」

她打開手袋，拿出一隻金煙盒，抽煙的姿勢很純熟，眉梢眼角果然有種看破紅塵的感覺，她仰起頭，把煙以標準姿勢噴出來。

我喝着酒，他們替我添拔蘭地。

我說：「你可以脫離這個環境，你可以再到學校去……」

她笑，把手放在我的手上，「家明，你不明白，是不是？你還想打救風塵女子，你看小說看得太多了。現在不是啼笑姻緣時代，我們並不苦，苦的是你們。」她嘴角閃過一絲嘲弄。

「我們苦？」我反問。

「當然，家明，知識對你有什麼益處呢？以你的收入，幾時才能自由呢，如今的社會並不崇尚讀書，如果我是一個工廠女工……你知道車一打牛仔褲多少錢？兩塊港幣！如果我是一個女工，藍剛能到英國去嗎？」

「當然你是有理想的。」我說。

「家明！」她微笑。

「你的意思是，你一點悔意都沒有，你不想脫離這個環境。」我絕望的說。

「我在這裏發跡，我又在這裏發財，為什麼我要離開這裏？」她按熄了煙。

「我喝得太多了。」我說着放下酒杯。

「要橘子汁嗎？」她問我。

「不要。」我心口很悶，「我要走了。」

「我送你回去。」

「不用，結賬。」我招手叫侍者。

「我替你簽字。」她說。

「不用，你不能做蝕本生意。」我掏出皮夾子來。

侍役拿着小電筒照着賬單，我付鈔票。

藍玉看着我，她仍然在微笑。

忽然之間我很傷心，我握着她的手，我說道：「你知道，小時候我在香港唸中學，當時流行開舞會，為了這個我曾經去學過跳舞，我會華爾滋。」

她凝視着我，很忍耐很溫柔的聆聽着。

「但是我從來沒有跳過，」我說下去，「因為我沒有看中任何一個女孩子，我是一個笨人，對於舞伴，我是很挑剔的。」我的眼淚湧上來。

她讓我握着她的手。

我問：「藍玉，不管怎麼樣，陪我跳一個舞好不好？」

「當然，家明。」她站起來。

我也站起來，我們走到舞池，她吩咐領班幾句，樂隊奏出《田納西華爾滋》。

我很快樂，快樂都是淒涼的，我想不出更好的解釋，幼時操得滾瓜爛熟的舞步忽然施展出來，我自己都很吃驚，我覺得我跳得非常好。

藍玉輕盈得像羽毛，跟着我轉，她的白裙子飛揚開來，她的手溫暖地握在我手中。我們在舞池中轉呀轉。眾人都停止跳舞，看着我們表演。

但音樂終於還是要完的。

我與藍玉跳完了一支華爾滋，我們姿勢優美的停下來。

眾人拍手。

我與藍玉像藝人似的鞠躬。

「謝謝你。」我向她說。

「你是被歡迎的。」她用英語。

我摸摸她的頭髮，「有一刹那，我以為你是我的新娘呢。」

她沒有回答，只是笑。

「當我結婚的時候，我會穿一套淺色西裝，淺色領帶，我要我的新娘穿白色，我喜歡一個教堂婚禮，但是我的新娘不穿緊身禮服，鬆鬆的、飄蕩的——唔，就像你這個樣子，頭上加一個花環——」

我長長太息。

藍玉扶着我。

隔很久，我說：「我走了。」我推開她。

我衝上樓梯，她沒有叫住我，我一回頭，看到她站在樓梯下，默默地看着我，她的微笑已隱沒了。我馬上回家。

那天夜裏我穿得很少，吹了風，又喝得太多，嘔吐一夜。三點起來，五點又起來，整晚沒睡。

第二天到學校，精神非常壞。

我真不想再教下去了，我捧着頭教完三節課，回家睡覺。

媽媽很是嘀咕。

我不大記得跟藍玉說過些什麼，但是我知道她不會笑我。

媽媽說：「璉黛打電話來，我說你睡了，有點不舒服。」

「是嗎？」我遲疑。

「為禮貌你應該回電。」媽媽說。

「她不過是想找人聊天。」

「她是很好的女孩子，非常精明能幹。」

「她不過是幸運，生活在那麼好的家庭中，我不同情這種女孩子，」我說：「她並沒有盡全力。」

「你想挑個怎麼樣的妻子？」

我抬起頭，溫和的說：「我不知道，媽媽，我不知道，我想到威基基去躺着想清楚。」

她歎口氣，走開。

結果我還是把璉黛找來。

我捧着頭呻吟，我的頭痛若裂，一晚醉酒的風流抵不過這種頭痛。

璉黛說：「我們終於成了老友，看我們多麼心平氣和。」

「對不起，我不能陪你去那個舞會。」我說：「我一向怕穿禮服的舞會。」

她說：「我也不是真的想去。」

「如果我是個成功的人士，我會去。」我說：「有什麼味道呢，你想想，每人手中拿酒杯，用正確的口音說英文：『你最近的業務如何？』『謝謝，剛賺了三千萬。』女人們穿得花枝招展，你想想——跟狗展一樣。」

璉黛抬起頭，「奇怪，你根本是正統貴族教育出身的，不應有這種憤世嫉俗的想法。」

我說：「我知道你的意思，與社會一發生關係便是憤世嫉俗。」

她笑，「很多人想去也還去不成呢。」

「那自然。」我笑着，「我們到底還是香港的貴族，不懂中文的中國人是做貴族的先決條件，藍剛早半個月就開始為這種舞會緊張——該戴金勞呢，還是白金鑲鑽伯爵錶？

「你認為他討厭？更討厭的是動輒討論中國往何處去的文藝青年，開口閉口：你會下圍棋嗎？圍棋與搓麻將有什麼分別？同樣是分勝負的遊戲。」

我哈哈的笑起來。

「璉黛，你真的蠻有趣的。」我拍她的肩膀。

「真是越文藝越是惡俗，早不流行這一套做作了，我倒是喜歡藍剛，他夠自然。」

「他的妹妹也是自然。」我補一句。

「她很能幹。」璉黛説：「怎麼？還是愛着她？還沒有克服？」我傻笑。

結果我還是陪璉黛到那個舞會去了。

穿了黑色的衣服，只是我實在沒法忍受那隻領花，改戴一條灰色領帶。

璉黛穿大紅色的長旗袍。

很多人以為她是我的女朋友。

果然，我拿着一杯酒跟人家討論香港未來教育的進展。

真悶死人。

到後來跳舞，我很自然的跟璉黛説：「我不跳舞的。」

她陪我聊天。

我說：「璉黛的黛應是玳瑁的玳，璉玳，多好看。」

「你真挑剔。」她微笑。

她長得很高，穿旗袍很好看，但是她太知道自己的美，處處表演着她的美，雖不過份，我不喜歡。

「看到什麼美麗的女孩子沒有？」璉黛故作大方的問。

我答：「在玫瑰園裏，上千上萬的玫瑰，都是一個樣子的。」

她很沉默。

過了一會兒她說：「家明，你不發覺我對你很遷就？」

「我很抱歉。」我說：「我不知道。」

她看着我。

「如果你覺得太辛苦。」我溫和的說：「我們不必那麼接近。」

「你讓我一步也不可以。」她咕噥，「沒見過你這種人。」

「我不慣於討好人，你無端端情緒大變——」我說不下去。

我無意追求璉黛。她在我面前為什麼要使小性子？

結果她走開了，與一群人比較瑞士與桂林的風景。

我覺得更悶，我獨自站了很久，非常徬徨。

終於我送了璉黛回家，酒會終於結束。

她還想解釋什麼，我微笑地揚揚手，走了。

璉黛口口聲聲説我們是朋友，她還是想找丈夫。

她要把我當做假想情人，我辦不到，我不想娶她這種女人。

現在的女性，貌作獨立，脱離廚房，結婚之後，她們其實是想既不下廚房，又不想工作，女人的奴性更被發揚光大，受過教育的女人更難養。

璉黛便是這樣，我看得出。

我再也沒有去找她了。她來電話找過我一次，我再沒有回電。我不想導致她有錯誤的觀點。

我什麼朋友都沒有了，藍剛，藍剛介紹的女孩子。有時候我可以對着電視看六個小時。

有一日我在看《辛巴與神燈》卡通，媽媽大叫：「有人打電話給你！」媽的聲調是愉快的。

「如果是女人，說我不在！」我叫回去。

「見鬼！」媽媽說。

沒有女人找我，除了璉黛。

「是男人，快來聽！」媽媽大叫。

男人？也好，聽聽說什麼吧。

「喂。」我拿起話筒。

「家明？」

「誰？」聲音好熟。

「藍剛。」

「你？」我很驚異，「什麼事？」

「家明，我家裏出了一點事，想麻煩你。」

「麻煩我？」我受寵若驚，「我能為你做什麼？」

他沉默了很久，我也不出聲，等他想好詞句交代。

我與他這麼久不見，他故意避着我，現在忽然來個電話，當然是撇開自尊心不顧才能做得到，對藍剛來說，還有什麼比他的面子更要緊？

「出來再說好不好？」他的聲調是很低沉的。

事實上我從來沒有聽過藍剛有那種聲調。

於是我與他約好在我們以前常去的一家酒吧。

他早已坐在那裏了，看見我只招招手，什麼話也不說，面前擺着啤酒。

我揚揚手，也叫啤酒。兩個大男人坐着對喝，看上去真是蠻有趣的。

我說：「城中不知道有多少女孩子在等我們去約她們呢，我們卻坐在這裏。」

藍剛對我的幽默感一點興趣也沒有，並不欣賞，他捧着杯子猛喝。

我只好等他慢慢把酒喝完，氣氛是很沉悶的。

他放下酒杯。他問我：「你見過我妹妹？」

我的心底一動。「是的。」聲音非常輕弱。

「你覺得她如何？」他問。

隔了很久，我說：「我不知道。」

「你不知道？」他抬起頭問我。

「她很複雜，不容易形容她的性格，我實在是不知道怎麼解釋她才好。你會原諒我是不是？」

「你為什麼不說，我認為她是個妓女！」他抬起頭。

「藍剛，他是你妹妹！」我吃驚，「你怎可以這樣形容她？」

「我不認為那有什麼分別！」藍剛的聲音是悲哀的。「她不錯是我的妹妹，你知道她吃的是什麼飯！」

「她是一間酒吧的老闆娘。」我鎮靜的說。

「她的錢從什麼地方來？」

「我不知道，我並不關心。」我用平靜的聲調說。

「你不關心！你當然不關心！」藍剛說：「但是這些年來，我交學費付房租的時候，不停的問：這錢是什麼地方來的？」

我接上去，「是你任工程師賺來的。」我說。

「我是說以前！」他不耐煩，「你知道我指什麼。」

「以前的事早屬過去，你想它做什麼呢？多想無益。」

「但是以前的事永遠是存在的。」

「如果你要忘記，別人記得又有什麼用？你理他們呢！況且……」我想到了藍玉，不知怎麼，震動一下，「你妹妹是一個難得的女孩子，你可以對她好一點，也比較公平一點。」

他看着我，「我們相依為命，不用你多提醒。」

「看上去不太像。」我冷冷的說。

「看上去？」他說：「你懂得什麼！」

「是的是的，你找我出來幹什麼？」我說：「我一向什麼也不懂。」

「我要訂婚了。」藍剛忽然宣佈。

「哦，那與我有什麼關係呢，然而恭喜恭喜！」我說：「那位小姐是誰？」

「你認識的。」。

「誰？」我問：「告訴你，我太好奇了！」

「璉黛。」他說。

我呆住了。

「原來我是一直喜歡她的，而且她非常瞭解我，藍玉的事她非常清楚，我不必多費唇舌來解釋，像她這麼明理的女子簡直是少有的。」

璉黛。

「但是我們之間發生了問題，訂婚有儀式，璉黛堅持要有一個酒會，她不允許藍玉參加。」

我漸漸明白。

「我與藍玉說過了，訂婚不要她來，結婚也不要她來，她不肯，她說她有權在場，無論我在什麼地方舉行婚禮，她一定會在場，你說我還有什麼辦法？」

「你叫我勸她看開一點，勸她在自己的生活圈子過一輩子，是不是？」我耐心的說：「從前你雖然靠過她，花過她的錢，但是你現在的身份不一樣，人不為己，天誅地滅，即使是兄妹，也顧不得了。」

他蒼白的抬起頭來，「你知道我是愛她的。」

「是的，她不該妨礙你的生活，」我說：「我會去勸勸她，她真是太孩子氣了。」

「家明！」

我笑，「我明白，我會盡到做朋友的責任。」

他拉住我，「家明！」他聲調是悲哀的。

我冷冷的看着他，他實是可憐的。

「藍剛，她是你的妹妹，你們有共同的父母。」

「是的，我明白，家明，但是璉黛……」

「叫她去地獄！」我厭憎的說：「這個女人不值一個仙！」

「家明，答應我，勸勸藍玉，告訴她我只是她的哥哥，她搗亂我的婚禮是不公平的。」

我沉默着，看着藍剛很久。我不明白，我看不穿他。

「為什麼？」我問：「她在你婚禮中出現，對你有什麼妨礙呢？我不明白。告訴我，你的身份有多高貴，告訴我。」

「家明，你不必用這種聲調對我說話，事情不臨到自己是不知道的。」他很憤慨，「我不過是想請你去勸勸藍玉，你到底是願意還是不願？」

「好好，」我擺着手，「我知道了，可以去的地方多得很，我會勸她到別處尋歡樂，再見。」

「家明！」

「什麼？」

藍剛看着我，大眼睛裏陰晴不定，誰說藍剛與藍玉長得不像？我想到我們在一起的日子，實在不忍。

「家明——」

「我明白了。」我轉身走。

迎面來了璉黛，看到我她呆一呆，她並沒有裝出微笑，她只是看着我。我原意想好好諷刺她幾句，但不知道為什麼竟說不出口。

她看上去很高貴，很鎮靜，穿一件白色T恤，袖口邊上繡着藍色的字樣：芝韻詩、芝韻詩，一邊把價目也拼了出來，但是她穿得很好看。璉黛沒有化妝的臉有種淑女感，男人可以想像她在化妝的時候會有多明艷。

藍剛走過來站在她身邊。

我認得他們兩個人良久，從來沒把他們當一對情人看待過，因此覺得詫異，因為他倆站在一起，居然十分相襯，就在這種相對無言的情況之下，我終於走了。

我第一個感覺是要見到藍玉。藍剛託我做的事，我自問可以做得到，而且越快做越好。

我趕到藍玉的「金世界」。吧裏的客人像是已經身在天堂中，我拉住一個小姐說：「找老闆娘。」

那位小姐向我眨一眨眼，「老闆娘今天休息。」

我說：「我一定要找到她。」

「找我還不是一樣。」她笑說：「我們的責任都是讓客人覺得快樂。」

這個女侍有一張杏臉，脂粉在細膩的皮膚上顯得油光水滑。她很討人喜歡，但是她不明白，快樂並不是那麼容易找到的，一時的歡愉，或者，但不是快樂。

我說：「替我打個電話到老闆家去好不好？」

「先生貴姓大名呢？」

我把我的名字說了。

她向我笑一笑，轉身進辦公室打電話。

過一陣子她出來，跟我說：「老闆娘在家中，請你去，她問我，你有沒有喝醉。」

「你怎麼說？」

「我說你醉翁之意根本不在酒。」舞孃格格地笑。

我謝她。

無疑有些人是把這個地方視為老家的。為什麼不呢，假如他們喜歡的話。

我馬上趕到藍玉家。我從沒到過她家，此刻我簡直趕得像梁山伯似的。

她住得華貴。

最好的住宅區，複式洋房，我在大門前按鈴。

女傭人來開門，我走進去，經過一條小路，兩邊種滿洋水仙，她的屋子非常歐陸化。

大門打開，又一個女傭人。我的老天，藍玉生活得像一個公主。那一間「金世界」真的是她的金礦。

我一走進去，藍玉便來不及的跑出來。

「家明！家明！」她歡笑着，「你來得正好，我原本也想找你呢！」

她的客廳全部紅木與花梨木的傢具，一條藍白兩色的大地毯，很明顯是古董。

她穿着T恤牛仔褲，白色的T恤有藍邊，袖邊上織着字樣：芝韻詩、芝韻詩……我覺得心酸，這件衣服我是曾見過的，剛剛見過。

「家明，你怎麼了？」

「沒什麼，」我定一定神，「我趕得太厲害了。」

「喝杯砵酒吧。」她說。

「有馬賽拉雪梨酒嗎？」我問。

「有。」她揮揮手，叫傭人去倒。

「到裏邊來坐，我有書房，」她一臉笑容，「好笑不好笑？我居然有書房。」

她的書房還不是開玩笑的呢，大得不得了，顏色非常素淨，有兩幅齊白石的畫。

傭人拿了酒進來，水晶刻的杯子。

各種情況看來，藍玉都像個千金小姐。

我在真皮沙發上坐下來。

「家明，藍剛終於要成親了！」她興奮得不得了。

「我知道。」

「藍剛居然與璉黛訂婚，」藍玉說：「我真沒想到，可是他們是很好的一對，不論相貌與學識都是很相配的，是不是？」藍玉看着我。

「是。」我說。

「我打算問你一聲，我送什麼禮好？」她問：「你會給我意見的，是不是？」

我看她一眼，不出聲，喝我的酒。

她開心得臉都紅了。「我想送他們五十桌酒席，最好的酒，最好的菜，最好的地方，而且不用賀客送禮。」

我又喝一口酒。

「我不知道他們是不是請客，要不就請他們去度蜜月，讓他們回歐洲去好好住一陣子。」

我還是不出聲。

「真沒想到是璉黛，」她說：「我以為剛不會結婚，他混了那麼久，誰曉得好消息終於傳來。他們會有孩子，會有人叫我姑姑。」她一直笑，雪白小顆的牙齒在燈下閃閃生光，我從來沒有見她這麼開心過。

我不出聲。

「家明，你怎麼了？」

「沒什麼，藍玉，他只是你的哥哥。」

「自然他是我哥哥。」

「藍玉，現在做哥哥的，未必喜歡妹妹管他們的事。」

「你這是什麼意思？」

「商業社會中，家庭觀念漸漸淡薄，各人遲早做各人自己的事去，你不明白嗎？」

「當然，」她說，「你說得很對，但是藍剛是我一手帶大的，我看着他進中學、唸大學，拿了博士學位，找到好的職業，現在他要結婚，我怎麼能不高興呢？」

藍剛最恨的便是這一點。

「但是他始終只是你的兄弟，」我說：「你幫他，是出於你的自願，那很好，對陌生人，如果可以助一臂之力，也不妨如此做，不過你不能老提醒他，沒有你他就永遠不能成才，」我說下去，「有恩於人就是忌老提在嘴邊。」

藍玉看着我，「家明，你是什麼意思？」

「我沒有什麼意思，」我說：「這是藍剛的意思。」

「誰的意思？」藍玉問。

「藍剛。」

「他？」

「他不要你插手，不要你管，你難道不明白？他要你離開他的生活，你沒聽清楚？」

藍玉微微張開嘴。

「你有你的天地，」我說：「金世界，這間美麗的屋子，你不會覺得寂寞。藍剛不願意活在你的陰影下。」

「但是，」她的聲音提高，「我沒有叫他活在我的陰影下。」

「你只要放棄他。」我說：「應該是容易的，你只當……只當沒有這個人。」

「為什麼？」

「因為他不要見你，他不要你去參加他的婚禮。」

「為什麼？」

「藍玉，你在社會上生活多年，什麼沒有見過，有很多問題是不能問的，而且你知道答案，你知道藍剛，你應該知道得比任何人都清楚。」

她蒼白着臉，倒在椅子上，她拉了拉傭人鈴，女傭出現。

她很微弱的説：「給我一杯水。」

女傭出去了，拿來了水。藍玉像個孩子似的喝完了整杯水，水晶杯子在她手中發抖。

我走過去，她抱住我的腰，頭埋在我的胸前。

我抱緊她的頭。我的手也在顫抖。

她的頭髮握在我的手心中。

漸漸藍玉發出一陣嗚咽，像一條小狗受了傷。

我的眼睛濡濕起來。

對她解釋這件事是很困難的。

叫她放棄她唯一的信仰，一切都是為了藍剛，在藍剛身上她得到了補償，她的掙扎，她的委曲，她的生存，一切是為了藍剛，她得到藉口，社會對她如何，她不在乎，因為有藍剛。

但是現在藍剛否定了她，否定了她生存價值。

她一額角的汗，抬起頭，嘴唇是煞白的。

「家明……」她看着我。

「我在這裏。」我扶起她。

藍玉與我並排坐下來。

「家明……」她靠在我身邊，像個小孩子。

「你要說什麼？」我問：「儘管說。」

她又搖搖頭，靠着我的身體。

「我明白，」我說：「你休息一下。」

她在想什麼，想她如何踏進酒吧，告訴媽媽生：「我決定出來做。」那年她是十三，是十四？

一切都是為了藍剛，在她幼稚的思想中，她做這一切是為了她的哥哥，他們兄妹要活下去，這是她墮落的藉口，在這個藉口下她原諒了自己。

因為藍剛要升學，藍剛要吃飯，藍剛不能走她走的路，在這個大前提之下，她原諒了自己。

因為藍剛。

她一切的侮辱在藍剛身上得到了補償。

久而久之，這藉口成了習慣，連她自己都相信了。

她忘了也是為她自己。這屋子，她的金世界，她不用再擔心生活，但是她堅持這些仍是為藍剛，她根本不想正視事實。

可憐的藍剛。

我低聲說：「你可以活得很好。藍剛讓他去吧，他不是不感激你，而你幫他那麼多，不是單為了要他感激你吧？」她不回答。

我鼓起勇氣說：「你要讓人知道，你雖然是個風塵女子，但是你哥哥，」我停下來，看了她一眼，她還是不出聲，「這對他來說，多麼不公平，你自己很有存在價值，何必拿他做擋箭牌。」

藍玉始終沒有再說話。

她呆呆的靠在我肩膀上。

我知道時間過了很久。

女傭人進來過兩次，一次問我們在什麼時候吃飯。另一次拿了飲料進來。

我們兩個人都不餓。

終於我疲倦地閉上眼睛，睡着了。

我知道藍玉起身，但是我沒張開眼睛，我在沙發上睡了一整夜。

我不願意離開。如果我醒來，她說不定要叫我走，我要留下來陪她。

第二天一早我從沙發上跳起來。身上蓋着一張薄薄的絲棉被子。被面繡着百鳥朝凰。誠然，有很多東西是錢可以買得到的。有了錢之後，才會想到錢買不到的東西。

她在花園裏。

花園裏四株柏樹，修得又細又直，魚池內養着金鯉魚，另外一邊種着洋水仙與鬱金香。藍玉坐在藤椅子上，身邊伏着兩隻大丹狗。

「藍玉！」我走過去。

兩條狗立刻站起來，警覺得很。

她向我笑笑。

「沒睡好吧，家明。」她的神情很冷艷。

「睡過了。」我問：「你呢？」我注視她的臉孔。

「我沒關係。」她站起來，「用點早餐。」

我說：「我想洗把臉。」

「對，你還要上班。」她又笑笑。

「今天星期六。」我提醒她。

「我怎麼連這個都忘了！」她又笑。

看上去她有點疲倦，但是像個沒事人似的，這是她的習慣？發生過的事可以像沒發生一樣。為了生存，必須練這種功力吧。

她已經換了衣服。一直陪我走上二樓，一邊陪我說着話。「星期六晚上的客人特別多，到了星期天，他們都回家陪太太，酒吧也空了下來。星期天才回去團聚，但是在別人眼中，也還是幸福家庭，誰也不欠吃欠喝。」

「一般人心中怎麼想，你又何必在意。」我說：「不相干的人喜歡你，你又有什麼益處呢？」

「是的。」她看我一眼。

但藍剛並不是不相干的人，她的眼睛說。

是的，她很對。

我洗臉，她遞毛巾給我，送面霜過來。

「刮鬍子嗎？」她說：「我這裏什麼都有。」

「不了？再舒服就捨不得走了。」我笑。

她恢復得真快，我想，事情像沒發生過似的。

或者是吧，做人若不能做到連自己的事都不關心的地步，很難活得下去，遲早都得學會一套，誰沒有演技呢。

我吃了頓很豐富的早餐。煙肉、雞蛋、咖啡、吐司。

「這間屋子很漂亮。」我說：「裝修很有品味。」

她笑笑，「多數是藍剛的主意，他怕我把屋子變成第二間金世界會所。」

「這些年，你彷彿賺了不少。」我說。

「是的。我頗有斬獲。」她喝着果汁，說得直截了當。

「你不用早點？」我問：「你會餓的。」

「我在節食。」她說。

「你可有男朋友？」我說：「有男朋友總好一點。」

她搖搖頭，嘴角含一絲難明的笑意。

「你也應該結婚，有家庭，生孩子，」我告訴她。

「是嗎？」她沒興趣，「誰說的？」

「這是很正常的。」我說：「你是適齡女子。」

「我對婚姻沒有興趣。」她說道。

我歎一口氣，「藍玉，你總不能一輩子只愛藍剛一個男人呀。」

她像是被人割了一刀，痛得嘴唇都震顫了。

「對不起藍玉。」我說：「對不起。」

她站起來，「你有沒有空？我想出去買點東西，請你陪我。」

「買什麼？」

「送藍剛的結婚禮物。」她說。

「好的。」我說：「我陪你。」

我們離開早餐桌子到車房，她把車子駛了出來，一輛黑色的跑車，式樣古怪。

「這是車子嗎？抑或是UFO？」我輕聲問。

她看住我很久，然後說：「以前藍剛在暑假回來，他也這麼笑我。」聲調像說起多年前所愛過的人。

「他根本應該在英國生根落地。」我咒詛他。

「回來也好，」她說：「是我不對，我以為他還需要我。」

「互相需要不一定要在行動上表現出來，有人天天到親戚家去坐着，那只是說他沒有更好的地方可以去，不表示他愛他的親戚。感情是精神上的問題，只要你知道他是你兄弟，那就夠了。」我說。

藍玉的神情已經到了一百里以外，她根本沒聽見我說的任何一個字。

她不是在聽。

她坐進車子，把頭枕在駕駛盤上，她沉思的時候就像一個小孩子，雪白的後頸露在衣領外，我想用手去按一按，她的皮膚很滑很膩，接觸後好一陣子那種感覺還是不離去的。

她的睫毛長長地垂着，撲動的時候像蝴蝶。

我低聲說道：「人家說，睫毛長的人是很懶的。」

她這次聽到了，微微一笑。

「我們到珠寶店去。」她說。

「你又要買名貴禮物了。」我說。

我們隨意走進珠寶店，店員把戒指胸針一盤盤地拿出來給她挑。我默默地坐在一旁，不是不像付錢的冤大頭的。

藍玉選了翡翠的袖口鈕與翡翠耳環，顏色非常的好，像水那麼透明的綠。

她講好價錢，彷彿與店很熟。簽妥支票叫店員送到藍剛的家去。

她對我說：「我是很合作的，看，一份得體的禮物，託別人送去。」聲音平常得太不像話。她點了一支煙，緩緩地吸進去，呼出來。

我站在她身邊，非常沉默。

她說：「他叫我失蹤，我便失蹤。我不會做討厭的人。」她笑笑，按熄煙。

我與她並排走出珠寶店，我問：「一會兒你打算幹什麼？」

「回店去看看。」她說：「那店是我的命根子。」

我說：「開車當心。」

「知道。」她坐進車子。

我蹲下來，看着車子裏她蒼白的臉。

我說：「藍玉，記住，如果你不愛自己，沒有人會愛你。」

「謝謝你，家明。」

藍玉把車子開走了。

我回家睡覺，睡了一整天。

藍剛送來了請帖，請帖是白色的，熨銀字。

媽媽說：「太素了，帖子總是要紅色才好。」她打開來。

媽媽嚇了一跳，「什麼？璉黛？該死！該死！璉黛不是你的女朋友？」

「誰説的？」我瞪眼。

「不是？」媽媽見我面色不對，停了嘴，放下帖子，走開了。

誰要娶這個倒霉女人，一忽兒對住一個男人，爭風吃醋，沒過一陣子又與別人訂婚去了。

排場來得很大，訂婚還要發帖子。然後還要條件多多，連未婚夫的妹妹都不准在場。

這婊子，也算夠麻煩的了，如果她想毀掉別人的樂趣，她還真做得到。

大概藍剛是可以應付這個女人的。

他們舉行儀式那日，我並不打算去。藍剛在我心目中，已經一筆勾銷。

但是越不想見她，卻偏偏見到她。

我獨自到酒吧去喝啤酒，碰到璉黛。

是我先進去的，如果我後到，我保證我會一見她便掉頭走。那麼多地方可以喝一杯啤酒，為什麼要與她擠在一起？我厭惡她的本性。

但是我剛坐下來，剛要了飲料，她便進來了。

璉黛與一些朋友在一起，幾個年青人都是美冠華服，他們運氣好，懂得投胎，懂得利用自己的優點，懂得生活，他們的氣質的確不同，因此更有權堂而皇之做些卑鄙的事，像歧視一些運氣不如他們的人。

我躲在一個角落，燈光並不亮，我只希望璉黛不會看到我。他們一行六七個人堵住了出口，我連溜都沒地方溜。

正在咒詛自己的運氣，璉黛忽然走了過來。

我低下頭。

「家明。」璉黛說。

我只好有點表示，抬起頭，「怎麼樣？」我冷冷的問。

「你在生我的氣。」她說着拉開椅子坐在我對面。

這個討厭的女人。為什麼我要生她的氣。她算是老幾，她與我有什麼關係，從頭到尾，我根本沒有對她發生過興趣，泛泛之交，憑什麼她會覺得我會為她生氣。

我不出聲。

「那日我與藍剛在網球場上碰見。打了幾局網球，」她坐在我對面，忽然對我傾吐起來，「天下雨，我們逼得停下來，坐在太陽傘下喝冷飲，我說：『在這種天氣下，一個人會想結婚。』無論怎樣，婚禮是有安全感的，萬代不移的真相。他便向我求婚。我以為他在開玩笑，誰知道……」

我很詫異，她怎麼會對我巴巴的訴説心中的秘密？不論時間地點都不對，連對象都錯了，我一點也不想聽她的心事。

「家明，你不會怪我吧。」她迫切地看着我。

我自啤酒杯子裏看上去，盯着她，我冰冷的説：「我不明白這些事與我有什麼關係。」

她一呆，好像沒有聽明白。

我說：「我沒有興趣知道。但是恭喜你。」

她還沒有明白，這個聰明的女人，在那一刹那變得愚蠢萬分。

「家明！我並不愛藍剛，你明白嗎？可是我要嫁給他了，是怎麼會嫁給這個人的呢！」她的音提高，「我，我——」

我很憤怒，衝口而出我告訴她，「去找個精神病醫生好好的治療吧。」我鄙夷的看她一眼，放下一張十塊錢鈔票，站起來就走。

我不想捲入他們的漩渦裏。

璉黛不愛藍剛，我早就知道，她要是愛他，她早就嫁了他，不會等到今天。但愛不愛是一件事，愛情本來不是婚姻最好的基礎，她犯不着把她的委曲向不相干的人傾訴。

藍剛配她，無論在哪方面都綽綽有餘，誰也沒把機關槍擱在她脖子上叫她嫁，這女人的思路亂得這樣極點，我不想陪她瘋。

有些人是喜歡的，生活太簡單，她非得搞點風雨出來不可，否則才不會顯得出她的本事。

我願意聽藍玉的故事，卻不忍聽——她肯告訴我嗎，終於我回家看莎士比亞的劇本。

忽然我知道藍剛為什麼要結婚，這樣子坐在沙發上看莎士比亞，很難度過一輩子，時間可以是這麼長，我告訴自己，結婚與生子才是正途。事業再成功，但是事業不會開口叫「爸爸」，況且我對事業沒有興趣，夠餬口已經心滿意足，對於胸無大志的男人，婚姻是磐石。

為什麼這一陣子我找一個像樣的女孩子都見不到？

向藍玉求婚吧，她不會答應，但是求是我的事，應是她的事，為什麼不？

我扔下莎士比亞。

《維隆那的兩紳士》，這種故事有什麼好看。

為什麼不鼓起勇氣去看藍玉美麗的面孔。

我撲到電話前，拿起又放下。

先練一練台詞吧，不用。她會明白，她就是這點令人舒服。即使她不答應，她不會取笑。電話鈴就在這個時候尖銳的響了起來，我着實嚇了一跳，迅速取起話筒。

「誰？」

「家明——」藍剛的聲音。

「什麼事？」

「她服毒了！」

「什麼？」我耳朵裏嗡地一聲。

「她服毒了，」那邊氣急敗壞。

「我叫你不要逼她！」我聲音忽然提高，「現在你如願以償了吧？」

「你先別罵我！」

「人怎麼了？」

「從急救室裏搶回來，看的是私家醫生，幸虧沒鬧出笑話，現在睡着。」

「我馬上來。」

「不要你來！」

「為什麼？」我淒厲的叫一聲。

「我就是要知道你搞些什麼！為什麼她口口聲聲叫着『家明』？」藍剛的聲音燃燒着憤怒。

「我更要來！」我摔下電話。

我到房中拿車匙的時候流下眼淚。

她叫着我的名字。而我卻傻氣地坐在房中看《維隆那兩紳士》。家明這兩個字簡直就是代表愚蠢。

電話又響起來，媽媽匆匆忙忙的走出來要接聽。

我大叫：「別睬他！他是瘋子，他說什麼都別去理他！」

我奔下樓，開了車子往藍玉家就衝。

我把車子開得飛快，轉彎時聽見車輪貼在地上發出「吱吱」的聲音，聽着是牙齒發酸。

為什麼我會對她發生強烈的感情。

多年來的寂寞我都受慣了。週末一個怪物似的躭在宿舍中，他們到了時間都帶着女同學出去，有時我必須承認，女孩子，無論是哪一種類，聽到她們的笑聲也是好的，她們露在袖子外的手臂，雪白粉嫩，她們的頭髮拂來拂去，我為什麼不可以約她們出去玩？

為了理想、為了驕傲，我孤獨至今，但無緣無故，卻注定我的感情是全盤花在藍玉身上。

我把車駛上行人道，下車衝至鐵閘前，大力按鈴。

藍家的大丹狗靜靜的走出來，注視着我。

我用力按鈴，女傭人出來。

「找你們小姐！快開門！」我嚷：「醫生來了沒有？」

那女傭人顯然認得我，尷尬地笑，「先生，你——」

「開門！醫生呢？藍剛呢？」我問着。

門開了，我衝了進去，大丹狗迅速地跟在我身後。

我推開大廳的玻璃門。

女傭說：「小姐在樓上！」

我奔上樓，推開門，藍玉轉過身子來看着我。

「你——」我呆住了。

「我怎麼？」藍玉微笑，「剛才鬧得那麼大聲的，是你？」

「是我。你——」我指着她，「你——」

「家明，」她溫和的說：「你這一陣子，真是被我們害得魂不守舍。」她往身邊的椅子拍拍，「來，這邊坐。」

「我，」我坐下，「我是為你呵，藍玉。」

「看你那傻乎乎的樣子！」她笑着，眼睛裏含着眼淚。

我低下頭，我終於把心事說出來了。

她低聲抱怨，「那時候梁山伯趕去看英台的時候，也不見得這麼慌張。」

「後來他傷心死了呢。」我提醒她。

「呀，對不起。」藍玉問，「你匆匆趕來幹什麼？」

「我？藍剛打電話給我，說你……出了……」我說不出口，「說你出了點毛病。」

「什麼毛病？」她問我。

「你在家幹什麼？」我問。

「我在查賬簿，別移轉話題，他說我出了什麼毛病？」

「他說你服了毒。」我只好講出來。

藍玉笑一笑，「我要死早就死了，並不等到今天。」

我沉默一會兒，弄不清楚是怎麼一回事。

剛想分析一下，藍玉已經開口，「他親口說的？」

「我剛接到電話，就趕着來，我原以為你身邊圍着醫生護士，誰知——」又不像是誤會，藍剛的聲音又驚又怒，他的激動——忽然之間我心頭一亮。

我看着藍玉，藍玉看着我。

我衝口而出：「是璉黛！」

「是她。她為什麼服毒？」藍玉問。

我自脖子到臉都紅了。

藍剛說，璉黛一直在叫家明。叫我。

叫我做什麼。

藍玉問：「藍剛既然叫你去，一定有事，你趕快去一趟吧。」

我煩躁的說：「他找我有什麼用？那是他們兩口子的事！」

藍玉看着我：「但是你聽見是我就來了。」

「你怎麼一樣！」我說：「藍玉，你又不是不知道我對你的意思，我這些日子來，可為的是誰。」

她愕然，「你對我的意思？」像是真的不知道。

我瞪着她。藍玉別再保護自己了。

「你對我的意思？」她明白了，不安的站起來，「家明，你對我……我想都不敢想。你是我哥哥的同學，你對我們這麼好，這……」

她呆呆的看着我。

我沉默地坐在那裏。

她輕輕的說：「太遲了。」

「什麼太遲？」我問：「你爹爹已經將你許配馬家了？」

「不！不！家明，別說笑話。」她退後一步，「你不明白，我——」她深深呼一口氣，一臉絕望，「太遲了。」

現在追求女孩子，哪裏還有這樣子方法的。

「你不明白，家明，你是君子，你不會明白，你回家去吧。」她像是極累的樣子。

「如果有困難，你可以告訴我聽。」我說：「我會諒解。」

「我沒有困難。」她說。

「你有什麼委曲？」

她搖搖頭，「回去吧，家明，別叫我為難。」

「告訴我。」我輕聲說。

「如果我真要告訴你，」她也輕聲說：「說三個月也沒說完，而且我不想你知道這些。」

「那麼不要說。」

「如果我不說，我不忍瞞你一輩子，將來有風吹草動，你還是要怪我的。」

「讓過去那些事永沉心底，永遠忘記。」

「我忘不了，每夜做的噩夢，都是以前我做的事。」她抬起頭，「太遲了。」

「沒有太遲這種事，王子一到，咒語就破了。」我說。

「家明，」藍玉笑，「你是孩子呢，你不明白的。」

「那麼告訴我。」我堅持，「告訴我就明白了。」

「家明，我有我的世界，我無意越過界限，你請回吧，而且最好別再來了。」

「我會一直來的。」我說：「一直來到你點頭。」

「你看小說看多了，」她笑，「我過得很好，我會有法子打發時間，你放心。」

「是我沒法子排遣時間。」我說：「我需要你，我會再來，今天再見。」

「家明！」她叫我。

我向她擺擺手，便走了。經過她的大丹狗與鐵閘，我回到街上。有一張告票夾在車撥，我不知道深夜也有警察例行公事，我開車回家。

一進門，媽媽迎上來說藍剛在家中等我，她有點擔心。

我推開房門，我跟藍剛說：「有事出去說，別在我父母家中惹任何麻煩。」

「真是體貼的兒子！」藍剛冷笑。

「有什麼事？」

「璉黛服了過量安眠藥。」他站起來指着我說。「那是你的煩惱！」我說：「關我什麼事？」

他忽然出手，給我一拳。拳頭打中我的嘴角，我馬上流血，同時倒在床上，發出響聲。

母親在門口問：「家明，什麼事？」

我用手揩去血，「媽，沒事，你去睡吧，我們有話說。」

媽媽進自己房間去了。

我聽見她關門的聲音，才說：「藍剛，我不是故意說風涼話，你清楚我的為人，我真的什麼都不知道。」

我用手掩着嘴角，傷口激烈地痛。

「她一直叫着你的名字——」

「我真的不知道，我以為你說藍玉，我馬上趕到她那裏去了。」我拿出毛巾洗傷口，面頰已腫了起來。

「你與璉黛到底什麼意思？」藍剛很激動。

「我連手都沒碰過她！」我說：「只喝過兩次咖啡，吃過兩次飯，還是你介紹的，我對她一點興趣也沒有，她很美，不錯，但不是我喜歡的那個型，而且你知道，我一直喜歡你的妹妹。」我扔下毛巾，「你還要我招供什麼？其實我不說你心中也明白。」

他變得苦澀，說道：「可是璉黛口中唸着你的名字。」

「那麼你要去問她。」

「她愛上了你？」

「我不知道。」

「她暗示過你？」

「沒有。」

「家明，我希望你關心一點，璉黛是我的未婚妻。」他說：「這件事會影響到我們的將來。」

「我真的無可奉告。」我說：「你別逼我了。」

「你對這件事的過程一點興趣也沒有？」他問我。

「好吧，告訴我。」我說。

「我約她去看電影，她不肯出來，她說她不想看血腥片，她想看《星期六夜寒熱》。我告訴她那套片子還沒上映，她說她想看尊特伏泰跳舞，我說她無理取鬧，她說我永遠不會明白，但家明是不一樣的，家明會知道，我掛了電話。她為什麼在我面前提另外一個男人？」

我等藍剛說下去。我怎麼會知道她幹嗎想看尊特伏泰？她完全弄錯了，我與藍剛同樣的無知，她把我看得太高了。

「隔了沒多久，她打一個電話來，說已經吃了太多的藥，我只好趕去把她送院，她抓住門，大聲叫家明，然後昏厥過去。我真的氣瘋了。」

「因為尊特伏泰？」我冷淡的抬起眉毛。

「家明！請你合作一點！」

「她並不像動輒流淚的女子。」我說：「我了解她是很獨立的。」

「那天是週末，她一個人留在家中。」藍剛說：「大概有點不開心。」

「那怪你對她不夠小心。」我說：「你得警告她，這種事不可以多做。」

「等她出院，我要求解除婚約。」他說。

「別開玩笑，又訂婚又解除，幹嗎？」我責問：「你貪什麼好看？」

藍剛看了我一眼，低下頭。

「訂了婚又解除婚約，對你當然沒有關係，你仍是大男人，人家會美言你風流成性。但是對璉黛又怎樣呢？她可下不了台，以後叫她怎麼去見人？」

「她要見什麼人？現在不是婦權運動嗎？」

我嘲笑他，「你真相信那一套？自然，現在對男人是更有利了，女人們活該出去賺錢捱苦，如果她們哭哭啼啼，我們可以反問：咦，你們不是已經被解放的人群嗎？」

藍剛悶聲不響。

「請你不要衝動。」我說：「你仔細想想。」

「她的心不在我這裏，我娶她只有更錯。」

我坐了下來，嘴角猶自辣辣作痛。「一切都是誤會。」我說。

「不是誤會，家明，你知道這些不是誤會。」他盯着我，「你至少不肯告訴我你做過什麼，說過什麼？」

「時間太晚了，你請回吧，你太自私，請別影響我的生活。」

藍剛看着我，面色轉得煞白，薄嘴唇緊緊地抿着，他終於轉身走出我的房間，我替他開大門，看他進電梯，然後關上門。

他走後，我獨個兒睡在房間裏良久。母親咳嗽的聲音使我知道她並沒有睡着。天亮了。

天呵，竟有蟬鳴。又是一個夏天。

我厭倦地起床刮鬍子洗臉。

彷彿耳邊聽見璉黛的邏輯。她的聲音在說：「家明，為你的緣故，一切是為你的緣故。」

鬚刀一歪，血從下巴流出來。

雪白的肥皂泡沫，大紅的血，我用水淋掉。

「家明，因為你沒有接納我，而去愛上了藍玉，所以我要報復，我教唆藍剛拋棄他的妹妹。一切是為了你，家明。」

我打一個寒顫，呆呆的看着鏡子，為了我？我憑什麼，這麼想？這些都是我狂野的幻想，不可能會發生的。這些討厭的聲音，到底從什麼地方而來。

「家明，你現在明白了吧，為了愛你，現在我一無所有。但願我一輩子都沒愛上任何一個人，因而沒有痛苦，也沒有睜着眼睛往懸崖跳的感覺。」

我的臉上身上都是汗。

蟬鳴得更大聲了。

媽媽説：「你也不吃點早餐？」

「我不想吃。」我仰起頭，一種茫然。

母親不能幫助我，人是這麼絕望的寂寞，沒有人能插手幫忙，誰也不能。

「我要趕着去學校。」我説：「時間到了。」

我開着老爺車往學校駛去，那張告票還夾在雨撥中，被風吹得亂晃，卻又吹不掉，掙扎纏綿。

已經這麼熱了，我的天，我想，該穿我的白T恤了。

到學校，一個美麗的女學生與我撞了正而。她笑一笑，道歉。光滑繃緊的皮膚，明亮的眼睛。我直接的聯想：我們已經完了，明淨的世界，光輝的感情，都已離我們而去，事情怎麼會弄得這樣。

上了三節課。

課室外的陽光刺目，我的襯衫直貼在背上，有這麼多的汗，真是受不了。年輕的面孔，一張一張專心地看着書本上，他們並不知道外面的世界是怎麼一回事，可憐的孩子。

吊扇擺動着。

曾經一度我希望家中有把吊扇，天花板上一下一下搖動，像《北非諜影》的酒吧，我獨個兒坐在風扇下喝伏特加與冰。多棒，然後對面坐着我的愛人，聽我細說卡薩布蘭加的故事。

事隔多年，我想問一句，我的愛人呢？或者她不喜歡吊扇，或者她不喜歡喝伏特加，這麼小小的一個願望也達不到，我茫然的想，一點作為也沒有。

校役走進課室，跟我說：「電話。」

「什麼要緊的事？」我問。

「你家中打來，說是有要事，無論如何叫你去聽一聽。」校役規矩的說。

我一呆，放下講義。家中有事。

走到校務處，我拿起話筒，「媽媽？」我問。

「家明，你請假回來一趟。」媽媽說。

「有什麼事？我不能馬上走的，還有課沒上完。」

「璉黛現在這裏呀，要跟你說話，回來好不好？」

我不出聲，我深深吸進一口氣。

「我上完這節課馬上來。」我說。

回到課室，我精神更恍惚了，女學生有的偷偷嬉笑起來，因為我推跌了一整幢書本。我一本本把書揀起來放好。我說：「你們自己看書吧。」

我坐在椅子上，根本不知道要做些什麼，然後我知道我必須要找人代課。我站起來，又走到校務處，老張在那裏，他很平和地改着簿子。

沒有多少天之前，我也跟老張一樣的心平氣和呢，伏在案上改功課，什麼事都像沒發生過，世界一切對我沒有關係，我就打算坐在教席上終老。

但是現在，因為我愛上了一個女子，所以情緒不一樣了，我無法控制自己。

我走過去，我說：「老張，我有點不舒服，還有兩節課，你想法子找人替我代一代。」

他抬起頭，「老天，你臉色真差，怎麼會這個樣子？你不是中暑吧？」

「我想回家休息一下，拜託。」

「一定一定，喂，家明，也該娶個老婆了，生活正常點。」

我本來是不會有任何表示的，但是忽然之間，我想對人傾訴一下，不管是誰。

我說：「我就是因為生活太正常了。」

老張很詫異，接着笑，「你回去吧，開車的時候當心點。」

我點點頭，他們不會明白的。

我並沒有回去課室，隨便學生怎麼想，對於做模範青年，我實在已經厭倦透頂，如果他們叫我捲鋪蓋，我會得馬上走。

璉黛在我們家客廳中央坐着。

看見她，我心中至為震驚，因為她與我上一次見到的那個璉黛，相差實在太遠，她至少瘦了十多磅，臉容憔悴得形容不出，穿一套白衣服，那種料子很薄很美，但是此刻穿在她身上，倒像是醫院中病人的白袍子。

見到我，她眼睛中增加一陣奇異的光芒。

媽媽說：「家明，我給你去倒一杯水過來。」

她走到廚房去避開我們。

我低聲說：「璉黛，這是何苦呢？」

她不答我，她只是說：「家明，你坐在這裏，讓我看看你。」她的聲音非常淒苦。

我說：「可以，璉黛，但是這對你有什麼好處呢？」

「家明。」她叫我一聲，然後就靜止不說了。

我明白她要說的是什麼。

我坐在她身邊，我輕輕的告訴她：「你看我，我是世界上最普通的男人，甚至我的名字，都是這麼普通，我不值得任何人為我鬧事。」

她靜靜的坐着，額角上冒着虛汗，都是青筋，皮膚像透明似的，她的眼睛睜得很大，看進空虛裏去。

我說：「為了個人的私慾，你影響了別人，這是不對的。」

她說：「我沒有辦法控制。」

「你總得試一試。」我低聲說：「你不能想什麼就得到什麼，誰也不能夠。」

「但是我不覺得愛一個人有什麼不對。」她低聲答。

「是沒有什麼不對，」我說：「但是你不能強迫別人也愛你，璉黛，你是個知識分子，受過教育的女人，怎麼連這一點也想不通？」

「事情不臨到自己的頭上，是不能下論斷的。」她說：「說不定你遇到這種事情，比我更放肆。」

「我會嗎？」我苦笑，「我只是一個叫家明的普通男人，如果我碰到這種事，我會把頭沉到冷水裏去淹死，但是人們如果要看笑話，他們可以到別處去。」

璉黛不出聲，她的嘴唇顫抖着。

「你以為只有你煩惱？」我說：「如果我告訴你，我也有這種煩惱，你會相信嗎？」

她問道：「為什麼不讓所有相愛的人聚在一起？」

我用手帕替她抹抹汗，沒有回答。我不是上帝，怎麼回答這種問題？

我說：「璉黛，我送你回家去，你出來這麼久，已經夠累的了，你需要休養，來。」我伸手去摻扶她。

「家明。」她看着我，「家明。」

「我都明白，」我說：「你總要回家的，我送你。」

「以後，我們不再見面了？」她問。

「有什麼好處沒有？我不愛你，見面又沒有希望，徒然引起雙方尷尬，你想想，璉黛。」

「何必用這種口氣說話。」她說。

「我說的都是真話，璉黛，你知道我這個人。」

「我走了。」她說。

「璉黛，我是一個平凡的男人，你想想：將來你會嫁一個富翁，在石澳有層別墅，閒時在對牢海灣的書房寫信看書，週末與你丈夫去滑水游泳……週日喝茶逛街，一個沒結婚的女人，永遠像一個神秘的寶藏，你永遠不知道幾時會掘到財富，尤其是你，璉黛，你，不應該糟蹋自己。」

她笑了一笑，很是淒苦。我扶起她，她看我開了門。

我問：「你是自己來的？怎麼站得牢？」

「沒跟你說個明白，我總是不死心。」她說：「進來的時候，把你媽媽嚇半死。」

我說：「不要緊，回去好好休息。」

她忽然把頭往我肩上一靠，嗚咽地說：「家明，我現在，真是心如……刀割一般。」

我很明白這種感覺，當藍玉拒絕我的時候，我也是這種感覺，整個人像是掏空了。

「過一陣子就好，」我說：「時間總是會過的，到時不對勁的事情自然會淡忘。」

我扶她到樓下，拉開車門，送她進車子，然後開動車子。她閉着眼睛，並沒有哭，嘴唇閉得很緊，仍是個美麗動人的女子。

「是不是回到自己的家去？」

她點點頭。

「一個人住，總要多保重，藥不可以亂吃，」我說：「藍剛也可以做個很好的丈夫，有了家庭，你會有責任，孩子生下來，會改變你的人生觀，你想想。」

她沒有反應。

到了家，我看她吃好藥，坐一刻，然後走了。

我不能陪她一輩子，只好殘忍一點。

那日媽媽狠狠的教訓我。我在客廳，她走到客廳，我走到書房，她跟到書房，我到床上躺下，她又跟過來，對白大意是叫我不要玩弄感情，她把整件事想像得很滑稽。

我終於抬起頭來，我說：「媽媽，我想搬出去住。」

她吃驚，馬上靜下來。

「為什麼？」她問。

「因為我覺得我應有權利維護我的自由。」

媽媽說：「我不懂。」

我說：「我的喜怒哀樂不想你看見。」

「我是你母親！」

「是，我知道。」

「你是我生下來的人，我什麼都見過！」

「是，但是現在我要搬出去。」我說：「媽，你尊重我一點好不好？我知道你生下我，但是請不要侮辱我。」

她很受傷害，彷彿老了很多。「家明，我不再明白你了。」

「你管得太多，」我說：「如果你無法幫助我，請你不要管我的事，只要冷眼旁觀，不要加以評述。」

「但我是你的母親呀！」

「我要搬出去。」我對母親說。

這樣結束我們的說話。

我並沒有找到藍玉，在金世界，他們說老闆娘到美國旅行去了，在她家，女傭人告訴我同樣的答案。

藍剛也沒有再與我聯絡。

但是出乎意料之外，藍剛與璉黛終於結婚了，婚禮在玫瑰堂舉行，是一個星期日。

結婚帖子寄了來，我拿在手上，覺得藍剛彷彿是在向我示威。我們曾是最好的朋友，現在卻如陌路人一般，至少他不會恨一個陌路人，但是我肯定他是恨我的。

我們曾經一起度過的時間……他的豪爽，我的沉默，很多同學幾乎懷疑我與他有點毛病，在異鄉的街角，因為冷，我們一邊顫抖着走路一邊訴說心事，然後去喝一杯啤酒。

我們曾是好朋友呀。

沒有什麼可靠的，友情不過如此，夫妻也一下子就反了目。

但是他們結婚那日我去了。那星期日下雨。

教堂前一個大大的花鐘，地下有花瓣，因為下雨的緣故，空氣陰涼，我沒有帶傘，雨漸漸下得很急。我走進教堂，坐在後面，看到新郎與新娘子已經跪在神壇前，他們跟着牧師口中唸唸有詞。

終於他們站起來，禮成了，一雙新人急急走過，賀客把花紙屑撒到他們頭上去。

璉黛經過的時候，我看到她打扮得很漂亮，白色緞子的長裙，頭上一個白色的花環。並沒有股新娘的呆木，她很自然，像在化妝舞會中扮着仙子的角色。

她的臉平靜而柔美。女人真是善變的，她們太懂得保護自己，因此在各種不同的場合扮演不同的角色。

她並沒有看到我，他們走出教堂。

賀客紛紛散去，我也站起來。

教堂外他們拍了幾張照片，然後上花車，開走了。雨下得更急，我的外套濕了一大截。正當我抬起頭來，我看到藍玉站在教堂對面馬路。

我連忙走過去，兩部汽車對牢我急煞車。

「藍玉！」

她抬起頭來，雨淋得她很濕了。

我說：「他不過是你的哥哥。」

藍玉牽動嘴角，低下頭。

「美國好玩嗎？」我問。

她不回答，眼睛有點紅。

我說：「睡眠不足人會老的，你要當心。」勉強地笑一笑。

「喝了酒眼睛才紅。」她說：「我喝多了。」

「要不要回家換衣服？」我問：「襯衫都濕了。」

「不用。」她說：「沒關係。」

「他們終於結了婚。」我說。

「是的。」藍玉抬頭看我一眼，「我很代他們高興。」

我說：「為什麼到美國去？」

她答：「買了房子，我想搬到美國去住。」

我一震，「美國什麼地方？」

「三藩市。」

「你會住得慣？」

她的眼睛更紅一點，「很多時候，不慣也得慣。」

「要是你情願的話——」

「不要提了，家明，」她抬起頭來，「我知道你說些什麼，但是一切太遲了。」她非常苦澀。

「這個世界不是藍剛這麼簡單——」

「對我來說，這世界就是藍剛，我這一輩子的希望寄在他身上，我失去的，他替我找回來，我忍聲吞氣的時候，他為我揚眉吐氣。一切都是虛幻的，只除了他，如果沒有他，我為什麼還活着。她們吸毒，我沒有，她們放棄了，我還掙扎着，因為我有藍剛，她們沒有，我有生存的理由。」她一口氣說下去，「現在我的功德已經圓滿，我決定退出，走得遠一點。」

我說：「總有一日你會忘記他。」

「或者。」她答：「家明，到那一日，我會來找你的，我會記得你。」

「我要等你多久？」我迫切地問：「讓我知道。」

「不要等我。你愛做什麼就做什麼，不要等我，說不定我會回來，說不定不回來。」藍玉說：「家明，你是那個正確的人，可惜你沒在正確的時間出現，等時間對了，我也許永遠找不到你了。」

「我目前沒有希望？一絲也沒有？」我說：「我不能幫你？」

「不。」她搖搖頭，「不要太抬舉我，你是要後悔的。」

「後不後悔，我自己知道。」我難過的說。

「家明，謝謝你。」她說：「謝謝一切。」

雨下得更急。

我們站在馬路當中，雨一直淋在頭上。

「我已經把金世界頂掉了，」她說：「家明，我會回來找你，到時，你或者已經結了婚吧？」

「或者，」我說：「或者我會子孫滿堂，但是我會記得今天。」我踏過那些花朵，「永遠記得。」

教堂裏的人把花鐘拆下來，戲已經做完了。

「家明。」藍玉說：「我要走了。」

我看到她的眼睛裏去，深沉的黑色，濃眉，薄嘴唇，完全與藍剛一個印子，甚至是膚色，那種半透明的白，我始終懷疑他們的血統，但是這一點他們肯定不會向任何人說起，他們兄妹間的秘密，他們感情的曖昧獨特。藍玉的固執，她再到絕境也還不要我的幫助，她有她怪異的自尊與驕傲。

她住在玻璃的那一面。

我但願我有一日能黑暗地穿過玻璃，看到我所要知道的一切。

我會等她，多久我不知道。

「我送你回去。」

「不用，我的車子就在巷子那一頭。」她說。

風塵女子不再是你我想像中的那樣，她們並不想等待恩客來救她們脱離火坑，她們很強壯，她們有她們的一套。不是我們可以理解的。

但我會等她。

終有一天，等藍玉平靜下來的時候，會看見我，她會回來。等她要找我的時候，我們或者可以擊敗時間。

她坐到車子裏去，開篷的平治，四五〇型是黑色的。她還是很神氣，薄嘴唇抿得緊緊，打着引擎，轉過頭來，向我道別，最後的再見。

我充滿憐愛地看着她，我知道我愛她至深。

我說：「有人告訴我，三藩市是一個女性的城市。」

她忽然變得很冷淡，「是嗎，家明？」

「是的，你會喜歡三藩市。」我說。

她點點頭，「我知道。」

我從不知道她可以這麼冷酷堅強，她是一個能幹的女子，她在世界上站得住腳。

車子風馳電掣的走了。

剩下我一個人站在路中心。

我不知道該做什麼才好，等藍玉來找我吧，空閒的時候，看莎士比亞的劇本。李爾王、暴風雨、仙伯琳、第十二夜。

# 城市故事

在早餐桌子上看完了報紙，我把一整疊都擱在一邊，嘴裏喊：「百靈！早餐好了。」

她自浴室出來，「我不吃早餐，我要節食。」

「不吃早餐會老的，」我說：「情願不吃午飯，要不把晚飯省下。」

「吃了也一樣老。」她瞪我一眼，可是還是坐下來，喝一口牛奶：「這算是什麼牛奶？我那多種營養奶粉呢？」

「自己沖去！」我說。

「算了，明天輪到我做早餐，才讓你吃好東西。」她說。

百靈攤開報紙，一頁頁的翻下去，我注意着她的表情，忽然之間她的手不動了，翻在某一頁，看了很久，「你這母狗，你已經看到了？」她抬頭來笑。

「你不難過嗎？」我問。

「不是第一次。」百靈把報紙合起來。

「你應該是傷感的。」

她表情忽然之間複雜起來，陰晴不定，但是她還在微笑，「我的確應該傷感，但是我沒有時間。」她說：「我們要趕八點四十分那班車。」

「為什麼結婚要在報上登啟事？」我問。

「因為他們要全世界分享他們的快樂！」百靈做個鬼臉，「特別要我這種前任女友為他們高興高興。」

「你為他們高興嗎？」我問。

「沒有，與我生活沒有關係的事，為什麼要高興或是不高興？」

「心裏有沒有××聲？」我問。

「沒有。」她推開空杯子空碟子，「煙肉煎得很好。」

「謝謝你。」我說。她坐在化妝枱面前畫眼睛，一如平時。「你不哭嗎？」我問。

「不，」她說：「我沒有眼淚，眼淚浸不死人，你知道。」她看我一眼。

「百靈，我們都老了，」我說：「前面七八任男友都結了婚，」我笑，「我們應該悲哀得要死才是。」

「是，是。」她說：「我是很悲哀，我們只剩三分鐘了。喂，那鐘點女工不停的偷用我的古龍水。」她跳進裙子，換上襯衫。

「你們的趣味一樣，換個牌子，她不喜歡就不用了。」

我順手拿了一塊巧克力。

「你會胖的。」她警告我。

「我不擔心。」我說：「胖吧。」

「丹薇，」她說：「鎖門。」

我們把門鎖好，在電梯裏，百靈的表情寂寞下來。

我問她：「你見過新娘子沒有？」

「我不知道，我不感興趣，」她說：「我只知道他已經結婚了。」

「你現在與傑約會。」

「是。」電梯到了。

跟平常一樣，我開一開信箱，沒有信，我們很高興，落下來的總是賬單。電話單、水費單、電費、煤氣，沒有信是好事。

我們擠上了八點四十分的公路車。

「或者我們可以置一輛小小的車子。」

「我們不能負擔這種奢侈，」我說：「我在節儲，因為我想到歐洲去。」

「我情願不去歐洲，買一部車子代步。」

她忽然變得很寂寞。

我很後悔，我說：「這不過是一段新聞，當然你會忘記的，每天都有新聞登在報紙上。」

「誰說不是？新聞與應允一樣，都是容易忘記的。」

「你是不是怪他對你說盡了花言巧語？」

「不，聽過總比從來沒聽過的好。」

「那個女子是怎麼樣的？」

她的聲音提高，「我說過我不知道，我不感興趣。」

公路車上有人向她看過來。我連忙低聲說：「對不起。」

「我對不起，丹薇。」

我微笑。

我們同時在一個車站下車。

她茫然的抬起頭向前走，我說：「政府新聞官，你的辦公室在那一頭。」

「是。」她微笑，但是那個笑是褪了色的。

「今天好好的工作，有什麼事打電話過來。」我說。

「ＯＫ。」她說。

我轉頭向我那酒店走去，到的時候，剛剛九點十分。我推門進去，老闆問我，「丹薇，你永遠要遲到十分鐘嗎？」

「是。」我說着坐下來。

「那麼叫你的朋友每天九點十分才打電話來！」他吼叫：「別叫我做接線生。」

我不睬他，我問：「今天做什麼？」

「咖啡廳換一換菜單。」

「我沒有興趣，再換大師傅要用刀砍死我，除非你簽名。」

「我簽名，但是丹薇，你換菜單有什麼根據呢？」他問我。

「我自己喜歡吃什麼，我就排什麼，我痛恨比薩，所以菜單上沒比薩這回事──」

「他們沒有教你調查市場嗎？」他大嚷。

「我就是市場。」我沒好氣的說：「你為什麼不調查我？我不喜歡比薩！」

「坐下來工作。」他命令。

電話鈴響了，我去接，那邊說：「丹薇，是不是因為我長得不美？」是百靈。

「沒有分別！別問這種傻問題了，快回去工作！」

她掛上了電話。

我說：「神經病。」

老闆看我一眼，「你要快點工作。」

我走出他的房間，到咖啡廳去拿資料。

我問：「把出售記錄給我看看。」

大師傅說：「有什麼好看？賣得最多的是咖啡與茶，冰淇淋，其次是三文治。」

「有沒有顧客叫比薩？」

「比薩頂難做，」他生氣，「不要比薩，那幾種班戟已經做死人。」

領班出來笑，「要不要來一客香橙班戟，周小姐？」

「到廉署去告你，要一杯奶茶走糖。」我說：「別行賄我。」

「為什麼走糖？」

「我已經胖了，不想做胖的老姑婆。」我說。

「周小姐，電話。」

我去聽分機。

「丹薇，我到底什麼時候結婚？」又是百靈。

「你有八個月沒看見他了，結不結婚，與你有什麼關係呢？」我沒好氣，

「結婚的時間到了，自然會結婚的，你休息一下，難道不好嘛？」

那處有人大喝一聲：「百靈！回去工作！」

我微笑，放下電話。

大師傅說下去，「洋葱湯也多人喝。」

「因為他們不知道那只是金寶湯加一片芝士麵包。」我蔑視的說。

領班遞茶上來，「那也無所謂，在大酒店喝金寶湯與在家裏的廚房喝是不一樣的。」

「老闆要在餐牌上增加花樣。」我說。

「加什麼？」他問：「我們人手不夠，地方不夠，客人太多，這是他們的金礦，他們還要挑剔。」

「在香港，每一間咖啡廳都是金礦，」我喝一口茶，「你們的金礦的芝士餅老做不好。」

「改天你來做！」二廚吼叫。

「我能做？」我愁眉苦臉的說：「我能做我就不在樓上受氣了，我就是不行，每個人都對我嚷嚷。」

「加什麼？」

「加比薩吧，老闆一半是意大利人，增加比薩，把咖啡廳改裝修成意大利式，女侍穿意大利裝，讓他像回到家中似的，不就行了？」我說：「媽媽咪亞。」

「三年前的恥辱我可沒有忘！」大師傅恨恨的道：「改裝修！改！」

「三年前我還沒來，與我無關。」我說：「競爭劇烈，你要原諒我，我叫宣傳部去印小單子，我們開始賣意式點心。」

「沒人吃怎麼辦？」大師傅問。

「不會的，叫女侍對客人說：試試比薩吧，今天沒有三文治，ＯＫ？」

大師傅瞪着我，「你知道，有時候我真奇怪你是怎麼當上飲食部副經理的。」

我說：「因為我跟飲食部經理睡一張床，明白嗎？」

「太棒了！」大師傅拍拍我肩膊，「幾時與總經理睡一張床的時候，提醒我，好讓我拍你馬屁，那麼你可以提拔我。」

我們都笑。

我懷疑大家都是皮笑肉不笑。

回到樓上，我把每種比薩的成本和廣告打了上去。

老闆問：「十五塊錢港幣一塊他媽的比薩？在家鄉，比薩才一角五分一塊。」

「大佬，」我說：「這不是你的家鄉。」

「我要想一想。」

「你好好的想吧！」我摔本子，「把你的頭也想掉！」

「不要詛咒你的老闆。」

電話鈴響了。

我拿起電話，「百靈，他沒娶你，是他的損失，不是你的損失，明白嗎？」

「我不是百靈，」那邊不高興的說：「周小姐，叫你的老闆聽電話。」

我按着電話筒跟老闆說，「你的情婦。」

他聽電話，唯唯諾諾。

我寫一張字條：「兩點到三點，到書店去找正確菜譜，四點到五點，回公司影印菜譜交大師傅，明日九點到十二點開會，下午兩點到三點，討論結果。」

我打電話給百靈：「出來午飯吧。」

「我在你們咖啡廳等你，」百靈說。

「不行，到別的咖啡廳去，」我說。

「你們都是給我們喝金寶湯的，算了吧。」她說：「別的地方還找不到位子呢。」

「我很痛恨這酒店，給我一個機會出來散散心可好？」

「好好！」她摔了電話。

我把字條放在老闆的桌子上，便拿起外套出去了。

已經深秋了，我老記得這種月份在英國，已經開始下雪，在十一月份常常會想起英國，這時候陽光淡淡地普照，我覺得很徬徨寂寞。

我其實並不能離開那酒店，沒有它我不能活，因為有這一份工作，我每天知道自己會到什麼地方去，坐在什麼桌子前面。

百靈來了，濃厚的頭髮在金色陽光下飛起一道金邊。

她說：「好天氣，去年今日，我記得我們在散步，他轉頭要看我，我躲在他身後，他說：『百靈，你穿小皮夾克與絲絨帽子最好看。』」

「皮夾克還在嗎？」我邊走邊問。

「當然在。」她說。

我聳聳肩。

「那只是一面之詞，」她笑，「真相是，這件皮夾克是另外一個男人送的。」

「這是生活，」我說：「我們並不純潔，是不是？」

「是的，我們不是占姆士甸。」她問：「我們到什麼地方去吃東西？民以食為天。」

「我只喝西柚汁。」我說。

「丹薇，我真想結婚，」她說道。

「如果不想吃東西，我們可以逛街。」

「逛街吧，」她說：「我問過我老闆，他說我下午可以請假。」

我看百靈一眼，「你用的是什麼法子？我也可以偷懶一個下午，走吧，隨便什麼地方看電影去。」

太陽還是照下來，我們覺得無限的手足無措。

在這種時候，千萬不能回家睡覺，一睡便覺得萬念俱灰，非得在人群當中擠不可。

我與她默默的在人浪中向前走。

百靈說着斷續的句子。

「我們那麼辛苦工作……賺來的血汗錢幾乎不捨得用。」

「其實我們前面什麼也沒有，我們連坐暖一張椅子的時間也沒有。」

「禮拜天當你不在的時候，客廳會得起回音。」百靈說。

她的聲音在太陽下聽起來非常的蒼涼，她的臉看上去很疲倦，她一定在想，為什麼有的人要做那麼多，有的人可以什麼都不做。

我看看手錶，「再給你五分鐘訴苦的時候。」

「五分鐘?謝謝你的仁慈。」

「看，百靈，訴苦有什麼用呢?」我笑，「那是你告訴我的。」我買了一包栗子給她，五塊錢，「我記得以前爸爸帶栗子回來，一塊錢可以吃好久。」

她笑，「凡是說這種話的人，都覺得自己老了。」

我說：「是真的，那時候的日子真好過，天黑放學回家，可以吃飯，吃完飯看電視。我喜歡看電視，爸爸什麼地方也不帶我們去，我們沒有錢，他是滿腹牢騷，所以只好看電視。」

「生活鑾苦的，是不是？」百靈問。

「從來沒有甜蜜過的。」我苦笑。

「我給你五分鐘時間訴苦。」她白我一眼。

「當我死的時候，墓誌銘上可以寫：『她曾工作辛勞』。那是我的一生。」

「哈哈哈，」百靈說：「我想笑，想想木屋區的人們，不要這麼自憐——讓我們去看那套西片。」

我們走進戲院，買票。

「可樂？」百靈問：「我要喝可樂。」

「請便，我在節食。」

「誰會注意到呢？你連男朋友都沒有。」

「我自己會注意到。」我說。

我們進戲院，忽然我很想抽一根香煙，問百靈要了過來，燃着，然後一口口地抽，有點享受。

看完電影，百靈說：「等於三部粵語片加在一起。」

「如果你看完之後哭了，那麼還有希望做少奶奶享受享受，男人不喜歡事事嘲諷的女人。」

「是嗎？我很慚愧。」百靈說：「再去買點栗子吃。」

「這叫做百般無聊，我要去書局買幾本烹飪書，為了明天，我們總得記得明天。」

百靈問：「想昨天是沒有用的，是不是？」

「傻蛋。」我笑着把她推進書店。

她挑外國雜誌，買了好幾十本，到收銀處去付錢，我在挑意大利食譜，都是圖片勝過一切，其實不算實際。

沒一會兒百靈過來拍拍我肩膀，「傑在這裏，我打電話叫他出來的，你還沒見過傑吧？」

我轉頭，看到百靈身邊站着一個年輕男人，長得倒是一表人才，我笑了。

是的，我從來沒見過傑，但是我知道有他這麼一個人，想到百靈剛才為以前的男朋友愁眉苦臉——都是「寧可我負人，不可人負我。」

「有什麼好笑？」百靈問。

「笑都不給？」我說：「可以走了。」

百靈說：「我們去吃飯。」

「你們去，我回家看電視，」我說：「你不必勸我，我這就走！」

「你真的不肯沾人一點光？」

「你們真要我去？不是真的吧。」我微笑。

「死相！」百靈拉住我，「走！」

我們走到附近一家潮州館子，沒有位子。

「到占美去吃西餐吧。」百靈笑着擠擠眼。

她並不愛傑，我與她都不能愛吃潮州小館的男人。我與百靈都是最勢利的女人。

到了吃西餐的地方還是等足半小時，我叫紅酒喝，這種館子不過是二三流的菜，但是傑很有點心驚肉跳的樣子。等到了枱子我自顧自叫菜，百靈受我的薰陶，自然是很懂得吃的。

我與百靈近年來都非常喜歡吃，節食還比常人多吃三倍，真正大吃起來像河馬，因為買不起新衣裳，所以要控制胃口，相信她與我的老闆都不喜歡吃得那麼胖的助手。

傑幾乎接不上，我與百靈說說笑笑，碰酒杯，批評食物，終於傑說：「叫點甜品吧。」

「不要預我。」我搖搖頭。

付賬的時候，傑猶疑地掏出銀包，我在侍役的賬單上簽一個字。

還很顧全他的自尊心，我解釋，「這地方與我們酒店是一個集團，我可以簽字。」

「哦，」他很快樂，「那怎麼可以！」但是並沒有爭執。

百靈暗暗的歎一口氣。

在街上，傑說：「送你們回去吧。」

百靈已經倒了胃口，「不用，我們自己叫車子，時間還早呢，改天見。」她拉起我，擺擺手就走。

百靈向我歉意地笑一笑。

我又要向她解釋，「做男人也很難的，家裏要負責，又要請女朋友，平時的生活費用——很容易一頓飯便失去預算。」

「換句話說，」百靈笑笑，「他是一個小人物。」

「不要老挑剔他，他還是不錯的。」我說。

「他？如果男人不能改善我的生活，我為什麼要嫁他？」

「為了愛。」我說。

「少放屁。」她說。

我們叫了計程車回家，她一開燈，我開電視。

她把報紙用「無敵女金剛」的手法丟下露台。

我說：「垃圾蟲。」

她說：「我要喝茶，新的鐘點女工永遠忘記沖茶給我們。」

「留張字條。」

「她不識字。」

「那對她的快樂毫無影響。」

「閉上尊嘴好不好？」我說：「沖好茶來看這個節目。」

「你認為傑如何？」她問。

「健談嗎？」

「馬馬虎虎，香港仔脾氣，最遠到過海洋公園。」

「我不知道原來如此，你怎麼與他約會的？」

「有一天中午，我們在賣漢堡包的小店認識的。」

「你不打算一輩子吃漢堡肉包吧？」我看她一眼。

「如果我只有十八歲，我的想法會不一樣。」

「他很聽你的？」我問。眼睛看着她。

百靈給我一杯茶。

「在開始的時候，我們都聽話。」百靈笑。

我想從今天開始，她不會再與傑出去了。

我曾經有一個計劃，把我的老闆介紹給她，然後她把她的老闆介紹給我，我們都各得其所。

百靈想起來，「你知道上次那個姓陳的建築師——」

「他太胖，說話太多，人太俗，喜歡約小明星吃飯，我對這種男人不感興趣。」

「他對你可有興趣？」

「不，我不是小明星。」我笑，「我們的感覺一樣。」

「我的天。」

「你的老闆呢？」百靈問。

「我的老闆？我們認識太久了，除了公事外，談別的太傷感情。」

「你根本不想談戀愛，是不是？」

「在香港？你開玩笑，愛在香港只屬於躺在維多利亞公園中的情侶，看了噁心，根本不是談戀愛的地方，真奇怪香港人是怎樣結的婚。」

「你打算看到最後一個節目？」

「是的。」

「我要早睡。」

「請便。」我說。

我在看電視，電話響了。我拿起來，「喂？」

「百靈在嗎？」明明是傑的聲音，他沒認出我，我也懶得與他打招呼。

「她睡了，明天一早再打來。」

「好。」那邊掛了電話，欠缺禮貌。

在公共交通工具內大聲演講，不替女子拉門，進電梯搶先，不讓位給婦孺，與人格沒有關係，是欠缺教養；吃東西大聲咀嚼，永遠不說謝謝，也是欠缺教養。

我情願喜歡虛偽，虛偽的人永遠叫人舒服。

第二天早上我問百靈：「你覺得如何？」

她把吐司放在桌子上，又走進廚房。「很好，」她說：「我有一層舒服的公寓，一份理想的工作，我很健康，而且我長得漂亮，很好。」

「受不了。」我喝咖啡，翻開報紙，「可輪到我的前任男友結婚了。」

「報紙一天比一天貴，一份十二塊一個月，嘿——」

我笑着接上去，「當你小的時候，三元一份，是不是？但是你小時候，你一個子兒也不會賺，只得你父親那份薪水維持着生計。」

「把蜜糖給我。」

「終於有一天，你會變成二百磅。」

「有你陪我。」

我們笑。電話響了。

「你的。」我說。

她接：「不，是你的。」她把電話遞給我。

我接過：「誰？」

「我的名字叫張漢彪。」

「我不認識你，」我說。

「我是你弟弟的同學。」

「好，有何貴幹？」

「我路經貴處，令弟說你可以陪我購物，令弟說你是小型消費者最佳指導。」

「叫他去死。」我說。

「我會的。可是你有時間嗎？」

「四點半打到我公司來。」我說：「你知道我公司的電話？」

「我知道，我住在那酒店，昨天下午沒找到你，昨天晚上你又不在家。」

「是的，我去調查市場上的貨品。」我說。

「你非常的幽默，周小姐，謝謝你。」

「不，謝謝你。」我說：「再見，張先生。」我掛電話。

百靈的眼睛看在窗外，神色呆滯。

「我真累。」

「你在想什麼？」我溫和的問。

「他怎麼的天天打電話給我。早上，清晨，下午，晚上。天天都是。」

「他曾經對你很好，是不是？」我還是十分溫和。

「是的。」百靈聳聳肩，「我想再躺到床上去睡覺。」

「我們出門吧。」

「水電煤氣，都關了？」她問。

「關了。」我說。

「忘了關水龍頭要罰錢的。」百靈說。

「你會認識合適的男人，」我拍拍她肩膀，「放心。」

「你也是。」她笑。

「謝謝。」

公路車站擠得像暴動，我想我們或者應該買一輛小車子，但是這種開銷是可以省的，我們必須為下雨的日子準備。

「一定要嫁闊佬！」百靈笑。

「現在有什麼人開一輛三手福士來，他也就是白馬王子。」我也笑。

皇天不負苦心人，我們終於上了公路車，並且獲得座位。

看看站在車上的人，等着車還不能上車的人，覺得份外幸福。幸福不外是因為滿足，滿足了事事都是好的，不滿足，什麼也不好。

百靈說：「我們什麼時候買一部小車子？」

「如果你結婚去了，難道把車子切去一半做陪嫁？」

「不跟你說了。」

「回家好好的計算，如果環境允許，你可別嚕嗦。」

「你應該唸的科目是會計。」百靈裝個鬼臉。

「人生與會計是離不了關係的。」

我們到站了，一起下車。

與百靈在一起，我們兩人常常會發現人生的哲理。

「天氣冷了。」我縮縮脖子。

「是的，冷了。」

「我想買一件銀狐大衣。」她小心的說。

「你要買的東西很多，我一點也不感興趣，」我扮個鬼臉。

「今天晚上見。」百靈說。

「再見。」我說。

她搖搖晃晃的走了。

「喂！」我叫住她，「你是個大美人，提起精神來。」

「謝謝！」她笑。

我走到經理室，推門進去，發覺桌上一大堆意大利食譜，不知道誰堆在那裏的，在大公司做事就是這點好，工作會得自然推動，不費吹灰之力。要命，是誰放在此地的？

女秘書瑪麗說：「周小姐，是老闆。」

「哦。」我搔搔頭。

「你今天的精神彷彿不太好呢。」瑪麗笑說。

「自然，」我用手撐着頭，「做了十五年的周小姐，還沒有成為×太太，精神自然差點，我要寫信到婦女雜誌去投訴：高薪工作害了我。」

「害了你？」

「是的。」我說：「如果找不到這份工作，我就會花時間來找老公，如果我不是賺得到這麼多錢，我就會乖乖的受老公的氣，他媽的，高薪害了我。」

老闆的聲音自我身後傳來，「如果你再在那裏閒談，看報紙，喝咖啡，你就快可以獲得低薪工作了！」

我轉頭，瑪麗飛奔出去。

「你知道什麼？」我說：「有人以為做了老闆，便可以呼么喝六。」

「你幾時開始工作呢？」

「現在，等我打完了電話再說。」

我撥一〇八，「請問交通部號碼。」

一〇八告訴我號碼，我馬上打到交通部，「有一件事麻煩你，我的車牌——」

「請打運輸部。」

「好，」於是打運輸部。

運輸部的人說：「運輸部改了號碼。」

官僚主義，再打新號碼，「我的車牌——」

「我們不管車牌，請打以下號碼——」

我再撥電話，老闆大叫，「你有完沒完？到底是不是來上班的！」

我不理老闆，繼續找到我要找的人：「我的車牌不見了，我本來是香港居民，到英國去住了四年，現在想用車牌，看看有沒有辦法。」

「我們替你查電腦。」他說：「你的身份證號碼呢？」

我說了。

「號碼不錯。」笑。

「是的。」

「名字呢？」

我一個個字說了。

「啊，電腦說，你的車牌在一九七三年十一月已經註銷了，現在已經完全作廢，要從新再考一遍。」

「從頭考？笑話，有廉政署存在，怎麼可能考到車牌？」

「你開玩笑，小姐！從頭考吧。」

「沒有別的方法？」我問。

「沒有。」他停了一停，「你在英國有沒有車牌？」

「才沒有。」我說：「有沒有辦法？」

「沒有辦法了。」

「再見。」

老闆看着我，「要開車？」他問。

「要開車沒有車牌。」我說：「只好不開車。」

「你曾經一度開過車嗎？」老闆很好奇。

「這是我私人的秘密，你不要過問。」我仰起頭。

「天曉得！」老闆兩眼翻白。

「你想開什麼車？」

「MGB，還想開什麼車？」我開始打字。

「你想什麼車？」

「勞斯萊斯白色的舊式跑車，」我說：「你知道，《大亨小傳》中的那種，」我哼哼的笑，「然後穿一件銀狐大衣，開着跑車到處走，不用受氣，不用上班，享受人生。」

「恐怕不到一個月你就煩死了。」

「煩死？」我說：「才不會。」

「而且我不承認你在這裏是受氣的。」

「讓我們這樣說吧，這種氣，我已經受慣了。」我補充一句：「受生不如受熟。」

「你知道嗎？」老闆細細的打量我一會兒，「憑你的才幹，如果你肯用功一點，十年後是不難做到我這個位置的。」

「十年後，」我呻吟一聲，「你為什麼不替我介紹一個男朋友！」

「我不否認你會做一個很好的太太，我知道你會的，但是你為什麼不早幾年嫁人呢？早幾年機會又好一點。」

「廢話，有機會的話永遠都有機會。」

「那個姓陳的呢？」老闆問。

「太胖了。」我說：「又喜歡約會小明星。」

「女人對這一點都很注意。」

「那是格調的問題，如果真是喜歡這種虛榮，可以像喬其趙般的娶何莉莉，莉莉是美麗的，性格又樂天。但是約小貓小狗，這又何必，格調低的男人不懂得欣賞人的內心世界。」

「我想你還是開始工作吧。」

我聳聳肩膀。

「五年來你未曾轉過髮型。」老闆咕噥。

因為我想看上去年輕，唯一的道理。

我把菜單仔仔細細的做了出來，拿到咖啡廳去，交給大師傅，大師傅看過了，問幾時開始。

我打電話叫人去宣傳，譯為中文，加註釋，弄得天花亂墜，一個星期後推出。

我說：「照做一份出來給我吃，看看味道如何。」

「你不是在節食嗎？」二廚問。

「工作的痛苦。奶茶走糖。」我說着坐下來。

「小姐們總要節食，」大師傅說：「可以買大一點的衣服。」

「我最恨人們永遠買大一號的衣服來縱容自己發胖。我是一個有紀律的人。」

「好的，奶茶走糖，十客比薩。」

「我上去了。」我說。

「我想明天休息。」有一個女孩子走近來說。我說：「去去，只要找到替工，去！」

大師傅瞪一眼，來請假的女孩子歡天喜地的去了。

我說：「她找錯人了，其實我並不是人事部的人。」

「周小姐幾時結婚？」

「我不知道。」我說：「休提起。」

「現在越來越多小姐遲婚了。」

「可不是。」我想到百靈。

「周小姐，你的朋友找你。」

「免費午餐！如今的朋友不過值一頓免費午餐。」我攤攤手，「百靈——」

但那不是百靈，那是一個男人。

他穿着衛生衣，牛仔褲，臉帶笑容。好的是他沒有穿西裝，在這一帶上班久了，看見西裝打扮的男人久而久之便會反胃。

我問：「誰？誰找我？」

「我叫張漢彪。」他迎上來。

我的臉一沉，「我叫你在下班時間打電話來。」

他裝個鬼臉，「那怎麼辦？」

「在下班的時候再回來。」

「ＯＫ，ＯＫ，」他擺擺手，「別生氣，我準五點再來。」他吐吐舌頭，轉身便走了。

我坐下來，喝茶。

「那是誰？」大師傅問。

「弟弟的同學。」我說。

「他有什麼不對？」

「沒有不對。」我答。

「為什麼趕走他？」

「我在工作。」我說。

「你不過在吃茶，所有有可能性的男人都是這樣給你趕走的。」他說。

「什麼可能性，他們？」我笑問。

「別太驕傲了。」大師傅說：「你不能永遠年輕漂亮。」

「我從來未曾漂亮過。」

「這是不對的，你是個漂亮的女孩子，你只是太兇。」

「我一點也不兇，你們的比薩做好了沒有？」

「沒有這麼快。」

「丹薇，有什麼好吃？」百靈來了。

「百靈，你每天所想到的，只不過是吃，」我責道。

「我所想的，絕對不止是吃那麼簡單的。」她說。

「那麼你想得太多了，」我說：「別想那麼多。」

她坐下來，白我一眼，點了菜，「我決定由今天開始付賬，免得別人諸多諷刺。」

我跟大師傅說：「這裏人山人海，你不到廚房去幹什麼？」

他搖頭，「真兇。」他說。

我問百靈，「高貴的新聞官，香港發生了什麼事？」

「啥事也沒有。」

「你什麼時候出鏡?在電視上發言，一行字幕打出來，香港政府新聞處發言人趙百靈。」

「我有口吃，不能上熒幕。」她說。

「可是那還是一個高貴的工作地方。」

「新聞處?像你，可以獲得免費食物供應，像車衣工廠，可以揩油到一條牛仔褲，我們有什麼?帶一段新聞回家?」

「再報告你一個壞消息，我的車牌沒有法子拿回來。」

「沒有?」她愕然，「一輩子坐公共車子?」

我搖搖頭：「只要你福氣好，可以坐到有司機的車子。」

她埋頭吃三文治。

「我要上去了。」

「陪老闆?」她問。

我在賬單上簽一個字，「不是，我有點疲倦。工作太久了，我需要一年長的假期。」

「這樣吧，」她說：「下班時我來找你。」

「今天下班我要見一個人，弟弟的同學，你一起來也好，我們一塊兒吃飯。」

「或者我可以去考車牌。」百靈說。

「算了，五十歲的老太婆開MGB，有什麼好看？」

「或者四十五歲就考到車牌了。」她笑。

「有這種事，」我笑。「現在誰還有膽子考車牌？」

「一會兒見。」百靈吃完了站起來便走。

大師傅說：兇！我才不兇。我的老闆不會說我兇，他比我兇。是因為兇才沒有對象呀？我聳聳肩。

我到樓上去收拾好東西，坐下來便看週末的訂單。

大師傅剛剛那句話令我很不安。兇，兇，有那麼兇嗎？不致於吧。為了要證明我並不兇，最好的辦法是找幾個男朋友來拍拖，女人要證明自己的存在，非要靠男人不可，唉唉。但是我的工作是這麼忙，要做的事有這麼多，男人要遷就我的時間，有什麼男人肯那麼做呢？

如果他肯遷就，通常他不是值得一顧的男人。

公共關係的人來說：「周小姐，宣傳的小卡片你最好過目，我們對於上次的經驗心驚肉跳。」

上次他們選了兩個很恐怖的顏色，被我毫不留情的抨擊一番，弄得很不愉快。

下午三時，我奇怪百靈在做什麼，坐在寫字樓靠月薪維持生活的一切女孩子又在做什麼。我覺得悶，前幾日看了一篇叫《規律》的科學幻想小說。一個科學家死在密室中，人家都懷疑是他殺，其實是自殺，因為科學家發覺他「光輝的一生」不過與一隻土蜂相似，日日從實驗室到家，家到大學，大學到實驗室。他自殺了。我們每人都一樣，百靈說，她希望有一個一年長的假期，如果得了假期，也不過如此，一般小資產階級最大的願望是要到歐洲去，因為要到歐洲而去歐洲。

除非要有很多錢，才能到新畿內亞去讓土人吃掉，我相信我做不到，我要為了生活活下去，在頭痛、胃痛之中活下去，一抽屜是成藥。

一個辦館女職員來收賬，叫我簽名，我問：「你喜歡你的工作嗎？做了多久？」

她茫然看着我。她已經不知道她有權找一份喜愛的工作，工作找了她！她已經喜不自禁。

「你搓麻將嗎？」我問。

「搓。」辦館女職員説。

她把她的煩惱埋葬在麻將牌中。

「你快樂嗎？」

她愕然，然後告訴我，「周小姐，請你簽了名我好拿出去收賬。」

我點點頭。她看上去很驚慌，好像碰到了一個白癡。

「你是哪裏的人？」我問：「鄉下是什麼地方？」

「廣東番禺。」她拿回紙張。

「有沒有想回鄉下？」我又問。

「沒有。」她純粹是為了禮貌。

「最想到什麼地方去？」我問。

「瑞士。」她彷彿有點興趣。

「去瑞士幹嗎？」我問。

「風景好。」她說。

「是嗎？」我反問。

「周小姐，你是去過瑞士的，你為什麼去？」她並不笨，她在反攻，她的眼睛都在笑。

「因為風景好。」我結束了這一次的談話。

我們到底在做什麼？活着但又不是活着。我疲倦得要死。

百靈來了電話：「我不能來與你下班，我在翻譯一大疊官方發言，五點半之前要發出去。」

「那些東西誰不會？」我取笑她，「『如要停車，乃可在此。』」

「一百年老的笑話！」她說：「我要掛電話了。」

「來晚餐吧，我們去占美廚房。」我說。

「如果有人請，我們去吃日本菜吧。」百靈建議。

「你就是想着吃吃吃，亂吃。」我說：「八點鐘來！」

她「蓬」一聲掛了電話。我拉開抽屜取出小說看。

老闆見了便會說道：「這麼貴請你回來看小說？」

其實一點也不貴，我們連車子也買不起，我覺得悶。

「我又回來了。」門口有人說。他是張漢彪。

忽然之間我的笑容溫和了，因為我現在空下來，因為我正在覺得悶。

我問他：「我的弟弟好嗎？」

「他很快樂。」張坐下來，「他的幸福在他滿足現狀。」

「哦。」我說：「你想到哪兒去買衣服？」

「你通常在什麼地方買衣服？」他問我。

「我很少買衣服，我的工作不需要美冠華服，但是如果有人要我帶去買衣服，為了省麻煩，我帶他們到詩韻去。」我解釋。

「我聽說過，你弟弟說你很兇。」他說。

「這跟我是不是很兇有什麼關係！」我問。

「剛才我去看了一部電影，我怕早來了又讓你生氣。」

「我們可以走了。」我站起來，做了一連串收工下班的工作。

然後我們走出去。同事們齊齊作會心微笑——老姑婆終於有人來接下班了，好景不知道能長久乎？

他的小車子隨意停在街邊，一張告票端端正正夾在水撥上，他順手取下放在口袋裏，神色自若地開車門，我上車，我們開車到購物中心去，找到了時裝店，進去。

他在店內四處看了看，「不不，」他說：「不適合我母親。」

「我以為你替女朋友買東西。」我說。

他看着我笑，「女朋友？」他說：「你知道現在五十歲以下的男人是不會送女人東西的，不撈點回來已經很差了。」

我忍不住笑出來，「你倒是很有趣，有趣的男人大多數有女朋友。」

「我？」他說：「我沒有。」

我笑笑，忽然想起百靈，「你能在香港躭多久？」

「三天，五天，如果有理由躭下去，半年一年。」他聳聳肩，「沒有一定。」

「你的工作？」我問：「我相信你是有一份工作的。」

「研究所的工程師，我有一年假期，」他說：「到處遊蕩。」

聽上去非常理想。嫁人一定要嫁有實力的男人。工程師、醫師，一樣是師，美術師就差多了，人們沒有畢加索活得很好，少了一個電飯煲，多不方便！英國人說：情願失去十個印度，不願失去一個莎士比亞，那是因為他們那個時候既有印度又有莎士比亞的緣故。現在問他們，勢必沒有那麼灑脱的對白了。

張漢彪儘管說那些東西不適合他母親，但是挑起東西來，真是不遺餘力，他簽旅行支票的時候姿態是美麗的，意志力薄弱的女人會得因此愛上他。

他留下地址，「送到這酒店去，叫侍役放在我床上。」他安排得很舒服很有氣派。

我想百靈會喜歡他。女人可以欣賞各類型的男人，但是男人往往只看得到一種女人——漂亮而沒有頭腦的。

「你要不要女朋友？」我問。

「我是一個很挑剔的人。」他笑笑，「你指誰？你本人？」

「不是我。」

「為什麼不是？」他問。

「你認識我們一家人，太熟了。」我說。

「但是我留在香港的日子不長，」他說：「我要回去的。」

「或者你不會愛上她，如果她可取悅你，你會把她帶走，或是為她留下來，一切可商量。」

「說的很是。」他聳聳肩。

「我們一起吃晚飯，好不好？一言為定。」

「你倒是很熱心。」他揚揚眉。「你的愛人呢？」

「我的愛人是我的波士。」我說：「我喜歡我的工作。」

「真的？」

「自然，它養活了我，」我無可奈何的說：「做人家老婆也會被炒魷魚的，處境很難。喂！吃飯去吧。」

「像你這樣的女孩子，是一定有情人的。」張漢彪說。

「我沒有情人，我們現在不是開情人研究班吧。」我說。

「是是。我們吃飯去。」他扮一個鬼臉。

他很會吃，挑的酒都是最好的，百靈還沒有來，我看看錶，才七點半，她是常常過鐘趕工夫的，上一次我們一起吃飯，還是我請的客，自然，傑以後並沒有再來約會她，我有點歉意，好印象是給我破壞的。以前百靈至少有約會，現在我有義務替她介紹一個男朋友，成功與否各安天命。

等百靈真來的時候，她看上去真是倦疲得要崩潰了，這不只單單是身體上的疲倦，簡直靈魂深處，每一個細胞都那麼厭悶。

她看見我便自己拉開椅子坐下來，拿起我的「普意飛賽」一口氣喝半杯，像喝汽水似的。

她沒有注意到張漢彪的存在，我心中又憂又喜，通常吸引男人的是這種冷漠的女人，但是男人終於娶的是仰慕他的女人，沒才幹的女人靠嫁人過活，有本事的女人靠自己過活，到底是用別人的錢比較方便。

「你的工作完畢了嗎？」我問百靈。

「明天還有，洋洋數千言，動用無數字典，一種非常辛苦，但是卻沒有滿足的工作。」她說：「叫了什麼吃？」

「還沒有，在等你。這位是張先生。」

「哦，居然有男士作陪。」她在看菜單，並沒有抬起頭來。

「這是百靈。」我向張漢彪示意。

張點點頭表示明白，向我眨眨眼。

我對百靈說：「你看上去這麼累。」

「什麼看上去？我簡直就這麼累。」百靈用手支撐着下巴。

「難怪有些丈夫一到家裏，就什麼都不想幹，單想睡覺。」我笑，「你看百靈那德性。」

「可不是，都快睡着了！」百靈自己先笑，「哎喲！」

「你醒一醒好不好？」我求她，「陪我們説話。」

「不行，」百靈説：「你隨我去，我無能為力了。」

我説：「極度的工作會使一個很具魅力而且漂亮的女人變成這個樣子。」

張漢彪説：「這句話，好像是報紙的頭條標題。」

喝了幾口酒，百靈好像振作起來了，她目無焦點的笑着。

張漢彪邊吃邊看着她，似乎有莫大的興趣，他問她：「有什麼傷感的事？」

百靈燃起一支煙，「傷感？傷感需要高度精神集中，我哪來的精神？丹薇，新聞處的工作實在太無聊，我想轉到廉政去做。」

「廉政不好做，上次打人事件，如果你在那裏，打的就是你！」

「亂説，」百靈答：「那邊的薪水好。」

「你工作就是為了薪水？」我問。

百靈惱怒，「當然！我讀書都是為了將來的收入可以高一點，不要説是工作了，你以為我早上八點鐘咪咪媽媽的起床是為了什麼，為愛情嗎？不，當然是為薪水。」

「真直截了當！」我吐吐舌頭，「這話可不能說給老闆聽。」

「老闆自己也是為了錢。」

「難道一點工作興趣都沒有？」我問。

「工作的興趣只限於少數職業，譬如說一份一星期只做三個下午的工作，可以高度表現自己能力的，像我們這樣，一點地位都沒有，我若嫁得掉，也就嫁了，至少辛苦的時候可以跟丈夫訴苦。」

張漢彪忽然說：「如果他不能幫助你脱離苦海，訴苦是沒有用的，不要說是丈夫，上帝也不行。」

「是的，」我說：「貧賤夫妻對着訴苦，何必呢？」我笑，「一個人苦也就是了。」

百靈白我一眼，「真笨，這叫牛衣對泣。」

「是嗎？」我的興趣來了，「彷彿是有這麼一句的。」

張漢彪問：「你們嫁人是為了飯票嗎？」他很有意思。

百靈兇霸霸的說：「你管不着。」她放下了刀叉。

「百靈你累了，我看你還是回家休息吧。」

「好，明天見。」她笑，「再見。」她站起來走了。

「怎麼樣？」我問：「這女孩子不錯吧？她並不是天天這麼累的，她那份工作很害人，你知道香港，月入一千元還有偷懶的機會，月入五千就得付出一萬元的勞力，老闆一點都不笨。」

「也許是。」張漢彪說：「像她這樣的女孩子，感情需要長時期的培養，我留在香港的時間比較短，沒有空天天送玫瑰花，你是明白的。」他眼睛狡黠的閃一閃。

我歎口氣，「如今的男人是越來越精刮了。」我聳聳肩，裝鬼臉，「但是你必須承認她是漂亮的。」

「這我知道，你知道女人可以分很多種：（一）漂亮但是蠢。（二）漂亮而聰明。（三）醜而且蠢。（四）醜不過聰明。最寫意的無疑是漂亮而蠢的那種，因為她們在學術性上蠢，所以只好在娛樂性上發展。」

「最慘的是哪種？又漂亮又聰明？」
「不是，很聰明但長得醜的那種。」
「真會算！」我氣憤。
「別生氣，我當你是一個朋友，所以才大膽發言，你知道我沒有勇氣在女人面前說這種話。」他扮個怪臉。
「你要娶怎麼樣的太太？」我反問。
「聰明而漂亮的，」他毫不考慮，「但是希望她能為我變得漂亮而蠢，一切聽我。」
「為什麼？」我驚異。
「不是如此，怎麼顯得我偉大？娶個笨太太，我沒興趣，娶個聰明太太，我負擔不起，只好希望她自聰明轉入糊塗，他媽的！」
「算絕了，祝你好運。」我說着站起來。
「你要回去了，等我付賬，」他叫侍役，「你沒有生氣吧？」
我又坐下來，錯愕慢慢平復：「沒有關係。」

「你還願意出來嗎？」張漢彪問。

「為了什麼？通常下班之後，我巴不得早點休息。」

「為了朋友，」他伸出手來，「好不好？」

我點點頭，「好，待百靈空一點的時候。」

他與我離開飯店，車窗上又是一張告票，他順手納入袋中，替我開車門，送我回家。

我忍不住問：「那些告票你打算怎麼樣？」

「車子是朋友的，到時我會把告票與鈔票一起交給他，向他陪罪。」

對男人，瀟灑是金錢換來的，對於女人，瀟灑是血淚換來的。總是要換。

「你似乎是一個冷靜的人。」

我說：「冷靜倒不見得，我有一個綽號，叫『道理丹』，我喜歡說道理。」

他把車子開得純熟而快。

我們在門口說再見。

第二天並沒有看見百靈，她連早餐都沒有吃便離開了，她留了一張紙條說八點半要準備九點鐘的記者招待會。
午餐時分我去找她，她不在，可能開完會便去吃午飯了，發報機「軋軋」地響着，政府機關往往有種特別的氣味，人人肩膀上搭件毛衣，因為冷氣實在冷。還有人人手中拿一疊文件，走來走去，顯得很忙的樣子。
我覺得很悶，所以回酒店。
換了制服到廚房去，大師傅彈眼碌睛的問：「你幹嗎？」
我說：「我要烤一隻蛋糕，做好了吃下去，連帶我的煩惱一齊吞入肚子。」
「什麼蛋糕？」他問：「黑森林？謝露茜？」
「我還沒決定。」我打開食譜，「讀書的時候，同學夏綠蒂告訴我，她的爸爸一高興，便叫她謝露茜蛋糕——夏綠蒂，你便是我的謝露茜蛋糕！」
「你父親叫你什麼？」大師傅問。
我大力的攪拌雞蛋，「阿妹。」我說。
大師傅笑了。
「請把烤箱撥至四五〇度F。」

「你自己做！咱們忙得要死。」大師傅說。

「忙，誰也不忙。」我說：「我們這裏全是吃閒飯的。」

「小姐，你憑良心說話。」

把蛋糕放進小模子內，「這種蛋糕。」我說：「是對不起良心的。」

「你會胖的。」

「這是我最低的煩惱。」我說：「我可以明知電燈要切線了，仍然在上班，沒空去交電費。」

蛋糕進入烤箱。

「你自幼到今沒有男朋友嗎？」他問。

「這是我的私事。」我說。

「周小姐，外邊有人找你。」

「如果是老闆，告訴他我淹死了。」我說。

「不是老闆，是男朋友。」

「我是沒有男朋友。」說着還是走出去。

那是傑，我只見過一次，請他吃過飯，他一副倒霉相的站在那裏。

「有什麼疑難雜症要見我？」我開門見山道。

「有的。」

「請說。」

受了我影響，他說：「百靈不肯見我了。」

「這跟我沒有關係。」我說。

「你是她的好朋友。」

「我是她媽也管不了這些事，」我說：「你請回吧。」

他急了，「我對她是認真的！」

「這也不關我事。」我說：「你對她是否認真是你與她的事。」

「你還說是她的好朋友，你根本不關心她！」

「你誤會了，做一個人的朋友不一定要關心她的私事。」我回轉頭說。

「丹薇，我有事請教你。」

「什麼事？」我問。

「請你坐下來好不好？」他問。

「這裏人很多，上我寫字樓吧。」我說。

他跟我上寫字樓，我們坐定了，我叫一杯茶給他。

「我想向百靈求婚。」

「那麼你向她求好了。」我很合理的說。

「你贊成嗎？」他問。

我站起來，「如果我贊成，影響不了她，我不贊成，也影響不了她，你是向她求婚呵，如果她要嫁給你，始終是要嫁給你的。」

「你這樣說，如果朋友要跳樓，你也不動容？」傑好生氣。

「那是他的生命，」我說：「如果他要死，去死好了。」

「你是一個殘忍的人。」

「如果人人像我這麼殘忍，天下就太平了，」我不客氣的說：「再見。」

「你對生活一點興趣也沒有？」他說。

「猜對了，」我笑，「該獎你什麼好呢？」

「懇求你，」傑說：「你跟百靈那麼熟，你猜她會不會嫁我？」

我看着他，我的答案很肯定，百靈不會嫁他。

但是我反問：「你為什麼要百靈嫁你？你知道她多少？你有能力照顧她的生活？你知道她要的是什麼？」

他愕然，答不上來。

「你並不知道她，是不是？結婚時間到了，所以你想結婚，試一試吧，如果連試一試的風險都不肯冒，那麼你也太過份了。」

「謝謝你。」他說。

「我什麼也沒做，別謝我。」

「從沒見過像你這麼守口如瓶的人。」傑說。

「我只是對生活沒有興趣，是你說的。」

我送他出去，我忍不住說：「有很多好的女孩子是不可以娶來做老婆的，有很多好書是不適合睡前閱讀的，解決了日常生活問題之後，才可以有心情去買古董，坐靚車，穿皮裘，現在有人送一套水晶酒杯給你，你有什麼用呢？你急需的是一隻電飯煲。」

他的臉色轉為蒼白，過一陣子他說：「我明白。」

「再見。」我說。

他走了。因為他的緣故，我一整天沒心情做事情。

我跑到廚房去問：「蛋糕呢？」

大師傅把一碟子焦炭放在我面前，「喏！」

我問：「這是我的蛋糕？發生了什麼事？」我大叫。

「你忘了撥時間掣。」他奸笑。

「上帝咒罰你，」我說：「你他媽的知道幾時該把它拿出來，是不是？」

「又一次證明了良好的經理人才不一定可以在廚房做事。」他說：「你老在咖啡室兜圈子，為什麼不到扒房去看看？」

「那領班十分的兇。」我說。

「又一次證明了神鬼怕惡人，」他笑說。

「我肚子十分餓。」我說。

「要吃班戟嗎？」

「OK。」我說。

他給我糖醬，我幾乎倒掉半瓶。

「你為什麼不結婚？」他問。

「我不能洗，不會熨，不會笑，不會撒嬌，又一次證明了良好的經理人才不是好妻子。」

「垃圾。」

「我想回家。」我說：「我永遠睡不夠，晚上床是冰涼的。」

「你需要的是一張電毯。」他說。

「我知道。」我說：「你真是好朋友。」百靈的電話。

「傑向我求婚。」她說。

我歎口氣，我浪費了那麼多唇舌，他還是認為他可以扭轉命運，大亨小傳裏的黛茜說：「千金小姐是不會嫁窮小子的。」在香港，似乎應該改一改：能幹的女子是不會嫁比她弱的男人的。

「怎麼樣？」

「我幾乎崩潰，」她說：「我好言好語的說了許多話，換一句話說：我不能嫁他。」

「如果你在找一個男人嫁，他是不錯的。」

「真的嗎？」百靈笑，「我不打算到他的世界裏去生活。」

「三十年後你會後悔的。」我說。

「或許，三十年後我什麼也做不動了，如果還活在世上，我可以有大把時間來後悔。」

「如果你早回家，看見鐘點女工，請告訴她，我們的地板上灰塵很多，要吸一吸。」我說。

「知道了。」百靈答。

「傑有沒有很失望？」我問：「以後你不與他約會了？」

「我不能與他再拖下去，」她歎氣，「我不能嫁他，我活得那麼辛苦，不是為了嫁那麼一個人。」

「我有一點點明白。」我說。

「真的明白嗎？」有人在我身邊說。

我以為是大師傅，抬起頭來，我看到了一張臉，熟悉的，常常存在我心中的臉，我曾經有一千個一萬個想像，覺得他會在各式各樣的場合中出現，但是他並沒有出現，就在今天，我絲毫沒有想到他會出現，他就出現了。

我直接的感覺是我的頭髮該洗了，但是沒有洗，我的襯衫顏色與毛衣不配，我今天沒化妝。

我的臉漸漸發熱，百靈在電話那邊叫我：「丹薇，丹薇！」

我放下電話。

「你是怎麼樣找到我的？」我問。

「如果我要找你，總找得到。」他說。

「為了什麼事你要找我？」我問。

「想見你。」他坦白的說。

「這麼簡單，」我說：「想見我，隔了五年，你想見我，是不是？但是為什麼想見我？」

「我想與你說說話，你是說話的好對象。」他說。

「我沒有空，我在上班。」

「下班之後，我會覺得很累。」我說。

「下班——」

「上班下班，」他嘲弄的說：「你的薪水有多少？這家酒店沒有你不能動嗎？」

我沒有生氣，因為他說的是事實，「我們小人物原本就是為小事情活着的，希望你原諒。」

「你不是小人物，」他說：「丹薇，你的生活不應該如此單調。」

我看着他，他的臉像是杜連恩格蕾的畫像，一點也沒有變，也沒有老，我真佩服他，他還是那麼漂亮，時間對他真有恩典，而我知道我自己的眼睛已經不再明亮了。

「如何辦？找一個客戶嗎？」我問：「我已經老了。」

「有很多女人比你老比你醜的。」他笑，「而且受歡迎。」

「你要說什麼？是不是又叫我辭工，搬進一層樓宇去，有空在家打麻將，應你的召？」

「那麼你就不必那麼辛苦工作了，」他擺擺手，「看你，你的興趣不會在這酒店裏吧？有了錢，你可以到印度旅行，穿銀狐裘開吉甫車，用最好的拔蘭地配烏魚子，有好多的事情可以做，你活在世界上，難道真是上班下班那麼簡單？你是個十分貪圖享受的人。」

「你在應允我這一切嗎？」我問：「你是十分小器的人。」

「我們走着瞧。」他說。

大師傅過來說：「喂，老闆找你，老闆問要不要在咖啡廳替你擺張辦公桌。」

「我要上去工作了。」我攤攤手。

「下班我在門口接你。」他轉身就走。

我還是覺得這是一個夢。我沒有假裝忘了他，誰都知道我沒有忘記他，如果我故意對他冷淡，不過是顯示我的幼稚。

這些年來，我在等他與我結婚。

老闆說：「這些單子，在下班之前全替我做出來。」

「是。」我坐下來看，又站起來，「這些辦館的賬已是半年前的事兒了。」

「半年前也該是你做的！」老闆吼道：「你以為塞在抽屜一角就沒人知道了？」

我說：「我對於這一切都非常悶，我覺得飽死，我不想做了！真的不想做了，天啊，為什麼我要這麼忙才找得到一口飯吃？」

老闆看着我，「你不是真的有那麼嚴重吧？」他問。

「真的，我的煩惱在嫁百萬富翁之後可以解決。」我說。

他笑，「那麼便出去找一個，別坐在這裏呻吟。」

我覺得累，但是打開了計算機開始核對賬目，去年的賬今年還是要算，等我死的時候，已經算得滿臉皺紋。

賬單一張張減少，瑪麗又拿來一疊，我喝杯咖啡，拿起電話，打給我老友百靈，說我不回去吃飯，她只好答應，我知道她將如何解決她的晚餐，她會把水果盤子、巧克力盒子往身前一放，然後開始看電視，至少嚼下去三千個加路里。

或者有人會約她出去。

電視片集上有人拍職業女性，其實職業女性不是你想像中那麼複雜，職業女性通常悶得要死，一輩子也碰不到一點刺激的事，像我們就是。

時間到了四點半，我收拾東西要走，老闆問：「這麼早？」

「是。」我要避開一個人。

「事情做好了？」他笑問。

「做好了。」我攤攤手，「如果你要獎勵我，可以請我去喝杯茶，然後再去晚飯。」

「這是暗示嗎？」他問。

「你的太太與情婦呢？」我問：「放她們假吧。」

「好的，」他站起來，「丹，你今天看來非常的不快樂，為什麼？」

「我能與你吃晚飯嗎？」我問。

「自然，來，我們現在走。」他站起來，他發胖了，並不想節食，以後還有機會胖下去，他似乎很在意，挺了挺胸，他是一個好人。

我微笑，如果以友善的眼光看，每個人都是可愛的，我的老闆也可愛，事情可能更僵，如果他是一個愛刻薄人的老頭，我還是得做下去，為了生活。「你不介意我這套衣裳吧？」我問。

「你沒穿裙子已經有三個月了。」他說：「我根本不知道你是否一個女子。」他擠擠眼，「我們可以一起去喝啤酒。」

「別這麼說。」我微笑，「你是一個好波士，」我聳聳肩，「我應該滿足，來，我們走吧。」

老闆開一部淺紫色的積架。

我們真的跑到酒館去喝啤酒。

我說：「我從來沒問過，是什麼令你跑到東方來的？」

「我？你不會相信。」他歎一口氣，「唸書的時候認識一個中國女郎——」

「現在外頭有很多不會說中文的中國女郎，是哪一國的？」我笑問。

「是中國的。」他發誓，「我不騙你，家裏開炸魚薯仔店，香港去的，英文說得不錯。」

我看着天花板，「呵，新界屯門同胞。」

「對了！就是那個地方！丹，你不要那麼驕傲好不好？看上帝份上！」他生氣了。

「好好，以後發生了什麼？」

「我願意娶她，但是那時候我經濟能力不夠，所以她的家長沒有允許，我失去了她。」

「她長得美嗎？」

「扁面孔，圓眼睛，很美。」老闆喝了一大口啤酒。

我笑，「都一樣，那是你的初戀情人？」

「並不是，但是我很喜歡她，你知道，有一個中國女朋友，在那個時候是件很不錯的事。」

我哈哈高聲笑起來。笑到一半停止了。我看看手錶，五點正，他的車子現在該開到門口了，等不到我，這個人會有什麼感想？活該，隨便他。

「她幾歲？」我問。

「十八九歲，喜歡穿牛仔褲。」他回憶。

「那時候你幾歲？」我問。

「十八九歲。」

「你今年幾歲？」我又問，他在我印象中，該有四五十歲了。「四十五歲。」他說。

「你說得對，在那個時候，有個中國女朋友真不是容易的事。」我喝完了啤酒。

「所以後來結了婚，唏，還是到東方來了，」他搔搔頭，尷尬地笑，「可惜東方已經不是我想像中的東方，我再也找不到像美美那樣的女朋友了。」

「她的名字叫美美？」

「也可能是妹妹。」

「但是你現在的確有個中國女朋友，是不是？」我說。

「一個上海女子，也不錯。」他說：「她長得很美。」

「西方人眼中的東方美女通常長得嚇壞人。」我吐吐舌頭。

「看你，你就一點不像東方人，百分之一百西化，受英國教育，說英文，做的事比男人還多，賺一份高薪，這跟我老婆有什麼分別？」

他老婆在銀行裏做經理。

「請你別提高薪的事，這份薪水實在是不夠用的。」

五點廿分，他在門口等得不耐煩了吧？心中不停的在詛咒我吧？或是已經掉頭走了？以他的脾氣，掉頭走並不是什麼出奇的事，我這麼做不過是為了擺一點架子，他要是不來第二次，也就算數。

我心不在焉的聽老闆說着他的事，發覺他是老了。只有老了的人才會有這種口氣，他是一個乾淨的、好心的外國人，見解不錯，但是老了還是老了。

我很耐心的聽着他，對於這位老闆我總是耐心的，因為他對我也很耐心。

他說他以前那女朋友送過檀香扇子給他，教他用中文說早安、晚安。這個叫美美的女孩子也許教過三百個英國男人說這種話，但是我老闆本來淺藍色的眼珠彷彿轉為深藍，此刻如果我提出加薪的要求，也不是不可以的。

有妻子有情人的男人也會寂寞。

我們靜靜的吃了一頓晚飯，他送我到家門口，我馬上說：「不要送我上樓。」免得百靈笑。

百靈在看電視。

我問：「有人打電話來嗎？」

「沒有。」她很肯定的說。

「傑也沒有？」我問。呵，他並沒有來找我。

「你開玩笑？他來找我做什麼？求婚不遂是一個男人的最大侮辱，他以後一輩子也不會再出現。」

「你有沒有後悔？譬如說像今天這麼寂寞。」

她想了一想。「不，我想不會。這是兩回事，我並不能與他生活。」

「夫妻總要互相遷就的。」我說。

百靈很肯定的說：「不是他。」

「真的就是那麼簡單？」我問：「傑不是那麼討厭的。」
「他的確不討厭，但是我不想做他的妻子。」百靈說。
「我明白。」我說道：「怎麼？沒有水沖廁所？」
「也許壞了，」百靈說：「什麼都壞了，手錶、電鐘、馬桶、梳子、鏡子。」
「真是飽死！」我恨恨的說。
「鐘點女工也病了，襯衫自己熨。」
「我真的飽死了，」我問：「你確定沒有人打過電話來？」
「沒有，你在等誰的電話？」百靈抬起頭來，「張漢彪？」
「他有沒有找你？」我問。
「他為什麼要找我？」她反問：「我又不是十八廿二，老娘早退休了，累得賊死，哦對了，水費付掉了。」
「不是可以自動轉賬嗎？」我問。
「轉了，但是賬還沒有做好。」她說：「你知道。」

我到廚房去做茶，一大堆罐頭差點沒把我絆死，我也顧不得腳上疼痛，發了狠一腳踢過去，所有的罐頭倒在地上，滾得一廚房，怨氣略消，但是腳痛得要死。

百靈在一邊含笑道：「在這裏，咱們又可以得到一個教訓，傷害別人的人，往往自己痛得更厲害。」

「去見你的鬼。」

我蹲在廚房，提不起勁來。

電話響了，百靈跑過去聽，差點沒讓電話線絆死。

她說：「丹薇，找你。」

我去聽，那邊問：「你回來了？」

他說話的聲音震盪了很多回憶，生氣是很幼稚的。

我說：「回來了。」

「如果你不願見我，你可以告訴我，如果你覺得叫我在門口等兩個小時是有趣的事，我可以告訴你，事實剛相反，一點也不好玩。」

「你等了兩小時，真的嗎？」我真有點高興。

「噢，女人！」他說：「我可以明白別人這麼做，但不是你，丹。」

「我也是女人，你忽略了。」我說。

「明天你打算見我嗎？」

「不，這樣子見面一點補償作用也沒有，你永遠不會與我結婚。」

「你真覺得結婚那麼重要？」

「是。」

「為什麼？」

「因為你沒有娶我。」

「那很笨。」

「你才笨，娶那個女人做老婆——那是你的選擇。」

「我不會原諒你那麼說。」

「唉，你如果不原諒我，我還是拿六千元一個月，老闆不會扣我二十巴仙，

如果你原諒我，我也是拿六千元，老闆不會加我二十巴仙，你說，你對我生活有

什麼幫助？有什麼影響？」

「你加了薪？」他說：「高薪得很，一天兩百港元！」

「我要睡了。」我說着掛上電話。

百靈進來看見，她說：「你怎麼忽然精神煥發？發生了什麼事？剛才你一副要自殺謝世的樣子。」

「我精神煥發？」

「當然。」她說：「照照鏡子。」

真的？就為了那麼一個電話？簡直不能令人相信，我頹喪的想：太難了，誰說他對我的生活沒有影響？

「你怎麼了？」百靈問：「你有什麼煩惱？」

「多得很，百靈，你不知道，我曾經有一個男朋友——」

「我知道。」

我揚起一條眉毛。「你知道？」

「唉，丹薇，在香港，每個人都知道每個人的事，你何必大驚小怪？」

「你知道？」我張大了嘴。

「我知道。他是有老婆的，是不是？很有一點錢，是不是？你那件灰狐與貂皮，是他送的，是不是？」

「有點是，有點不是，事情就是這樣，很難説是不是謠言，因為有些真，有些假，我不能句句話來分辯，這兩件皮大衣並不貴，誰都買得起，我自己買的。」

「不知道。」百靈説：「我對別人的故事不感興趣——後來怎樣？」

「後來？後來我們告吹了，現在他又打電話來。」

「你在等什麼，叫他拿現款出來買你的笑容，快快！」

「男人不是那麼容易拿錢出來的。」

「才怪，除非你不想向他要錢，否則的話——你並不是要他的錢。」百靈回自己的房間。

我隔了很久才睡着。

我在與自己練習説：「你原諒了我，我的收入並不會增加百份之二十。你不原諒我，我的收入也不會減少百份之二十，你對我的生活沒有影響。」

但是肯定對我的精神有影響。練了一個晚上，天亮的時候像與人打過仗，累個賊死。

拉開門拾報紙，鐵閘外有一束黃玫瑰。

我關上門。

黃玫瑰？

我再拉開門，是，黃玫瑰，一大束，莖長長的，豎放在鐵閘邊。我連忙打開鐵閘把黃玫瑰撿起來，上面簽着他的名字。皇后花店。

百靈滿嘴牙膏泡沫的走出來，「什麼事？耶穌基督，玫瑰花！」她驚叫，「什麼？什麼人會送花來，我們不是被遺忘的兩個老姑婆嗎？白馬王子終於找到我們了？」

我小心的撕去玻璃紙，數一數。

「有幾朵？」

「廿六枝。」

「為什麼廿六枝？」

「因為我廿六歲。」我說。

「你那個男朋友？」百靈說。

「是他。」我說。

「丹薇，看上帝份上，快與他重修舊好，說不定他用車子來載你上班的時候也可以載我。」百靈抹掉牙膏。

「他不是你想像中的那種人。」我說：「他很狡猾。」

「唉，又沒有人要嫁給他，誰理他的性格如何呢？」

百靈把餅乾自瓶子倒進空塑膠袋中，把瓶子注滿水，把花放進瓶子。相信我，花束把整個客廳都閃亮了。

我覺得與他保持這樣子的距離是最幸福的。

但是男人與女人的距離如果不拉近，就一定遠得看不見。女人與女人的距離則一定要遠，遠得看不見最好。像我跟百靈一樣，連牙膏都各人用各人的，她買她的罐頭食物，我在酒店裏吃，是這樣子。

我不知道為什麼他會回頭，他可以找到一百個新的女朋友，像我這樣的女人不知道有多少。

我再去上班，但事情不一樣了。公路車還那麼擠，但是我不介意了，路程還那麼長，我也不介意了，下了車還得走五分鐘，也不介意。

一大疊一大疊的事要叫我做，我也不介意，我心平氣和的把它們一件件做清楚。昨夜踢到罐頭的腳在作痛，我安靜的搓搓它。

我很滿足，只不過是為了一束花。

當然別的女人會說：「哼！大件事，一束花。」但是花這樣東西是不能真送的，真的送起來，那效果是很恐怖的，只有從來沒收過花的女人才敢說花不管用。

下班我匆匆回家，我看了看那束花，在廚房哼了一首歌，做一隻蛋糕。許多許多的回憶都上來了。

百靈回來時聞到蛋糕香，從烤箱中取出，我們吃蜜糖茶。

「丹，你今天很漂亮。」她說：「為什麼？」

「或者我們應該節省一點，買點畫掛上牆上。」我說。

「我們甚至不會負擔得起畫框。」百靈說。

「畫框？」我問：「買一本印象派畫冊回來，把圖片撕出，那比貼海報有意思得多了。」

「在倫敦有很多店是賣這種畫的！」百靈惋惜的說。

「英國人也會說：在香港，帆船油畫一街都是。」

「畢加索說：『女士，藝術不是用來裝飾你的公寓的。』」

我的眼睛看一看天花板。老天。

「為什麼？我們會有訪客嗎？」她問。

「我們一天有大部份時候就在這裏——」

「我不關心，只要電視不壞，我不關心。」

我笑笑，我們繼續吃蛋糕。

「你的脾氣倒是真的大好了。」百靈說：「有沒有錢？我想問你借一萬八千的去買點衣服過節。」

「我沒有錢。」我笑說：「有錢也不買衣服，你想想，吸塵機才兩百三十元一個，憑什麼襯衫要五六百元一件？」

百靈白我一眼，「你可以穿吸塵機上街嗎？」

我想起來，「傑，他有沒有約你出去？」

「告訴過你很多次了，他已經失蹤了。」百靈說。

「他傷心嗎？」我問。

「我不認為，人的心往往是最強壯的一部份。」百靈笑。

他終有一天會結婚的，那個叫傑的男孩子，他的妻子將會是一個賢淑的好女人，不介意他喝咖啡用白糖。與他守住一輩子，一個好女人。

一個好女人，他買什麼給她，她都開心，他可以把他偉大的見識告訴她，她將會崇拜他。但是我們活在兩個天地裏，我們的生活經驗不一樣。她們的幸福不是我們的幸福。

百靈說：「咖啡冷了。」

我一口喝光，站起來。

「今天星期六。」百靈說：「有啥節目？」

「新聞處有什麼新聞？」我問。

「市政局說市民不愛護花草，影樹幼苗成長的機會只有百分之十五。」百靈說。

「亂蓋。」我笑着出門。

或者張漢彪會打電話來。

他不能替我解決困難，但是他可以陪我消磨時間。雖然我們忙得那個樣子，不過是身體忙，但是精神上益發空虛得很。我們像是那種殭屍，天天做着例行的工作，其實已經死了很久了，不知如何，身體還在動來動去，真恐怖。百靈大概不會贊成這個說法。

我覺得她很美麗，頭髮那麼長那麼乾淨，打理得真好，她常常笑說她花了生命一半的時間來洗頭，但還是值得的，在早上，她看上去是那麼美，一臉的迷惘，我想我們還是年青的，還甚有前途。

百靈真是史麥脫，她喜歡把雙手插在褲袋中走一整街，一整條街上的女子還是數她最出色，臉上洋溢着秀氣，她是屬於城市的。

在下午，他來了，要訂地方請一百三十五個人吃飯。老闆叫我去擺平他。

我很客氣，問他要什麼。

「最好的樂隊，最好的香檳，最好的菜。」他說。

「我們也許沒有期。」我翻着簿子。

「你們一定有，我早半年已經訂好了的。」他說：「現在來計劃一下詳情。」

「當然，生活的每一部份，你莫不是計劃好的。」我微笑。

他沉默了半晌，「也不是，」他說：「有時候也會失算，你這個人。」

「我妨礙了你什麼？」我問：「我們先討論菜式。」

「中菜。」他說。

「這不是我本行，」我說：「我找中菜部大師傅來。」

「不用，菜早定下了。」

「好的，讓我們討論座位問題。」

「當然今天下班你會與我一起去喝杯酒的，是嗎？」

我們把細節都研究好了，我說：「一百三十五個人，你真是喜歡大宴會。」

「總要請的，一次請完了，可以心安理得的睡覺。」

「有錢人太不懂得花錢。」我感喟的說：「這樣子一頓吃，足夠很多人一家四口一年的開銷，大觀園吃蟹的奢侈，在今日還是可以看到。」

他怔一怔，苦笑說：「我有錢，難道是我的錯嗎？」

「我想是的，各人命運不一樣。」我說：「我也希望我能這樣子花錢。」

「對，還有一樣，我不想要女侍，你是知道的，全體男招待。」

「是，先生。」

「去喝一杯如何？」他微笑。

他看上去無懈可擊，深灰色的西裝，銀灰色領帶，永遠白襯衫，他永遠不穿別的顏色，那時候他跟我說：「做我的女伴，最容易穿衣裳。」

他的衣着給我的印象至深，很久很久以後，在街上看見一套深灰色的外套，我還是會想起他。我很感慨，這些事情他永遠不會知道，我不會說給他聽。

但是他現在站在我面前，我知道這是我最後一次機會，如果我不能完全得到他，我就完全不要他。

我們去一間會所喝酒，他說：「啤酒是不是？我記得你是不喝混合酒的。」

「謝謝。」

「『粉紅女郎』有什麼不對？」

「喝起來像蹩腳古龍水加了洗頭水，應召女郎喝的東西。」

「別這樣說，我妻子喜歡喝這種酒。」他微笑道。

「那又不同，她喝起一定是高貴的。」我說：「對不起。」

他溫和的說：「你知道我喜歡你，丹，你答應我，去找一層房子，裝修全歸我，你甚至可以買你喜歡的古董，只要我付得起，我們在一起會很愉快的。」

「你的意思是，我會做一個一流的情婦，是不是？」我說。

他還是微笑。「你為什麼一定要結婚？我不能與你結婚，離婚會引起太多的糾紛，生意的往來，財產的分割，我妻子一年中有半年在馬來亞娘家度過，你不會覺得難堪，她連中文也不會說。」

「但如果她父親是橡膠王，那又不同了。」

「你會怪我嗎？我家在星馬的廠沒她支持，早就關門了。她說：『沒有這些財產，你會看中我？』」

「你要侮辱自己，我也沒有辦法。」

「這是事實，」他說：「你認識多少男人？其中總有十個八個想成為你的丈夫，為什麼你不嫁他們，你不是單想結婚，如果我也一朝變成窮光蛋，我對你又有什麼用？我們總得吃飯，而且想比別人吃得更好，是不是？」

我不響。

「如果我不能開着車子來接你，我又何必跟着你一起擠公路車？公路車還不夠擠嗎？」

我不響，我用手支撐着頭。

「總有一天你會老的，你能做到多少歲？三十歲？四十歲？你的老闆有退休的一天，新老闆也許喜歡用一個年輕的大學生，可是你還得生活，你打算做一輩子？老了誰服侍你？誰照顧你？」

「如果我是你的情婦——有五十歲的情婦嗎？」我說。

「至少你會有點錢在身邊。」

「錢我會賺。」

「但是賺一天花一天，等着發薪水的日子是不是？一點安全感也沒有。」

「每一個人都如此。」我說：「不是每個人都像你那麼有鈔票。」

「但是你不一樣，丹，」他說：「你有過機會，我給你的機會，將來說不定你會後悔。」他緩緩地說下去。「從來沒得到過機會是一樣的，相信你也明白。」

我緩緩搖搖頭。

「不要固執。你對目前的生活難道沒有不滿麼？」

我動動嘴角。

「我除了錢之外不能給你任何東西，跟着我或者你會更無聊更寂寞。我希望你是愛我的，這樣你比較會有寄託。」

「你可以找到很多像我的女子，她們對你沒有恨的回憶，她們會比我更適合你。」

「這點倒錯了，不是很多女人像你的。」

我拍拍他的手，「謝謝你。」

「你可以去找房子了。」

「多少錢一幢的？」我問：「五十萬？六十萬？兩百萬？三百萬？」

「這樣吧，我去找房子。」他沉吟一會兒，「我不會委曲你的，但這不會是太豪華的一所房子，它決不代表你的身價，只是代表我的心意。」

「像談一筆生意一樣。」

他笑，不分辯。

我有的是考慮的時間。跟着他，每天可以到最好的店去買衣服，可以去蒸氣浴，到歐洲旅行，不消一年，我便是一個貴婦，我可以繼續工作，那時候工作只是為消磨時間，誰都得對我刮目相看。

受日常生活瑣碎的事折磨慘了，這種引誘是不可抗拒的，是的，我渴望環境可以轉變。

他說：「至少你可以對人說：我愛他才為他作犧牲，我本身也有高薪收入。」

但是月薪與銀行存款是兩回事。

「我會考慮。」

「好的。」他說：「越快告訴我越好。」

我與他去吃了一頓很好的晚飯。

坐在他黑色的賓利裏，我覺得有一種安全感。

我想起來說：「車牌，我的車牌掉了。」

「這麼麻煩？」他笑，「到英國去重考一個吧。香港太慢。」

「如果我自己不想開車？」我猶疑的問。

「請個司機。」他簡單的說。

他可以幫我解決一切問題。一種虛榮侵襲上心頭，很少女人可以拒絕他，能幹的不能幹的，受過教育的，沒受過教育的。

路上那麼多人在等車，再美的美女在車站上吹上半小時的風，染着一身的灰塵，再也美不起來了。

我不是太年輕了，十六七歲的女孩子一代代成長，我們的機會越來越少。

他給我一小盒禮物。

「什麼？」

「還不敢送戒指。」他說：「是香水。『哉』。」

「我不能搽這個上班。」我坦白的說：「一里路外也知道是『哉』，這是太太情婦們用的名貴貨色。」

「你可以做我的情婦。」他簡單的說。

說完之後，他向我眨眨眼，我不說話。

車到門口，百靈正在用鎖匙開鐵閘。

她的長髮在風中揚起，一隻手放在口袋中，另一隻手在拉鐵門。

我的手搭在她肩膀上，她抬起頭，先看到我，再看到我身邊的人，呆了一呆，然後笑了。

「這麼晚？」我問。

「是，去看了場電影。」她看我一眼。

他並沒有問百靈是誰，說：「如果你們結伴上樓，我就告辭了。」

「再見。」我說。

他等我們進電梯，然後彎一彎，走掉。

在電梯裏我們有一刻沉默，然後百靈問：「那是他嗎？」

「是的。」我說。

「你還在等什麼？如果你不能有一個有錢的父親，你就得去找一個有錢的情人，你在等什麼呢？」

「人們會以為兩個舞女在交談。」

百靈笑，「舞女才是最純情的，動不動為情自殺，你我可做不到。」

「他的確除了有錢，還有點其他的東西。」我承認。

「他看上去很有種孤芳自賞的書卷氣，你知道有個明星叫鮑方，他在銀幕上有那種味道。」

「他比鮑方漂亮。」我說。

「你是怎麼認識他這種人的？」百靈問。

我放下手袋，「我想一想。許多年前了，我在一間酒店裏工作，他來訂一百三十五人的酒菜……」

「就是那樣？」。

「是的，」我說：「我曾經一度非常愛他，倒不是為了他的錢，像他那樣的人才，很容易找到月薪一萬八千的工作，可以生活得很豐裕，現在也不是為了他的錢，他實在是與眾不同的一個男人。」

「至少他會選你做情婦，越是能幹的男人，越會不起臉，他們的情婦只需有女人的原始本錢，男人喜歡有安全感與優越感，你說是不是？」

「我們可以去休息了吧？」她問：「你看上去精神好像很好。」

「你一個人去看電影？」

「不，」她坦白的說：「是張漢彪約我的，他對我很客氣。」

「真的嗎？他真的會約會你？太棒了，喂，你覺得他怎麼樣呢？」

「他如果沒有什麼毛病，早就結婚了，我如果沒有什麼毛病，我也早就結婚了，我們總有點不對勁的地方。我並不想結婚，不是每個人可以彌補我生活不足之處。」

她換了睡衣，在床上看武俠小說。

我想去買點傢俬，十多廿歲的時候坐在地下是蠻好的，夠新潮，幾個墊子搞掂，但是年紀大了，蹲下地簡直起不了身，還是坐沙發比較好。

沙發……請他來吃飯……

電視閃來閃去，強烈的光芒。

嫁給他，做他的情婦，到歐洲去旅行，不必工作，不用擔心將來，天天可以有時間呻吟寂寞。穿最好的衣服去喝下午茶……

這些並不見得有多吸引，但是可以出一出怨氣——你們以為我一輩子完了嗎？並不見得呢。

錢，大量的錢，隨帶而來的舒適，不必擠公路車，不必在灰塵處處的街上行走，不必自己去交水費電費，不必把存摺拿出來研究。

我一天只有廿四個小時，我願意把家務交給傭人，我願意放棄這份工作，把時間拿來逛古董店，去字畫店，學刻圖章，練書法，做我一直想做的事情。做一間小黑房，拍照片，沖印。

甚至帶張小櫈子到彈棉花店去坐一個下午，夕陽下一邊吃冰淇淋一邊默然看人家工作，何等樣的享受，我會喜歡的，我會很喜歡。

但是除非有很多錢，否則這種自由不輕易獲得。人們對於這種奢侈的自由見解不一樣，如果那個人沒錢，他們說他不上進，如果他有錢，他們說他會享受。

住在香港不外是因為人擠人，大眼對小眼，成名容易，往往提鞋也不配的人也可以有知名度，但是要去一個像樣的公園，最近的地方是英國。

可以逃走，可以到外國去住，可以完全置身度外，可以重新再活一次，這些——可全靠張漢彪了。

其實我已經決定了。

只有他才能幫我，只有他。

我在安樂椅上睡着了。

天漸漸亮起來，我睜開眼睛。百靈睡得很穩，奇怪，我並不疲倦，我燒咖啡喝。今天還是要去上班的，一定要去。

我到酒店的時候很早，破例去吃早餐。

吃的時候我說：「看，有誰夠興趣，可以寫一間酒店的故事。」

「有人寫過了。」大師傅說。

「別掃興，可以重寫。」我白他一眼。

「咖啡如何？」

「酸掉了。」

「亂講！」他說：「亂講。」

有人來請我，「周小姐，牛排間說，你好久沒去，賬簿是否要交給會計室？」

「我又不能做賬，交會計室去。」

「是，銀器咖啡壺掉了兩個，要重新訂貨，周小姐最好去看看。」

「是是是。」我說：「我一會兒就來。」

「杯子破壞的也很多，索性買一批，數目也請周小姐去看一看，是三倍還是四倍。」

「先要申請，這是一筆大開銷，不容忽視。」我說。

「請周小姐快代我們申請。」小職員說。

大師傅說：「我們的杯子也要換——」

「你少見風駛幌！」我瞪他一眼。

我跟那個人上去檢查杯子，在士多房我想：現在我應該去逛嚤囉街，太陽淡淡的，穿一雙球鞋。可以留長頭髮，有大把時間來洗。

我還不是很老，如果再工作下去，很快就老了，很快。

打開瓷器店的樣板，挑了兩隻樣子，算了價錢，把樣傳閱各人，跟上次一樣，誰都不表示意見。去老闆那裏申請，老闆批准，叫我關注那些人，洗杯子當心。下訂單，交給採購組，樓上樓下跑了五次，絲襪照例又勾破了，一日一雙，十塊八雙。

喝一杯咖啡，沒有吃中飯，下午時分有點倦，伏在桌上一會兒，老闆嘀咕，說他的伙計晚上都在做賊，累得爬不起來，不去睬他。

下午，廚房跟顧客吵了起來，顧客說：「等了三十分鐘，等來的食物貨不對版。」要見經理。

不肯下去，老闆哀求再三，於是允承。顧客是一個年輕洋人，剛到貴境，口帶利物浦音，以正宗的牛津音問他：「有什麼事？」代廚房出一口氣，無中生有客人很多。禁止領班說：「我就是經理。」

酒店大堂中的打手也可以說：「我就是經理了。」

只覺得自己是一個女秘書，老闆喜歡把所有重要事務攬在一身，雜差漏下來給我。

我也可以幼稚的說：「請經理出來！」當不必再做伙計打工的時候。

我會覺得很高興。幼稚往往是快樂的。

放工放得早。

門口放一束花。百合花。

大束大束的鮮花有種罕有的魅力。

美麗的鮮花。

我憐惜地捧着花進屋子，把花插在瓶子裏。

我開始抹灰塵，熨衣服，鐘點女工把我們忘了，三天不來。

把昨日的煙灰缸消除，杯碟洗掉。女傭做的工夫並不符合我們的要求，屋子從來沒像今天這麼乾淨過。

或者不久就要搬離這裏，很快很快，我會擁有一層房子，一層可以裝修得十全十美的房子，有朋友來坐，喝咖啡，吃我親手做的蛋糕。

朋友走了，他會來，他如果不來，他的鮮花也會來，永遠充實，做情婦連心也不必擔一下子。

我坐在地下吃多士。

電話鈴響了，我轉過頭去，多麼愉快的鈴聲，有情感的鈴聲，是他，他來約我看電影或是吃飯，像多年之前，他又再進入我的生命。

我拿起聽筒，不是他，是張漢彪，我並沒有失望，很是高興，「張？你又來約百靈？她沒下班。」

「是的，如果你有空，也一樣。」

「不，我沒有空。」我說：「百靈很快就回來了，你要不要遲些打來？」

「也好。」他無所謂的說。

愉快的人盡力要把愉快散播開去。

「怎麼？香港住得慣嗎？」

「很寂寞，大都市往往是最寂寞的。」

我說：「又來了，人家說寂寞，你也說。」

「是真的，我不是沒有朋友，見了他們卻老打呵欠，我想朋友們都是靠不住的，所以人人要找情人。他們——很幼稚，真的。」

「幼稚？」我說：「覺得別人幼稚的人才是最幼稚。」

「胡說，」他很固執，「如果他們是原子粒收音機，我是身歷聲。」我必須承認他很坦白。

我沉默了半刻，「你幾時發覺你自己是身歷聲的？」

「拿到學位之後。」他的聲音之中有種真實的悲哀。

「百靈呢，她是什麼？」我問。

「她是電視機。」他說：「與我們完全不一樣。」

我猛然笑了起來，「你家是開電器店的？」

「說實話沒人要聽。」張感觸的說。

「怎麼了？」我說：「可是你怎麼會對我說起老實話來呢？」

「因為你我萍水相逢，是普通朋友，以後不會發生密切的關係。」他說：「我可以放心的說話。」

「很聰明，如果那女子有可能成為你的情人，千萬閉住嘴巴，別說那麼多話。」

「對了！」張說：「你知道百靈，她是不會嫁給我的。如果她與我結了婚，一輩子得做職業女性兼家庭主婦。職業女性對職業的厭倦是可以想像的，誰也不能夠同時做兩份那麼討厭的工作，她很喜歡我，但是我養不起她。」

「勤力點。」

「勤力有什麼用？先天性的條件否定了我們，在這社會中，有些人一輩子努力，也沒法子把自己從收音機變為電視機，生下來是什麼，他還是什麼。」

「話不是這麼說，也有白手起家的人。」我說：「你可以約會百靈。」

「沒有目的而約會下去？我覺得寂寞。」

他掛了電話。

街上陽光普照，我們朝西的窗子看出去，對面是人家朝南的露台。（沒有三分福，難住朝南屋）陽光滿滿的，異常的寂寞。

一本小説中描述女主角在冬日的陽光中乘搭計程車，司機開了無線電，播放《田納西華爾滋》，佩蒂佩芝那種裝腔作勢的聲音在那一剎那表演了效果，她哭了。

我覺得真是好，這種沒有怨言，想哭便哭的眼淚。

我不介意上班，大家都熟落，回去做那些熟悉的工作，與不相干的人説些笑話，但是要上班的都是收音機，我們都想做電視機。

疲倦，仙人掌都會枯死。

他會把我救出去，真的，他可以，我這種天生貪慕虛榮的女人，無可救藥。

有人按鈴，我只道是百靈回來了，這冒失鬼忘了拿鎖匙，巴巴跑去開門，門外站着的是他。

我問：「你怎麼來了？」非常的驚訝。

「來看看你與你居住的環境。」他站在門外微笑。「你知道我一定在家？」我問。

「你會在家等我的電話。」他還是微笑。

他佔上風已久，我非常的習慣。

「不，我打過進來，但是打來打去不通，於是只好親自來，與誰講那麼久的電話？」

「朋友，」我說：「你請坐。」

他坐下來，我發覺他在吃口香糖，慢慢的在嘴中咀嚼，這一定是誰給他的，他從來不吃口香糖，但是他緩緩的動着嘴角，非常悠閒，有一種吸引力。他是忙人，在公司裏跑來跑去，皺眉頭，發脾氣，很少見到他現在這麼鬆弛。

我把咖啡放在他面前，他喝一口，讚道：「很少會喝到這麼理想的咖啡了，只有你做的，丹。」

我微笑，「只有你懂得欣賞，我不大做給用白糖喝咖啡的人嘗。」

「我們一塊住的時候，你可以做各式各樣的咖啡給我喝，我們永遠不會吵架，我將盡我的力如你的心意，我們在狀況最佳的時候見面，心情不妥時各自藏起來，這不比一般夫妻好嗎？牛衣對泣，吵鬧，嚕囌。」

「你的口才很好。」

「說『好』吧，丹。」

「好。」

他一怔，有一絲驚訝，我奇怪他居然還有這一絲驚訝。

他在口袋中掏出一隻絲絨盒子，他狡黠的笑，「鑽石來了。」

我打開盒子，是一套方鑽耳環與戒指。

我笑說：「很小。」但是隨手戴上了。

「很適合你，你很漂亮。」他拉着我的手。

「我剛把自己賣了出去。」我看着他，「賣了個好價錢。」

「當然你是愛我的，是不是？」他很認真。

我垂下眼睛，「時間太久，我也不知道了。」我說：「但是我始終有一個感覺：你是會回來的。我在這方面並不是一個老式女人，但我不認識比你更好的男人。」

「但你是愛我的。」他固執的說。

「我想是的。」

他把頭靠在我的肩膀上，滿意地閉上眼睛。

忽然之間我知道自己是誰了，可笑的是，我居然還有歸屬感，三天之前還在那裏爭面子——要不我全部得到他，要不一點也不要，現在屈服得心甘情願。我孤獨得太長久，太無所適從，太勞累，他又表現得這麼溫柔，用萬般的好處來打動我……即使是圈套還是給足面子。

我心中的平和越來越濃，各人的經歷不一樣，即使做他的情婦，即使他一個月只來看我一次，一個月也還可以見他一次，長年累月的想念他，忍無可忍的時候大哭一場，滿馬路沒有一個比得上他的男人，實在已心灰意冷，與他生活……也只有這個選擇。

嘿！情婦。

他像是在休息，緩緩的問：「明日替你去開個支票戶口，你可以裝修房子。」他伸手進口袋，把連着地址牌的鎖匙擱放在桌子上。

「屋子是我的？」我問：「你什麼都帶來了？你知道我會答應？」

「去看看那屋子再說。」他又掏出一串鎖匙，「車子，停在樓下。趕快去考一個車牌，我不敢叫司機侍候你，怕你勾引他。」

我笑，「真像小說與電影中的一樣，寶石、屋子、汽車、銀行存款都有了。」

「很多丈夫也不過如此表示愛護妻子。」他看我一眼，「如果愛一個人，當然希望她衣食住行都妥當，這又有什麼好多心的？」

「如果我是你的妻子，那是我命好，名正言順的吃喝花，但做情婦，」我聳聳肩，「也是我的命，管別人怎麼說。」

「告訴我，幾時辭職？」

「辭職？」

「當然，不然你老在酒店裏……」

「是的，辭職……」我終於有時間可以做我要做的事了。

但是百靈呢？我要搬離這裏，她與誰來住這間屋子？我現在已經升為有閒階級，她還是職業女性，靠月薪生活，我不能幫她。

「去看看房子。」他說：「我先走，有發展告訴我，我在公司裏。」

我說：「你放心，我不會找到你家中去。」

他笑一笑，「已經有醋味了。」

我也笑，「你放心，我會盡責的，當然職責包括吃醋在內。」

他走了。

我的笑容漸漸收斂。始終沒告訴他我有多麼想他，他永遠不會知道。

我蹲在門邊，悲哀襲上心頭，忽然想哭。蹲了一會兒，百靈回來了。

她捧着三盆仙人掌，興高采烈的走進來。

大多數的時候，她是很快樂的。有沒有傑都一樣。那男孩子是如此微不足道，真令人惋惜。

我得告訴她，我要搬走了。這裏的一草一木，我都不要動，讓它留在那兒。

我苦澀地開口：「我要搬走了。」

百靈抬起頭來，「什麼？」

「搬家，我把自己搬走，你知道，光是人過去。」

她放下仙人掌，看了我很久，「是嗎？你答應他了？」

「是的。」

「很好，」她聳聳肩，「我想你連牙刷都不必帶過去，是不是？」

「是的，一切都是新的，包括牙刷在內。」

百靈說：「至少你可以帶我去搜購，我喜歡看人買漂亮的東西——即使我自己不能買。」

我靜默。

沒有猜想中的愉快，原以為看見什麼可以買什麼是人生最大的樂趣，但是想像中不是那麼一回事。

我們以後一個禮拜都花在購物上，我寫了辭職信，遞上老闆，這封信起碼要在一星期後才會被讀到，他出差去了，我在頂他的位子。

我們從床開始，牆紙、燈、地毯、窗簾、雜物，全是最好的最貴的最雅致的，一張法國十九世紀式的絨椅子買了六千五百塊。百靈不置信的看我一眼。

她勸我：「現款是最好的。」

「那種每天量入為出的現款，我已經厭倦了。」我說。

「他會不會埋怨？」百靈問。

「我想不會。」

我們繼續買水晶玻璃古董鏡子，銀的餐具，波斯地毯，手製床罩，貨色一堆堆地被送到新居，牆紙開始被糊起來，預期一個月後可以搬進去。

百靈說：「唯一的遺憾，屋子還是大廈中的一層，到底他有多少錢呢？」

「我不知道，不多也夠我們花的。」

然後我們去買私人用品，一整套一整套的化妝品，內衣，睡袍，一打打的買，衣服全是聖羅蘭，不管實際不實際，有用沒有用。我沒有用支票，把現款一疊疊地塞在口袋中，只穿一條牛仔褲一件T恤，彷彿一切從頭開始。

百靈幫我數鈔票的時候有種溫柔的神色，一張一張地數，好像鈔票是嬰兒的手，柔軟的、動人的，她並沒有問我的感想。

走累了我們喝茶。她說：「真沒想到，半年前你搬來與我同住，現在這麼快要搬出去。」

「你的房間會空下來。」

「是的，我登廣告好了，很快會有單身女孩子搬進來。這次——要租給一個空中小姐。」

「百靈——」我的手放在她的手上。

白天我忙得比誰都厲害，把所有的工作結束下來，預備交給老闆，我不願意離開這些文件夾子。有它們的存在我方是有真實感的，人們看見它們會想到我，所以我是重要的，但是現在我搬到新居去……

他打來了電話，笑道：「嘩，你真會用錢，屋子好嗎？」

「好，再買一些字畫就可以了。」我說。

「我的天，對了，你買了什麼燈？那種價錢？不全是水晶燈吧？」他不置信。

我溫和的說：「查起賬來了，不，那些燈才便宜，餘數我貼了小白臉了。」

他笑，「早知道娶個紅歌女，不必聽這些廢話。」

「你讓我跟你，那是因為你愛聽這些廢話。」我說：「昨天光在太子行裏花了不少，單子在我這裏。」

「我知道。」

「你知道？」

「我現在新屋子裏，百靈告訴我的。」他說：「百靈送了你一隻音樂盒子，原先要給你驚喜的。」

「屋子怎麼樣？」

「很素，到處只是淨色，連瓷器都是藍白的。」

我說：「那套茶盅與果盒是古董。」

「我上當了，」他笑了，「但是這一切如果能使你高興的話，——」

「我很高興。」

「銅柱床是從什麼地方買來的？」

「你出錢，我自然找得到。」

「可以下班了嗎？」

「事情還沒做完，跟百靈去吃飯吧。」我說。

「辭了職了？」

「辭了，百靈會將我的情形告訴你。」我說。

「丹，我喜歡你的屋子。」

「屋子是我的嗎？」

「你到胡千金律師樓去找梁師爺，簽個字兒吧。」他笑。

「謝謝大人。」我說。

那天下了班，連晚飯都沒吃，便去買東西，都已經買成習慣，毛巾都挑法國貨，雪白的，大大小小，厚疊疊。十多年來的夢想終於實現，買得那家小型精品店為我延遲半小時打烊，衣架都是白緞包的。

多少年來我希望一衣櫃內只有藍白兩色的衣服，日日像穿孝，現在辦到了。

現在要請一個傭人，事情就完了，那將是我的新家。

百靈比我先回家。

我問：「你們有沒有去吃飯？」

「沒有，我一個人先回來的。」她在喝茶。

我問：「你送我一個音樂盒？」

「是。」她笑了，「以後你想我的時候，開盒子，就可以聽到一闋歌，會想到我們同處一室的情形，怎麼樣為了省電費不敢一晚開冷氣。」

我微微的笑，心中一點喜意都沒有。花錢的時候往往又有一種盲目的痛快，花完了也不過如此，這幾天，我日日身上只穿有一條牛仔褲與一件襯衫。

「謝謝你。」我說：「我也想送你一件禮物呢。」

「如果真要送，請送我三十年用量的廁紙，我對於常常去買廁紙，實在已經厭倦了。」

「一言為定。」我們哈哈的笑起來。

我當然不能光送她廁紙。

第二天一早我到珠寶店去買了一隻戒指送她，買好以後回酒店，老闆已經在那裏了。

「旅途愉快？」我問。

「開會開得九死一生，」他笑，「但新加坡妞卻個個精彩得很。」

他坐下開始看信，沒半晌他怪叫起來。

「這是什麼？這又是什麼？」他大聲問。

「你左手是我的辭職信，右手是上級批准的回覆。」

「放屁！」

「你不在，出差去了，當然由別人批准。人事部經理恨我恨得要命。」

「你轉到什麼地方去做？」他問：「那邊出你多少錢？」

「一個男人的家。」

「你結婚了？」他詫異。

「不，」我坦白的說：「他不肯跟我結婚。」

「丹！」

「對不起。」我說。

「丹，你不是那種虛榮的人。」老闆說。

「當然我是，而且我非常的寂寞，我覺得屬於他是件好事，至少是個轉變。」

「如果你不愛他，你不會快樂，如果你愛他，你更不會快樂。」

「我辭職了。」

「我需要你。」

「登一則廣告，你會找到一打以上的人才，都是年輕貌美，剛從大學出來的。」

「我希望。」他說：「你打算幾時走？」

「現在。」

「丹！別這麼沒良心，你在這裏蠻開心的。」老闆失望，我扭開了收音機。

無線電裏唱：

「日復一日，

我得對住一群
與我不相屬的人，
我並不見得有那麼強壯，
……想跨過彩虹……」
無線電是古老的，悠揚的，溫情的。
老闆一臉不服氣。
「所以你乾脆穿上牛仔褲來上班，混吉！欺人太甚！」他敲着桌子，「沒出息！」
我微笑地看着他。
「你愛他，是不是？」老闆問。
「不，我愛自己，我決心要令自己享受一下。」我說：「我喜歡做悠閒的小資產階級，做工我早做累了。」他沉默下來。
「我的確辛勞工作過，」我說：「每天下班拖着疲勞的身子回家，第二天又起床，坦白的說，我有什麼人生樂趣？那幾千塊的月薪要來幹什麼？想一件銀狐大衣想了十年，手停口停，動不動怕炒魷魚，老闆的一個皺眉可以使我三日三夜不安。要強迫自己學習處世之道，阿狗阿貓都得對着他笑，為什麼？撲着去擠車子，趕時間，換回來什麼？我有理想，我的理想太高太遠，與現實生活不符，我沒有一個富有的父親，我無法突破，你也聽過：自由需要很多金錢支持，你能怪我嗎？」

「他有錢？」老闆問道。

「不壞，通常有點錢的男人從來不會看中我這種女人，」我苦笑，「我多年前認識他，我要他娶我，他不肯，與別人結婚去了，三年後又來找我，這三年來我老了十年，我們的外表不能老，因為還得見同事見老闆，但是心卻比家庭婦女老十倍。」我說。

「你會快樂嗎？」

「不知道，我不會有什麼損失，晚上他不回來也是應該的，我不過是他的情婦。」

老闆細看着我，「如果我能供養你，我也會要這樣高貴的情婦。」

「算了，我的薪水已經加得太高，有不少人妒忌。」我笑，「說不定有人說我跟你有什麼關係。」

「他幹什麼？」

「做生意，他妻子的家族在馬來亞很有勢力，是做錫礦與橡膠的，每年給稅好幾百萬。」

「到你五十歲的時候，他還會喜歡你？」老闆問。

「男人的本性要在月入三萬元以後才看得清楚，現在我要是嫁一個小職員，到我五十歲，要不已經捱得一頭白髮，要不他發財了，找小妞去。有哪個男人發了財不心癢難抓？越是蹩腳的男人越壞！小職員對着老婆不外是因為他沒有地方可去！」

「你看透了人生？」他看我一眼。

「也該是時候了，你看看，老闆，這間酒店上下三百多個員工，有誰可以嫁的？」我問。

老闆說：「你在為自己找藉口。」

「或者是的。」我忽然發現聲音中有無限的蒼涼，因此住嘴不語。

「穿白襯衫……」老闆喃喃的說：「為了什麼？」

「這件白襯衫是聖羅蘭的開絲米羊毛，時價一千三百五。」我說。他搖頭，

「看不出。」

「有錢就有這種好處，」我說：「你看不出是你的損失，從今以後我不再要做一個順眼的人，有誰看不順眼可以去死。」我很起勁的仰起頭。

「今夜做什麼？」老闆問我，「與情人一起吃飯？」

「沒有，自己吃飯。」我說。

「快把功夫趕好。今天你還是我的助手。」他笑了。

我也笑一笑。現在工作得特別用心，知道工作有做完的日子，當然可以放心做，如果一直做下去，綿綿無盡期，那可怎麼做得完，也不必用心。老闆很快發覺了我的真正工作效率。他看着我在說：「你這母狗，你知不知道，如果你用心工作，五年後你真可以做我的職位？」

「可是花自己賺回來的錢，有什麼味道？你不會明白的，下等女人，沒有本

事的女人，不像女人的女人，才會要靠自己的月薪過活。」

「什麼哲學？」老闆吃驚。

我很愉快，如果這份工作不是太過悶；我真會想繼續做下去，一直做下去。

但是他不會允許，他已經把我時間買下來了。

我撥了幾個電話，聯絡到國畫老師、法文老師、插花老師，都是「名媛」做的俗事。

終於我不再「出人頭地」，終於我達到了做女人的目的，但是滿足嗎？

下班到新屋去，忙了一夜，所有的裝修進行得已經差不多，我把紙包紙盒一件件拆開來，把東西一件件取出，擺滿屋子，樣樣都是新的，從一個三呎高的鐘擺鐘，到一連串水晶的擺設，一樣樣的排好，放在架子上。

天黑了，點起蠟燭，在燈下，我坐在沙發上，看着這些東西。得到了，也不過如此，因為已經得到了。

吹熄燭火我才走的。

百靈問：「你看見那隻音樂盒子沒有？」

我搖搖頭，我真的沒有看到。

她揚揚手，「你那間屋子裏的東西實在太多了。」她無可奈何，「簡直數不清楚。」

我說：「我買了隻戒指送你。」

「你又不是男人，送我這種東西幹什麼？」她說。

「為我們的友誼。」我說着把盒子遞過去。

百靈把盒蓋打開，又合攏，「值很多錢嗎？」

「是的，有急事可以賣掉。」

「我現在不會有什麼急事，除死無大事。」她看我一眼。

「說話不可以這樣。」我說。

「我們可以上床了吧？」她問：「我明天還要上班的。」

「好好，你去吧。」我說：「我還要醒着一會兒。」

「對了，明天你不必起來，你已經升級了。」她笑着揮動她的手，「你與我不再是一班馬。」

「別取笑我，」我說。

「我真羨慕你，從此以後，你不必理會別人對你的看法如何了，只要他喜歡就行。」百靈歎口氣。

「但是討他的歡心並不容易，他不好對付，他不是那種隨和的男人，任你堆滿了一屋垃圾也不動容，現在我對自己也沒有多大的信心，不知道他會不會對我煩厭。我一定是恨極了工作，否則的話，不會馬上辭工，現在想起來，真是心驚肉跳的。」

「你其實很喜歡那份工作。」百靈說：「有時候太忙，有一段時間很悶。」

「沒有上下班的時間，常常做噩夢賬算不攏，沒有睡好過，真是辛苦，為了什麼？」

「為了兩餐。」百靈說：「現在什麼都過去了，是不是？現在你有錢，不必做事。」

「是的，可以做我喜歡的事。」我承認。

「很好，我替你高興，」她說着就把燈熄掉。

我做了一個夢，很久很久之前，當我還是年輕的時候，如何下了班他會帶我出去吃飯，生活很滿足很舒適，沒有什麼顧慮，那個時候，我還認為自己是美麗的，那時候，城市還不致那麼繁忙，那時候朋友都緊緊在身邊，吃喝玩樂，談到半夜，第二天糊裏糊塗笑着起床。

醒時百靈在洗手間聽無線電，唱片騎師在說：「請各位聽一首《怕羞》吧。」

我提高聲音說：「那並不是『怕羞』的意思，那是『丟臉』，是不是？百靈？」

「是！」百靈關了水龍頭，「今天廁所又沒水。」

我笑，「我的天呀。」

「你要到公司去看看嗎？」百靈丟下毛巾，「還有事沒完吧？」

我點點頭，「好的，為人為到底，去看看有什麼事做。」

「我與你一起出門還是怎樣？」她吃雞蛋。

「你先走，我幫你收拾一下屋子。」我說。

「好的。」她取過外套，「今天很暖，像春天，那些過去的春天。」

「春天總會再來的，」我笑着睞睞眼，「去吧。」

她出門了。

我把一切東西都堆在一起拿出來去洗，忙得一身汗，那個鐘點女工忽然來了。

我並沒有見過這個女工，今日忽然在家碰到，有點意外，我看着她用鎖匙開門進來，非常之吃驚。

她歉意地向我笑笑，她說：「對不起小姐，我婆婆死了，所以好些日子沒來。」

「那麼你今天來，打算做下去？」我問。

「是的。」她答。

「不是辭工？」

「不是，小姐。」

「好，那麼你做下去吧，我們已經累死了。」我說：「快！快！」我倒在沙發中。

她笑着拾起衣服。她是一個很體面的女人，身材也不見得特別臃腫，面目姣好，早十年八年説不定是個很風騷的女人，現在——現在每一個人都老了，老了就完了。

她高聲問：「小姐，今天沒上班嗎？」

「等一會兒才去。」我説：「快走了。」

「小姐，」她抹着手出來，「可不可以先付我的工資？你們欠我兩百多塊。」

我一怔，我以為都付清了，「是嗎？」我問：「是幾時的？」這是原則問題。

「自十二月開始就沒付過。」鐘點女傭陪着笑，説道。

「是嗎？那個時候忙。」我抽出一張五百塊，「不用找了，你慢慢算着辦吧。」我説。

「是的，謝謝。」她又幹活去了。

我換下衣服出門。

在樓下揚手叫了部計程車過海，並不還價，我很快到了公司，因為不是來上班，而是來看看，所以很有種愉快。像考完了試，看到圖書館還有人在苦讀，事不關己，因此非常開心。

我向瑪麗打招呼，瑪麗説：「周小姐，老闆不在。」

「什麼地方去了？」我的口氣像是他的小老婆般。

「大概是約人喝咖啡。」瑪麗説。

我推門進去，瑪麗搶着説：「白小姐是來替你的。」

我已經把門推開，裏面一個女孩子抬起頭來。

我呆住了，我沒想到老闆這麼快便請到了人。我知道他遲早要請的，但不能這麼快！

我震驚地看住這個女孩子。

她很大方地站起來，微笑到家，很禮貌的問：「請問我能夠幫你嗎？」

我呆呆的看着她，她很年輕，很美麗，穿一件白色的絲襯衫，一條灰色格子的裙子，灰色的絲襪，鵝黃色的皮鞋，我覺得她是端莊的、得體的。最重要的是，她很年輕，我彷彿看到了十年前的我自己。

瑪麗說：「白小姐，周小姐以前是副經理。」

「請坐，周小姐。」她說。

她叫我坐，在我自己的地方，她叫我坐。

我看着我熟悉的寫字枱，鉛筆筒，賬簿，我有種淒涼。要離開是容易的，要回來就難了，不都是這樣嗎？無限江山，別時容易見時難。

過了半晌，我抬起頭來，我問：「工作……熟了嗎？有什麼問題沒有？」

她明眸皓齒地笑道：「沒有，一點也沒有，一切都很清楚，瑪麗會幫助我。」

我茫然若失，沒有問題，我可以消失在這個地球上而不會有問題。

我站起來，「謝謝你，白小姐。」

「別客氣，有空來。」她站起來送客。

我道別，她關上門，我再向瑪麗道別。

瑪麗笑道：「周小姐，他們說你結婚了。」
我低下頭，「可以這麼說。」我笑一笑。
「到什麼地方去度蜜月？」
我說：「我們都去過了，而且，而且他沒有空。」
「呀，多可惜，我還以為你們會去巴哈馬，或是百慕達，或是峇里島呢。」
瑪麗嚮往的說。
我笑笑，「瑪麗，世界上沒有十全十美的事，找到一個人結婚已經不容易，還能相愛得一起到巴哈馬去嗎？有很多人的確相愛，但是又沒有錢，找一個三甲之才，不是開玩笑吧，你或許有興趣知道，林青霞也在找這麼一個人呢！」
瑪麗笑了起來。
我覺得有點乏味，於是我向她道別。
她說：「大師傅問起你呢，你或者會去見見他？」
我點點頭。
到了咖啡廳，我向大師傅眨眨眼。

「哦，你來了。」他說：「我以為你飛上枝頭作鳳凰去，不會回來看我們。」

「你好嗎？新來的妞好嗎？」

「很好，謝謝你，都很好，不客氣，新來的妞辦事比你落力得多，有點像你初來的時候。」

「當然，」我笑說：「新毛廁也得有三日香呵。」

「說得不錯。」大師傅聳聳肩，「你最近如何？」

我叫一杯咖啡。

「現在你叫咖啡，要付錢的。」大師傅笑說。

「得了！」我說：「我知道。」

「他是誰？」大師傅好心的問：「他使你快樂嗎？」

「當然，不然為什麼跟他？」

「你們年輕的一輩好像忘了什麼叫愛情呢。」大師傅說：「有些人結婚是為快樂，為愛情。」

「是嗎，兩個人摟着去擠公路車？」我笑，「難怪公路車這麼擠。」

「勢利的女人！」

我問：「然後在吃茶的當兒希望有別人付賬？在回家的時候希望有人搭他一程？」

「算了！」大師傅問：「你要試我的蛋糕嗎？白小姐計劃推廣我們的蛋糕，吃三塊送一塊。」

我不做，自然會有人來做，我走了他們並沒有停頓一分鐘，真的，現在又計劃逼人吃蛋糕了。

「我的比薩呢？」我問。

「不壞，的確不壞，過一陣子我們會捲土重來的。」

「我要走了。」我說。

「有空來看我們，你從此以後會很有空了吧？」

我搖搖頭苦笑，「我忙別的事，恐怕不能常來，而且你們也不需要我，是不是？」

「我們非得找個替身不可。」大師傅說：「我們不能老等你回心轉意呀！」

「你很對，說得再對沒有，放心，我明白！」我的聲音提高許多。

我終於走了，在大堂又看見那位白小姐，她的頭髮漆黑烏亮，她向我笑一笑，步伐輕快。

我也向她笑一笑。

從現在開始，我這個勞碌命做什麼好？

我叫一部車子回家，車子停下來的時候，發覺停在舊居前。

我也不分辯，舊屋裏已經什麼都沒有，我發覺這已經不是我的家。

我上樓，打算把鎖匙交還給百靈。

小房子收拾好以後得很像樣子，窗明几淨。百靈還沒有下班回來，我把鎖匙掏出來。

電話鈴響了。

是張漢彪，「你好，」我說：「百靈不在。」

「為什麼你老提着她的名字？」他笑問。

「你不是在約會她嗎？」我問。

「沒有。」他説：「我要回去了，跟你説一聲。」

「回老家？」我説：「為什麼這樣突然？」

「我不是説過嗎？如果沒意思，我是要回去的。」

「但是百靈——」

「我沒見百靈幾百年了！」他笑着説：「你這個人真有點奇怪，為什麼硬把兩個不相干的人拉在一起？」

「什麼？」我説：「我不是故意要多管閒事，但是我有這種感覺，你們兩個人是一直在一起的！」

「誰説的？」張漢彪的聲音怪異透了。

誰説的？我一怔，當然是我早已知道的，我是怎麼知道的？我從來沒看見過他們的約會。那麼自然是張漢彪説的，現在張漢彪否認，那麼自然是百靈説的。

百靈為什麼要告訴我，她與張漢彪在約會？

為什麼？

「丹薇，你怎麼了？」

「對不起，你幾時走的？」我問。

「過幾天，」他說：「丹薇，謝謝你招呼我。」

「對不起，我沒有怎麼幫你，抱歉。」我說。

「我知你忙。」

「而且心情不好。」我說。

「得了，這次來我一點收穫也沒有，老婆沒找到，工作也沒找到，只好走。」

「聽，看，有人在香港住了二十年還沒娶到老婆，你怨什麼？」我笑。

「我走了，代我向百靈說一聲，我打電話來，她老不在。」他發怨言，「女孩子們到底有辦法得多，愛在家不在家的。」

「百靈常常不在家？」我問。

新聞，她說她常常在家。

「我不知道，反正電話永遠沒人接。」

「這樣好不好？你可要到我家來吃晚飯？我搬了一個新家呢，你可要看看？」

「搬了家？你搬開獨自住，不與百靈合租房子了？」

「是的，趁你沒走之前來一次怎麼樣？」我邀請他。

「你煮飯？我很怕幫手。」他笑嘻嘻，「我喜歡吃現成的。」

「我有傭人。」我說：「當然現成的才敢請你。」

「哦，居然用了傭人，了不起。」他吹一下口哨，「到底是女孩子們走得快。」

「我來接你吧，好不好？」我笑，「現在我有空，可以招呼朋友，以前在要上班的時候，忙得連上廁所的時間也沒有。」

「好，你把地址告訴我。」

我說了地址。

他「嗯」一聲，「好地區。」

「當然，」我說：「人總要往上爬的。」

「聽了你們這種受過教育的女人都這麼說，窮小子簡直沒前途。」他掛了電話。

受過教育的人殺人放火，罪加一等，這我是明白的，但是我急於要將我暴發的財富展示給不相干的人看看，因此非常興奮。

張準時在大廈樓下等我，我下車便向他笑。

他說：「你看上去容光煥發呢。」

「怎麼，你失望了？」我笑：「憑什麼我要永遠像一隻殭屍？」

「嘿！我可沒那麼說過。」

他把手放在口袋中。

如果我只有十七八歲，如果我的要求跟現在不一樣，我們在一起，可以很快樂，真的，張給我一種心平氣和的感覺，我喜歡他。

但是過去我的時間太少，現在時間多了，他又要走，即使他不走，恐怕我也不能見他。現在供給我生活的人非常妒忌，非常疑心，非常沒有安全感，他不可能准許我見別的男人。

「我住在十二樓。」我說：「你會喜歡這地方，我花了整整一個半月的時間，馬不停蹄地裝修，逼死很多裝修店。」

張取笑我，「是不是搭一個架子，最高一格放擴音器，最低的地方放《讀者文摘》，不高不低的地方放電視機？」

「去死吧。」我笑說。

我用鎖匙開門，讓他先進去，我跟着他，關上門。

他只看一眼，轉過頭來，充滿了驚異，他再轉頭。

「你把牆壁都打掉了？」他問。

「並不見得，」我說：「廁所還保持原來的樣子。」

傭人出來泡了杯好茶。

「在我的家中，有生一日，所有上門的人，只要願意喝茶，就可以喝到最好的茶！」我說：「我恨這種分等級吃茶的人！」

「你恨得很多，是不是？」他笑我，說：「所以你花這麼多錢來淹沒你的恨意。」

我笑，「你要吃什麼菜？」

「隨便什麼。」他搖搖頭，「我的天，這地方真是舒服。」

「你真的認為是？」我十分得意。

「告訴我，這個瘟生是誰？」

「一個男人。」

「我並沒有以為他會是一個女人。」

「一個相當富有的男人。」

「他在哪裏？」

「他並不是時常來的，我也有好幾天沒見到他了。」

張看着我，神情非常惋惜，「你是指——？」

「是的，」我說：「你覺得滑稽？」

「並沒有。」他搖搖頭，「每個人的要求不一樣，如果你要那樣而得到了那樣，你就是幸福的。」

「其實我希望能與他結婚。」

「你不能夠什麼都有。」張說。

「那是很對的。」我點點頭。

「所以你不再工作了。」他問：「在家裏享福？」

「是的，終於我可以做我所要做的事，無聊的，但有意義的事，終於我可以叫所有的人滾到地獄去，他們都想在工作上有所表現，而我，我的目的在放棄工作。」我說。

「因此你自覺高人一等？」張問。

「閉上嘴！」我笑着推他一把。

「你會快樂多久？」他問我。

「誰告訴你我很快樂？」我詫異地問：「我只告訴你，我有錢了，我可沒說我快樂呵。」

張搖搖頭，「我不懂得女人，真的不懂。」

我歎口氣，「你不必懂得，你只要養得起她們就是了。」

「我從來沒見過像你這麼金錢掛帥的女人，你會後悔的。」

「我不需要你來告訴我。」我笑着與他吵嘴。

「你會寂寞的。」他看看四周。

「胡說！」我笑，「你看流行小說看得太多了，有錢女人才不會寂寞，我可以去芬蘭浴，做按摩，逛公司，喝下午茶，看畫展，吃最好的晚餐，參觀時裝表演，到非洲去旅行，學四國語言，甚至到瑞士去上半年課，寂寞？你在說笑話！如果你以為一家八口一張床就否定了寂寞，你錯了。」

張不服氣，「也有富家太太自殺的。」

「她不懂得生活。」

「海明威也是自殺的。」

「還有許多困苦的人。」

「金錢的奴隸！」他詛咒我。

我笑了。笑到後來有點心虛。

我不過是想讓他知道，我這樣的選擇是有道理的，而其實沒有，連我自己都覺得不可靠。

傭人把飯菜放好，我與張對吃。

「你回老家後打算幹什麼？」我問。

「找工作做，娶老婆，組織小家庭，生一些兒女，過正常的生活。」

他把「正常」兩個字說得很響亮。

我微笑，我並不打算與他爭辯。張說：「你也可以過正常的生活，喜歡你的男人並不是沒有的，你也可以結婚、生子。」

「你覺得我可以？」我問道。

「當然可以。」

「你真的認為一個女人在外面工作八小時，回來再做家務，騰空生孩子，同時把薪水拿回來貼補家中，把丈夫孩子服侍得舒舒服服，這是正常的？你真的認為如此？」

他不出聲了。

「張漢彪，讓我們說些別的好不好？」

「我的意思是，你這種女人是男人眼中的瘟生，」他笑，「通常有知識的女人都是瘟生，如果你們門檻也精了，哪裏還有肯上當肯吃苦的女人？」

「或者有的，在十七八歲的女孩子堆中挑吧，你會找得到的，我不騙你。」

我說：「騙少女是最方便的。」

「這年頭讀《小王子》的人都不天真了。」他聳聳肩。

我笑，「我知道一個很好的女人，但是她一開口，與《小王子》中說的成年人一般：口口聲聲『多少錢？』有人找到職業，她問：多少錢？有人出現在電視上，她問：多少錢？有人買了隻戒指，她問：多少錢？她一直不知道，問錢是很不禮貌的事，真的使她原形畢露的。」

「這不過是說，你比她虛偽。」張說：「這湯真是一流。」

「是的，這女傭煮菜是一流的，我將來會很胖的。」我伸伸懶腰。

「我該走了，」張笑，「你的暴發氣味使我窒息，真的。」

「對不起。」

「你知道嗎？我一直很喜歡你，直到今天。」張搖搖頭。

「因你妒忌了。」我笑。

「並不是，你現在完全失去了你自己，你失去了以前那種獨立、超然的氣質，卻還沒習慣金錢的壓迫力，現在，現在你比一個脫衣賺錢的女人還要俗！」

「我不在乎。」

「你在乎得很呢！」張搖頭，「你其實什麼都有了，那層小房子是很可愛的、乾淨、溫暖，雖然廁所的門對牢客廳，它還是可愛的。你每天去工作，一星期六天，你是個有用的人，是社會的一分子，你現在是什麼？」

「張漢彪，你在幹嗎？在講道？現在不流行這一套了！」我對他裝了一個「滾你媽的蛋」的手勢。

「對你是的，你永遠不會滿足，你是個悲劇。」他說下去，「對你我願意講道，因為你聽得懂。回去吧，你還來得及，不要把你自己賣給他，他一旦知道你也有個價錢，他便會把你當一切女人一樣。你為什麼不約會他？不利用他來解悶？你有你的工作，你有同事、有人尊重你，你有知識，你可以活得很好，活得令人佩服，但是你看你現在這個四不像的樣子！姨太太不像，情婦不像，撈女也不像，職業婦女？你已沒有工作了！」

我呆呆的看着他。

「職業婦女往往有一種美態，是工作給她們的，你也有，丹薇，只是你不自覺，現在你放棄了多年來的工作美而去追求學習去做一隻寵物，你不覺得太遲了嗎？」

「寵物？你不要侮辱我！」

「我沒有！是你樂意那樣做的，看！看！」他誇張的說道：「看這個地方！這不是一隻籠子嗎？」

「你快點走，好嗎？」

「丹薇，你聽我說，你現在跟天下所有的情婦沒有分別，他把你買下來是為了虛榮感，他愛的還是他自己，情婦與大衣一樣，是逐漸升級的，他要淡淡的告訴別人，即使是受過教育的女人，也同樣樂意被他收買！」

「快點走吧！」我說：「我不想知道真相！」我疲倦的坐下來。

「醒一醒，丹薇，回到你那層小房子去，另外再找一份工作，快一點，還來得及。」

「我已經辭職了。」

「另外找一份工作。」張漢彪說：「他們需要你這種人。」

「你要做什麼？做救世主嗎？」我說：「聖誕已經過了。」

「你沒有希望了，丹薇，你樂意被收買，你懶惰！你貪圖金錢！」張漢彪說。

「我不是！」我大聲叫，「我不是！我曾經辛苦地工作！我只是厭倦了！」

「當然你懶惰，你逃避責任！」他鄙夷的說：「你覺得你應該超人一等，對你來說，擠公路車是受罪，你要坐在勞斯萊斯中看人家擠公路車，你這個變態的人！因為你命中沒有一個有錢的父親，所以你千方百計的——」

「閉嘴！」我狂叫。

所有的眼淚都湧上來。

「OK。」張住口，歎口氣，「我走了。」

我轉過頭來。

「記住，命中有時終須有，命中無時莫強求。」他搖搖頭，「有人生下來有銀匙，有人要苦幹一輩子。」

他自己開大門，走了。

我一個人靜靜的坐着，坐了很久，到浴室去洗一把臉。有什麼分別呢？用七角錢一塊的肥皂與四十二塊錢的肥皂，這張臉還是這張臉。

我用手捧着頭想很久，天黑了，今天是我新居入伙的日子，他在哪裏？

我打電話給百靈，張漢彪很對，她並不在家。她告訴我她在家，但是她並不在家。

我下樓，叫一部街車到舊居；我看到他那部黑色的賓利停在樓下，已經被抄了牌。

我忽然明白了。

他一直在那裏。

他趁我不在，趕來找百靈。

百靈從來不曾約會過張漢彪，她在約會我的情人。

我有一絲憤怒。他們使我覺得做了傻瓜。我還買了戒指送給她，我還同情她從此會一個人住在這層小屋子裏。

我的天。世界上沒有一個人不是男盜女娼的能手。只要有機會。

百靈，我還把她當朋友呢。

我深深的為我們悲哀着，我在罵百靈，人家的原配妻子何嘗不是在罵我，將來百靈一定會去罵另外一個女人。

我站在樓下好一會兒。

他的賓利抹得雪亮，我還以為這是我的運氣，我的汽車。

我打電話到青年會去訂一個房間，然後到一間小咖啡店去喝一杯咖啡。

我喝了很久，一小時有多。

我永遠不會做一個好的情婦，我沒有受過這種訓練，你別說，每一個行業都得受訓，我看不開，我會生氣，我會悲哀，我尚有自尊，最壞的是，我即使不做一隻寵物，我也不致於餓死。

我做一隻野生動物太久了，獵食的時候無異是辛苦的，但是卻不必聽人吆喝使喚，我為什麼要忍受一個這樣的男人？當然他不愛我，他不過是要證明他終於說服了我：女人都是一樣的。

有一段時間我願意做他的家畜，因為我懶，張漢彪說得對。

張漢彪！

我打電話給他。

「你在什麼地方？」他興奮的問。

「咖啡店。」我說。

「我來接你。」

「不用，我早習慣了，」我說：「我什麼都搬得動。」

「可是你的東西很多。」

「不多，新屋子裏的東西沒有一件是我的。」我說：「一件也不想動，舊居也有限。」

「你這樣子的決定，是不是——因為我的說話？」

「不是，」我很坦白，「你的話使我痛苦，但是另外還有些事發生了。」我說：「於是我決定做回原來的我。」

「什麼事？」他問：「告訴我行嗎？」

「我遲些告訴你，等我找到房子與職業之後才對你說。」

「我的天！」

「不會太難的，我以前做過，我們開頭的時候都是沒有地方住與沒有工作做的，我可以從頭開始，我是一個強壯的女人，男人恨我是因為我太壯，我才不要他們的幫助！」我說。

「說得好！」他在那邊鼓掌，「請打電話給我，我會到青年會來找你。」

「很多人在排隊等電話用，我要掛斷了。」

「好的，再見。」他說：「別退縮。」

我付了賬，踱步到舊居去。

他的賓利不在了。

我打電話上去，沒人接聽，隔了很久，百靈拿起話筒。

「我現在要上來拿一點東西，請替我開門。」我說：「謝謝你。」我的聲音很平靜。

百靈不是應被責怪的人，只有我自己才是可恨的。

我按鈴，百靈來開門。

她穿了一件晨褸，綴滿了花邊，這種晨褸是很貴的，一定是件禮物。

我微笑。

她說：「……這麼晚。」

「是的。」我說。

我取出舊的行李袋，把我的衣物塞進去，我整理得很仔細，大大小小的東西都要。

百靈的神色陰晴不定，她笑問：「最後還是決定把這些都帶走？」

「是的，有紀念價值，像這件大衣，是我唸書的第二年買的，走了十家店才找到這件好貨。」

我想問她：喂！你是幾時勾搭上他的？是那次在電梯門口嗎？

是他先約你，還是你先約他？

他答應了你什麼？你要他什麼代價？

「我那個吹風筒呢？」

「在我房中。」

我跟她進去取，聞到了他煙絲的香味。這種香味是歷久不散的。

我想說：百靈，至少我認識他有好幾年了，而且曾經一度我很愛他，但是你，你簡直是離譜了，但是生客與熟客是一樣的。

百靈非常心虛，她不住的笑，不住的擋在我面前。

我說：「我付了鐘點女傭的賬。」

「是嗎？我要不要還給你？」

「不用了。」我說。

我把兩隻大皮箱抱在手中，背上揹一個大帆布袋。那種可以藏一個小孩的袋子。

「讓我幫你。」百靈說。

「不用。」我說：「這就是我搬進來的樣子了。」

她替我開門。

「再見。」我說。

「再見，你行嗎？」

「當然。」我說。

我恨她，也恨自己。人怎麼可以這麼虛偽。我其實想咬她，咬死全世界的人，為什麼沒有膽量？如果吞聲忍氣是一門學問，我早已取得博士學位。

我歎口氣。

百靈說：「明天我與你再聯絡。」

「好的。」我說。

我走了。

在街上我等了很久的車子，一部好心的街車停下來，我掙扎着把箱子往裏塞。然後自己上車。

「青年會。」我說。

人到了非常時期會有一種奇異的鎮靜與麻木，事不關己。非到事後才懂得震驚，然後那時候再淌淚抹淚也沒用了，因為那些都已經過去。

我一夜沒睡，細節不用敘述。

第二天一清早便去租房子，找到了經紀，很快看中一層，但要粉刷，馬上僱人動手。

然後找工人，分類廣告被我圈得密密的，再託熟人介紹。

張漢彪常來看我。

兩星期之後忽然想起：「喂！張，你不是說要回老家的嗎？」

他笑笑露出雪白的牙齒，「我要留下來看好戲——一個職業女性的掙扎史。」

我照例的叫他去死。

他當然沒死，我也沒有。

張幫我遷入新居的。我「失蹤」已經兩星期，沒有再回舊居，也沒有去那層「金屋」。

我攤攤手，「人戰不勝命運，看，廁所又對了客廳！」

我們出去吃雲吞麵當晚餐。

「後天我去見工。」我說。

「祝你成功。」

我去了。搭了四十分鐘的公路車，還沒把化妝梳頭的時間算進去。到了人家寫字樓，把身份證交上去，人家說：「輪到你了，周小姐。」便進去接受審問。

說的是英文。真滑稽，面試職員一個中國人，一個英國人，問的卻用英文。有點氣結，答得不理想，只十五分鐘便宣告結束，大概沒希望。

回家途中差點流落異鄉。公路車五部掛紅牌飛馳而過，我的意思是，如果該車站永無空車停下來，該車站為什麼不取消呢？最後改搭小巴過海，再搭計程車回家，元氣大傷。

但總比半夜三更等一個男人回家好。

張漢彪說：「不要緊，你一定會找到工作的。」

「一定是一定，但幾時？十年後可不行。」

「別擔心。」

舊老闆打電話來，真嚇一跳。

「幹什麼？」我問。

「你在找工作？」

「你怎麼知道？」

「整個行業都知道了，發生了什麼事？」

「你能幫我嗎？」

「當然，珍珠酒店要請蛋糕師傅，你要不要去？」

「太妙了！」

「不要做亞瑟王！」

「亞瑟王怎麼了？」

「你不知道嗎？亞瑟王微服出行，到農舍去，農婦留他吃飯，條件是叫王去烤麵包，王烤焦了麵包，受農婦羞辱——你沒聽過嗎？」

「這種事不會發生在我身上。」

「哈哈哈……」他大笑。

「你還在想念他？」張問：「因此戒指沒還他？」

「他是一個有氣派的男人，」我歎口氣，「自然，」我抬頭。「不要我實在是他的損失，不是我的！」

張笑，「他可不這麼想。」

「那也是他的損失。」

「如果他不知道，他有什麼損失？」

「世人會支持我。」我說。

「他並不關心世人想什麼。」張分辯。

「那麼我也沒有損失。」

「對了！」他鼓掌，「不要替他設想，他已經與你沒有關係了，替你自己設想。」

我歎口氣，「你的話中很多真理，但是很難做到。」

「過去的事總是過去了，」他把手插在口袋中，「想它是沒有用的，老實說，好像根本沒有發生過，那麼乾脆就當沒有發生過吧。」

「我可以的，我絕對可以當沒有發生過。」我說：「生命在今日開始，昨日永遠是過去，今天甚至是皮膚也不一樣。」

「但你的記憶會告訴你，你曾經做過什麼，你不懷念？」

「當然，那些名貴豪華的東西，」我微笑，「永遠忘不了。你記得那張玻璃茶几嗎？下面放滿了好東西，名貴的圖章石頭，銀粉盒，水晶紙鎮，香水瓶子、金錶，記得嗎？」

「我記得那隻透明的電話——你從哪裏找來的？」

「只要有錢，當然找得到。」

「還有那隻透明鑲鑽石的白金手錶。」他提醒我。

「可不是！」我遺憾的說。

「你倒是很夠勇氣。」他笑，「是什麼令你離開的？」

「要付出的代價太大，」我說：「剩下一生的日子，永遠要在那裏度過，夜夜等那個男人回來——多麼的羞辱與痛苦。當然我現在一直想念那件雙面可以穿的法國貂皮大衣，但只有得不到的東西才是最好的。」

一月復一月。

我現在很出名了，行內人都會説起「珍珠酒店」那個丹薇周……

張漢彪一直沒有走。

他找到了工作，在一家廠做工程師，他在我面前永遠賣乖，他以為我搬出來是為了他那一席廢話，那使他快樂。他認為他救了我。

那聰明的驢子！

但是我常常約會他。

事情過去以後，我也弄不清楚我是哪裏來的神力，那天居然揹着三件大行李跑到青年會去。

我的意思是，我可能永遠找不到工作了，我可能餓死。我的天！但是我搬了出來。

有時候我也覺得笨，至少那套手刻水晶玻璃器皿是應該帶出來的，我拋棄了一整個奢侈寶藏，真是天殺的奢侈。

我儲蓄夠錢買了隻烤箱，每天做一點甜品。我的「蘋果法蘭」吃得張漢彪幾乎沒香死。

「丹，」他說：「這才是女人呵！」

我用木匙敲打桌子。

「男人！當你要求一個女人像女人的時候，問問你自己有幾成像男人！」

「我的天，又來了。」

「老實的說，我很喜歡煮食，但是找不到一個甘心願意為他煮食的男人。當然我會煮食，我會煮巴黎美心餐廳水準的西菜，英國政府發我文憑承認的。」

「我我我！自大狂。」他把蘋果法蘭塞進嘴裏面。

「你吃慢點好不好？慢慢欣賞。」

「那麼你為什麼煮給我吃？」他問：「有特別意義嗎？」

「沒有。」我說：「沒有特別意義。」

「那是為了什麼？」張問。

「你是我唯一的朋友，」我說：「有福同享，你總明白吧。」

「那隻方鑽戒指，是他買給你的嗎？」

「是的，」我看看手，真是劫後餘生。

「在那幾個月中，你到底花了多少錢？」他好奇。

「我不知道，讓我們忘了這些吧。」

「你要去看電影嗎？」他問。

「與你去？」我尖着嗓子問：「當然！熟人見了會認為我們是男女朋友。」

「我豈不是你的朋友？」他攤攤手。

「不，」我說：「我們是兄弟。現在是你洗碟子的時候了，好好的洗刷，你知道我的要求很高。」

「我知道。」他綁上圍裙，「你有潔癖。」他說。

他到廚房去洗碗，我在客廳看畫報。

沒有客人來的時候，我很少開客廳的燈，張漢彪這渾蛋是我唯一的客人，所以你可以想像。

電話響了。

我拿起聽筒，「喂？」

「丹薇。」
我馬上放下話筒，是他！
「丹薇。」
「打錯了！」我說，掛上了話筒。
電話又再響，張抹着手探頭出來。
張詫異，但是拿起電話，等了一等，他說：「你打錯了。」他放下電話。
張看着我：「那是誰？他明明找丹薇。」
「他找到了我，像一篇小說，他又找到了我。」我攤攤手。
張看我一眼，「你可以與他講條件，要他娶你。」
「他不會，他比鬼還精。」
而且他有了百靈，同樣是職業女性。
張說：「是有這種男人的，越是得不到，越是好的。」他取過外套，「我要走了。」
「你這次為什麼不講道？」我追上去替他穿外套。

「你已經得救了。」

「他是個不折不扣的魔鬼。」我替他開門。

「我明天再來。」

「再見。」我說。

「明天燒羊排給我吃。」他問：「怎麼樣？」

「當然。」我說：「明晚見。」

他走了。

我看着電話，它沒有再響。

我覺得這件事處理得很好。想想看，我曾經那麼狂戀他。社會上像他這樣的男人是很多的，英俊、富有、具氣派、夠性格，但如果他不是我的，沒有益處。

我決定不讓任何事使我興奮，愛戀，升起希望，落得失望，不不不。我喜歡張漢彪是因為他使我平安喜樂。他像一種宗教，我不會對他沉迷。

這是張的好處。

我睡了。真不知道如何可以這麼鎮靜的，像個沒事人一樣，我的意思是，我曾經那麼愛他，為他幾乎發狂。（我為卿狂。）可是現在心中這麼平靜，短短一個半月中的變化。

現在如果有人提起他的名字，我真的會衝口而出，「他是誰？」真的，他是誰？是的，我認識他，但是現在他對我的生活有什麼影響呢？我一點也看不出來。

他對我一點意義也沒有。

第二天我照做我應該做的事，買一張滙票，在銀行裏排長龍，心中××聲。銀行那張長櫈上坐着兩個婦女，四五十歲模樣，唐裝短打上是絨線背心，把腳蹺了起來，在那裏搔香港腳。

我心中不是沒有作嘔的感覺，就像看到防火膠板的三層床，統計一下，那張床上大概可以睡八個人，心中非常悶，一點樂趣都沒有。

我去上班。

我的工作環境是美麗的，聖潔的，猶如一座高貴的實驗室，我是一個暴君，我叫兩個學徒天天放工之前把爐箱洗得乾乾淨淨，可以照亮人的面孔，地板要消毒，拖完又拖，掉下的麵粉屑要馬上掃清。

我們的制服都是雪白的，頭上戴一頂白帽子，每日我脱下牛仔褲，穿上制服，把手洗得乾乾淨淨。

我對助手説：「不准留指甲，不准戴戒指，不准化妝！」我是個暴君，在我的國度裏，都得聽我的。

（有一次我自己忘了脱戒指，鑽石底下都是麵粉。）

不過我與我的臣民同樣地苦幹，有時候手浸得發痛。我們的「美艷海倫」梨子用新鮮萊陽梨，罐頭？不不。香港不是沒有不識貨的人，那些會得擺架子的太太小姐，穿姬仙蒂婀皮大衣的女士們會説：「珍珠酒店的甜點真好吃。」

我的服裝開始簡化，日常是T恤、牛仔褲、白襪、男童鞋、一個大袋。另外有一雙白鞋放在公司。我每天都準時上班，早上十一點，準時下班，下午八點，伺候着爺們吃完晚飯才收工。

我自己在酒店吃三頓。

會有笑臉的同事們來問我：「周小姐，還有甜點剩嗎？我的小女兒喜歡你的蛋白餅。」

我就會說：「阿梅，給她半打。」

我很大方，懂得做人情。

我可以發誓我在發胖。

我的生活很平穩普通。如果奶油不是那麼雪白純潔美味，如此小市民的生活不是不淒涼的。然而這是卓別靈式的悲哀，眼淚還沒滾到腮幫子，已經笑出聲來。

有時候我切了一大塊蘋果餅，澆上奶油，吃得不亦樂乎，吃東西的時候，我是一個嚴肅的、有工作美的人，甚至是上午喝奶茶的時候，我會咀嚼派瑪森芝士，人們不明白我怎麼可以把一塊塊醃得發臭的蠟吃下肚子去。這是我的秘密。

因為在這麼短的日子裏替老闆賺了錢，他很重視我，每星期召見一次，他想增設餅店，陪着笑向我建議計劃，我什麼都不說。

我不想做死，餅店要大量生產，我不想大量生產任何東西，我喜歡手工業，每一件產品都有情感。

有時候做好了甜品，我幫別人做「公爵夫人洋芋」。我的手勢是多麼美妙，我的天才發揮無遺，我很快樂。

過去的五年，我原來入錯了行。塞翁失馬，焉知非福。行內人稱我有「藝術家般的手指」，噢，真開心。

工作代替了愛情，我的生活美滿得天衣無縫，男人們持機關槍也闖不進我的生活，我還是需要他們的，但是他們即使不需要我，我也無所謂。

一下班，我知道我所有的工作都已做完，要不看武俠小說，要不出去逛街，可以做的事很多，有時候看電視看到幾乎天亮，他們不相信我會坐在家中看電視，但是儘管不相信，這還是事實。

同事中沒有人約會我，他們似乎有點怕我，但是我有張這個朋友，一切問題被美滿解決。

那一日我有一個助手請假，我逼得自己動手洗地板，大家很佩服這一點，我的潔癖如果不是每日施展，我不會得到滿足。

跪在地上洗得起勁，有人走過來，站在我面前，我看到一雙瑞士巴利的皮鞋。我抬起頭，我看了他。我發呆。

他說道：「好，是仙德瑞拉嗎？」

我問道：「你是怎麼找到我的？」

「我自有辦法。」他說：「如果一個人不想找你的話，他才會推辭說找不到，如果我十分想尋找你，可以在三天之內上天入地的把你搞出來，但現在我給了你三個月的時間，你該想明白了吧。」

他的聲音很平靜，但是足夠使你冷顫。

我說：「你的貴足正踏在我辛苦洗刷過的地上。」

他大吼：「住嘴！」

全世界的人掉頭看住他，我想大地該震動了，至少天花板該抖一抖。

我張大了嘴。

他伸出腳，一腳踢翻了水桶，水全部淌在地上，濺了我一頭一腦，那隻桶滾到牆角，「碰」的一聲。

我那助手跳起來：「這是什麼？」他一叫，「是搶劫嗎？是什麼意思？這是法治社會，救命！救命！警察！」

有些人慌張的時候會很滑稽的，我相信。

我說：「我不怕這個人——我——」

「住嘴！」他忽然給我一個巴掌，扯起我一條手臂，挾着我就走。

我一邊臉頰火辣辣的疼，被打得金星亂冒。

我苦叫：「請不要拉我走！請不要！」

他把我一直拉出去，落樓梯時差點沒摔死。

大堂經理跑過來說：「周小姐！周小姐！」

這人在光亮的大理石地面走得太快了，跌了個元寶大翻身。

他狠狠的問我：「你可以咬死我，我也不放手。」

「我不喜歡咬人，請你放開我，我以後還要見人的。」

三四個護衛員衝過來，「周小姐！」

我的助手也衝了出來，「周小姐！」

全體客人轉頭來看我，我什麼也不說。

他終於放開我。

我說：「對不起，各位，我家裏有急事，我先走一步。」

連制服也沒換。

助手攔住，「周小姐——」

「把廚房洗乾淨，我開ＯＴ給你，謝謝。」我向他說。

我轉頭跟他走。

他的賓利停在門口，我看了一眼，「好，我們走吧。」

他把車子箭似的開出去。

「你這人真是十分的卑鄙，花錢花得我心痛，你知道嗎？我銀行幾乎出現赤字，然後你一天都沒有住，便離開了新屋，什麼意思？」

「我不想住。」

「不想住為什麼答應我？」他喝問。

「因為我答應的時候的確十分想搬進去。」

「現在你打算怎麼辦？」

「現在？現在我有一份極好的工作，我很開心，我永遠也不想搬進去了。」

「騙局。」

「一點也不是，你可以叫百靈進去住，穿我買的那些衣服，她的尺碼與我一樣，你放心好了，她會樂意的。」

他一怔，「你是為這個生氣嗎？」

「沒有，我曾為這個悲哀過——想想看，一個男人只要出一點錢，便可以收買女人的青春生命與自尊，這還成了什麼世界呢？」

「你是愛我的，你說的。」

「愛是雙方面的事。」我說：「我又不是花癡，我幹嗎要單戀你？」

「丹薇，我是喜歡你的，你知道。」

「那沒有用，」我說：「單單喜歡是不夠的，我們一生中喜歡得太多，愛得太少，我們不能光說喜歡就行。」

「你要我做什麼？跪在地下求你？」

「不，我沒有這麼想，我只是想告訴你，我不要回去了，那總可以吧。」

「你真的不回來？」

「我不是在與你做買賣，」我說：「我的話是真的，百分之一百是真的，我不要回你那裏。」

「是不是條件已經變了？」

「什麼？」我看着他。

「如果你的條件變了，我們可以再商議過。」他的面色鐵青鐵青地。

我忽然生氣了。我說：「當然，我的條件變了，我不想再住在大廈的一層中，我要你買一座洋房，車子駛到電動鐵門，打開以後，還能往裏面直駛十分鐘才到大門，花園要有兩百畝大，你知道嗎？這是我的要求！」

他忽然洩了氣，「不，你不是真要這些。」

「當然是真的，我真要，你儘管試試我，送我一粒一百一十克拉的鑽石，看我收不收下來，帶我到紐約去，介紹我與嘉洛琳肯尼迪做朋友，看我跟不跟你！你他媽的也不過是一個小人物，須知天外有天，人上有人，你明白嗎？你也是一個可憐的小人物。」

他瞪着我。

「你那套玩意兒只能騙不愉快的無知婦孺，我已經看穿了你。下流，找遍一整本字典，除了下流兩個字以外，沒有更適合你的形容詞，你這靠老婆發了點財但是又不尊重老婆的人，你不知道你自己有多麼的下流——」

「下車！」他吼道。

「下就下，反正也是你請我上來的！」我推開車門。

「我可憐你，」他咬牙切齒的說：「丹薇，你本來是很溫柔的，現在變了，你去為那八千塊的月薪幹一輩子吧，我可憐你。」

我說：「你是否可憐我，或是關心我，或是同情我，我告訴你，我不在乎，你在我記憶中早已掃除，真的，你可以去死，我不關心！」

我推開車門下了車。天地良心，吵架真是幼稚，但是吵架可以快快結束不必要的交情，我沒穿大衣，冷得發抖，我身邊連錢都沒有，我揚手叫了一部計程車。

車子到家，我叫大廈門口的護衛員代我付車錢，然後他再跟我上樓拿錢。

我幾乎沒有凍死，連忙煮熱水喝滾茶，開了暖爐。

我呆呆的坐着，坐了很久，終於上床睡。連電話都沒聽。

第二天我去上班，兩個助手用奇異的眼光看着我，我哼一聲，顯然連告假的那個也知道秘密了。消息傳得真快，真快。

我四邊察看一會兒，然後說：「地方不夠乾淨。」我陰險的拿手指揩一揩桌子的底層，手指上有灰，我一聲說：「一、二、三！開始工作！」

他們只好從頭開始。

或者我一輩子要在這裏度過，但是我們的一輩子總得在某處度過，是不是？我是看得很開的。這年頭，你還能做什麼？

所以我閒時上班之外，還是約會着張漢彪。

張問我：「你想我們最後能不能結婚？」

「不能。」我說。

「那天發生了什麼事？你答應做羊排給我吃的，為什麼電話都沒有一個？為什麼我打來也沒人聽？你人在哪裏？」

「我人在哪裏是我自家的事。」

「這當然，我明白，我是以一個朋友的身份關心你。」

「謝謝你。」我說：「好，夠了，到此為止，我需要的關心止於此。」

「我們能夠結婚嗎？」他問我。

我說：「跟你說不可以。」

「為什麼？我身體這麼健康，又是個適齡男人，有何不可？」他說：「我相信我的收入可以維持一個小家庭。」

「我不愛你。」我說。

「感情是可以培養的。」他說。

「是的，」我笑，「我的確相信是可以的，在亞爾卑斯的山麓，在巴黎市中心，但不是上班的公路車上。」

「你這個貪慕虛榮的女人！」張罵道。

我說：「這句話彷彿是有人說過的，也是一個男人，是誰呢？一時想不起來了。」

「是因為我沒有錢吧。」

「不，是因為我沒有愛上你，愛情本身是一種巨大的力量，為了愛情，女人們可以緊衣縮食，但是為了結婚……你覺得有這種必要嗎？」

「你也該結婚了。」張指出。

「我知道，我很想結婚，你不會以為我是個婦解分子吧？出來打工，老闆一拉長面孔，我三夜不得好睡，淪落在人群中，阿狗阿貓都可以跑上來無理取鬧，幹嗎？乘車乘不到，收錢收不到，找工作找不到，好有趣嗎？」

「你不致於那樣痛苦吧？」張看着我。

「我沒有必要告訴你我的痛苦，因為你不能夠幫我。」我說。

張漢彪很受傷害，他沉默了。

我把實話告訴了他，我很抱歉，但這是真的，他不能夠幫我，我必須要把話說清楚，免得他誤會我們有結婚的一天。不會，永遠不會。

過了很久他問：「是不是只有在空閒的時候，我約你看戲吃飯，你才會去？」

「是，工作是第一位，我痛恨工作，但是工作維持了我的生計，我必須尊重工作，我不能專程為你犧牲時間，但是在我們兩個人都有空的時候，難道不能互相利用一下嗎？說穿了不外是這樣的一件事。如果你覺得無聊，如果你覺得一男一女必須結婚，那麼再見。」他隔了很久才說：「你的確不愛我。」

「愛情在成年人來說，不會是突發事件，而是需要養料的，你不覺得嗎？」我由衷地問。

「你與我的想法不同，的確是，我不怪你，曾經滄海難為水，那間屋子……我是見過的，你有你的理想，我知道。」張說道：「我會另有打算。」

張生氣了。

張離去的時候非常不快樂。

張會是一個女秘書的快婿。但我是一個製餅師傅，我們製餅師傅是藝術家，藝術家的要求是不一樣的。

張是否生氣一點不影響我，因為我不愛他，我們是朋友，但不是愛人。不久將來，張肯定會計劃回他老家去。

下午稍為疲倦了，我睡了。

被電話鈴驚醒，糊裏糊塗地接聽。

「丹薇？丹薇？」這聲音好熟悉。

「哪一位？」我問。

「是我。」

我老實不客氣的問那個女人，「你是誰？」

「我——」她說：「我是百靈。」

我一怔，她找我做什麼？我問：「有什麼事？」聲音很冷靜很平和很禮貌。

我也很會做戲，演技一流。

「我有事想與你談談。」她說：「我要見你。」

「在什麼地方見呢？」我說：「有這種必要嗎？」

「丹薇，我很苦惱。」她的聲音的確不尋常。

「百靈，我不能夠解決你的難題，多說無益。」我說。

「請讓我見你一面。」她幾乎是在懇求，「丹薇，我知道你有生氣的理由——」

「我沒有生氣，如果我生氣，有什麼理由一直聽你講電話？但是我也不想見你，百靈，祝你快樂。」我放下了話筒。

我也苦惱，找誰說去？只好睡一大覺，把煩惱全部睡掉。虧百靈還有臉打電話來找我。她又是如何找到我的號碼的？

百靈打電話到酒店廚房，一定要見我。她有點歇斯底里，夾纏不清。老實說，我真有點怕見她。見了面又有什麼好說的？她已經不是我的朋友。我們兩人在不同的時間曾經與同一個男人來往過。我沒有後悔，在這麼多男人當中，最值得記憶的絕對是他，他幫助過我。

「好吧，」我終於答應了百靈：「明天下午，在公園中。」

那是一個溫暖的下午，在噴水池邊，我見到了百靈。她身穿白色羊毛外套與裙子。

我們沒有招呼，大家默默坐在池邊，水嘩嘩的噴出來，水花四濺。陽光永遠給人一種日落西山的感覺。非常悲傷。

百靈開口，非常苦惱，她說：「我很痛苦。」

我覺得話題很乏味，我說：「每個人都有痛苦，做雞還得躺下來才行，做人都是很累的。」

她低下頭，「他離開我了。」

我略覺驚奇，「這麼快？」

百靈低下頭，「他愛的是你，因為我而失去了你，使他暴怒，我枉做小人。」

我失笑，「百靈，你太天真了，他如果愛我，他早就娶了我，他這個人，愛的只是他自己。」

「但是你使他念念不忘。」

我說：「念念不忘有什麼用？很多人死了隻狗更加念念不忘，然而這對我有什麼好處？我難道因此不用上班了？」我激怒的說：「這並不使我生活有所改變。」

「但至少你在他心目中的地位是不一樣的，他重視你，他買了那屋子給你住，裝飾得似皇宮。」百靈說。

「百靈，憑你的相貌才智，用不正當手段去換取這些東西，那還辦得到。」

我轉頭看着她，「你真的那麼重視物質？」

「但是我愛上了他。」她說。

在太陽下，我直接的感覺是「女人真可憐」。

我說：「你愛他是因為你得不到他。」

「不不——」

「他不尊重女人。」我說：「他不尊重任何人。」

「他是突出的，他的氣質獨一無二，我會心甘情願與他姘居，可惜我不能嫁一個沒有地位的男人。」百靈說。

「什麼叫沒有地位？」我問：「塔門同胞？唐人街餐館的侍役？碼頭苦力？中環小職員？你倒說來聽聽。」

「一切不如他的人。」百靈低低的說。

我苦笑，百靈說得對，一切不如他的男人都不可能再成為我們的男伴，但是要找一個好過他的，又不是我們日常生活可以接觸得到。

百靈説：「我告訴你一件事。

「他離開我之後，傑，你記得那個人嗎？傑約我出去吃飯，我去了。我們聚了一陣子舊，不外是説説工作如何忙，生活如何令人失望，他頗喝多了一點酒，提議去跳舞，我與他到夜總會坐了一會兒，很是乏味，他不停的請我跳舞，幾個月不見，他胖很多，白濛濛的一張面孔，村裏村氣，那樣子非常的鈍非常的蠢，於是我建議走。

「他堅持送我回家，我説我可以自己回去。

「他送了。到門口我請他回家。他半真半假地想擠進屋子來，一邊晃着那張大白臉笨笑，他説：『唉喲！一定有個男人在屋裏！』

「你知道，我的火辣辣大起來，發力一把推得他一退，把門重重關上。去他媽媽的蛋，我自己的屋子，自己付的租，他管我收着什麼在屋子裏，反正我趙百靈沒有求這種人的一天！

「他以為我陪別的男人睡覺，非得跟他也親熱親熱，他也不拿盆水照照！」

百靈皺着眉，低聲咒罵。在這個時候，我仍是她的心腹。

我接上口，「叫他撒泡尿照照。」

「從前是怎麼認識這種男人，」百靈黯澹澹的笑，「想起那人走路時腦袋與屁股齊晃的景象……現在明白了，丹薇，何以那個時候，你情願躭在家中發呆，也不跟這些人出去。」

我呆呆的聽着，太陽曬得人發燙，我有點發汗，但手心是涼的，整個人有點做噩夢的感覺。

是的，大家都不愁男人，如果沒有選擇，男人在我們處吃完睡完再洗個舒舒服服的熱水澡走，又不必負任何責任，何樂而不為。

但自由與放任是不同的。

我們不是貞節牌坊的主人，但是也得看看對象是誰，比他差的人嗎？實在不必了。

我說：「百靈，我覺得口渴，我想喝茶。」

「好的。」百靈與我站起來，我們走出公園，太陽仍然在我們的背後。

百靈說：「他把你那間屋子整間鎖了起來，不讓人進去。」

我說：「幹嗎？上演《塊肉餘生》嗎？別受他騙，我最清楚他為人了，他只是不想其他的女人進去順手牽羊。」

「我認為他很愛你。」百靈說：「他愛你。」

「他愛他自己的屁股。」我說：「對不起，百靈，我的話越說越粗，你知道廚房裏的人，簡直是口沫橫飛。」

「我覺得很難過，」百靈說：「我真是寢食不安，日日夜夜想念他。」她用手撐着頭。

「你必須忘了他，他並不是上帝，時間可以治療一切傷痕，你能夠養活自己，別做感情的奴隸。」

「我不能控制自己。」她說。

「你並沒有好好的試一試，你工作太辛苦，新聞署常常加班至晚上九點，要求放一次大假，到新畿內亞去，看看那裏的人，你還是有救的。」

「丹薇——」

「人為感情煩惱是不值得原諒的，感情是奢侈品，有些人一輩子也沒有戀愛過。戀愛與瓶花一樣，不能保持永久生命，在這幾個月內我發覺沒有感情也可以活得很好，真的。」我說。

百靈疲乏地看我一眼。

我伸伸手臂，「看，我多麼強壯。」

「你在生活嗎？」她問。

「當然。」我說：「例假的時候約朋友去看戲吃飯——不想見人的時候在家中吃罐頭湯看電視，買大套大套的武俠小説，我還有一份忙得精疲力盡的工作。」

「老的時候怎麼辦？」百靈説。

「這有什麼好擔心的？」我説：「也許我永遠活不到老，也許等我四十了，還是可以穿得很摩登，與小朋友們説話，同時看張愛玲雜碎與兒童樂園，快樂並不一定來自男人，我並不憎恨男人，有機會還是可以結婚的，沒有機會還是做做事賺點生活費，我知道做人這麼沒有抱負簡直沒有型沒有款，但是我很心安理得。」

百靈抬起頭想了一想，說：「你現在是一個人住？」

「是的，我連傭人都沒有。」我坦白說：「不能負擔。」

「丹薇，我對你不起，如果沒有我一時自私，你或者已經成了少奶奶了。」

百靈始終還是天真的。

我笑，「算了，我或者是個好妻子，但決不是好情婦，我還是有點自尊心的。」我攤攤手。

「你真是不氣？」她再三的追究。

「一切都是注定的，」我拍拍她，「回家好好休息，別想太多，我不能幫你，你必須幫助你自己，與他的事，當看一場電影好了。」我說：「你開心過，是不是？」

「謝謝你。」百靈說：「你是寬宏大量的，丹薇。」

「百靈，」我說：「答應我一件事。」

「什麼事？」她問。

「別再來找我了。」我說：「我不大想見朋友。」

「對不起，丹薇，我不再會有顏面見你。」她低頭。

「顏面？顏面是什麼？」我笑，「何必計較這種事。」

「丹薇，我這次見你，是特地告訴你，我並沒有得到我想要的。」她說：「他離開了我。」

「誰得到都與我無關，我反正已經失去他了。」我感慨的說：「曾經有一度我是這麼的愛戀他。」

「請你原諒我。」她又舊話重提。

「當然我原諒你，好好的工作。」我說：「百靈，別想得太多，這並不是我們的錯。」我笑笑，「把責任推給社會。」

百靈看我一眼，「你總是樂觀的，丹薇，有時候我真的很佩服你，你總是樂觀的。」

我淡淡的說：「是的，我還是對生命抱有熱愛，我什麼也沒有得到，但是我呼吸着空氣，喝着水，享受着自由——事情可以更糟糕，我要感激上帝。」

「但是我從來沒有碰到幸運的事，」百靈說：「我一向生活得很上進，讀書、工作，莫不是依正規矩，連搭公路車的時候都看《十萬個為什麼》，我得到些什麼？所以我學着往壞路上走，誰知又太遲了。」

「百靈，別說得這麼喪氣，比上不足，比下有餘。」

「我認為我目前的待遇甚差。」她說。

「他什麼也沒有留下給你？」我問。

「少許現款。」她說：「很傷自尊心，我情願他什麼也沒留下。」

「百靈，別抱怨了，有人比你更不幸。」我拍拍她肩膀。

「再見，丹薇。」她說。

「慢着，百靈，你會好好的生活，是不是？」

「是的，我會。」她說：「我想或者會到外國去走一趟。」

「再見。」我說：「祝你找到你要的。」

我回家，帶着一顆滿不愉快的心。

按照平日生活習慣，我洗頭兼洗澡，然後捧着一大疊報紙看。

張漢彪生氣了，他也不來找我。我們算是宣告完蛋。

我開了電視，不知道看些什麼，但是光聽聽聲音也是好的，幸虧天天忙得賊死，一雙腿老站着，早已賣給珍珠酒店甜品部了。

問題是我的體重，近廚得食，我已經胖得令人不置信了，衣服穿不下，別的地方還不打緊，最可怕是一個肚子，彷彿什麼衣服都不合穿似的。

我瞥了瞥肚皮，並沒有下決心節食，算了，誰來注意。

我上床睡覺。

迷矇中聽見電話鈴響，我翻一個身。知道，一定是催我明天早上班。誰聽這種電話誰是傻子。

電話不停的轟着。

老娘說不聽就不聽。

它終於停了。

我也終於睡着。

事情更壞了，沒隔半小時，有人按鈴，敲門。

我抓起睡袍，才跳起床，外面的聲音卻已停止了。
我心裏想，這些人如果以為我一個人住就可以欺侮我，這些人錯了。
我懂得報警，我決不會遲疑。
既然已經起床，我點起一支煙，坐在沙發上享受。如果有無線電，還可以聽一首歌。
電話鈴與門鈴忽然都休止，靜得不像話。
在這種時候想起酒店廚房一個伙計，廿多歲，儲蓄夠了，最近去一次歐洲，回來巴黎長巴黎短，傳閱他的旅遊照片，不知怎地，在那些照片中，他還是他，兩隻腳微微「人」字地站着，雙手永遠墜在外套口袋中，把一件外衣扯得面目全非，臉上一副茫然無知的神色。
他與我說：「周小姐：在巴黎有一幅畫，叫……」
我看着他。
「叫……蒙娜，對了，叫蒙娜。」他愉快且肯定的說。
我怎麼能告訴他，那幅畫叫蒙娜麗莎，問任何一個六歲的兒童，都可以正確地告訴他，那幅畫叫蒙娜麗莎。但既然他本人不認為是一種無知，一種損失，我是誰呢？我又有什麼資格説。我閉上我的尊嘴。

在深夜中想起這個人，在深夜可以想起很多人，日常生活中被迫接觸到的人。如果有錢，何必上班，何必與這種人打交道。

曾經一度我有機會脱離這一切……我有機會，但是為了一點點的驕傲，為了證明我不是區區的小錢能夠買得動，我放棄了很多。

再燃起一支煙。

我打算再睡，熄燈。

門鈴又響了起來。

門外有人大嚷：「丹薇！丹薇！」

我去開門。他站在鐵閘後。他！

「開門！」他叫：「我看見你的燈光，我知道你在家！」

「我不會開門的，你快走吧，鄰居被你吵醒，是要報警的，快走！」我説：

「你找上門來幹什麼？」

他靜下來。「開門。」

「有什麼道理？」

「我有話要說。」

「明天早上再說。」

「我要給你看一樣東西。」

「我不要看。」我說：「你一向並不是這種人，你是永遠瀟灑健康的，你怎麼會苦苦懇求女人呢？」

「因為我碰到了煞星。」他歎一口氣。

「我還以為你是城中唯一的女人殺手。」我說。

「開門。」他還是一句話。

我終於開了門，他並沒有馬上進來，他遞給我一個牛皮紙信封，叫我看。

我拆開看了，是他的離婚證明書。

我抬起頭，把信封還給他。

他靠在門框上，一聲不響，他的頭髮很長，鬍鬚要刮。襯衫是皺的，天氣似冷非冷，他披着一件毛衣。

「進來。」我說。

他鎮靜的進屋子來，跟剛才暴徒似的敲門大不相同。

「請坐。」

他四周打量了一下，坐下來。

我知道他心中在想：這麼簡陋的家，這女人是怎麼活的？

他開口：「我已經離了婚，有資格追求你了吧？」

「你公司的業務呢？家財的分配？豈不太麻煩複雜？」

「當你運氣不好，碰到一個非她不樂的女人，只好離婚去追求她。」

「有這麼嚴重嗎？」

「這件事經過多年，也只有這樣才可以解釋，不然為什麼我總得鬼魅似在你身邊出現。」

我怔怔地站在那裏，夢想多年的幻象一旦成真，比一個夢更像一個夢。

在夢中，我曾多時看見他進到我的屋子與我說，他願娶我為妻。

這是一個深夜，誰知道，也許這根本是另一個夢。第二天鬧鐘一響，生活又再重新開始，他就消失在吸塵機與公路車中。

「丹薇。」

我看着他。

「我向你求婚。」他説。

他的聲音平實得很。感情世界是劃一的，小職員與大商家的求婚語氣統一之極。

他用手抱着頭，「天呵，丹薇，請你答應我，我的頭已開始裂開，你的生命力太強，永不服輸，我實在沒有精力與你鬥法，我投降。」

「向我求婚？」我用手撐着腰，「戒指在什麼地方？」

「丹薇，別這樣好不好？我都快精神崩潰了。」他幾乎沒哭出來。

我蹲下來，「喂，」我説：「看看我。」

他抬起頭來。

我的眼淚汩汩流下來，「喂，我等你，都等老了。」我的聲音從來沒有這麼平和過。

人在最激動的時候往往有種最溫柔的表現，我也不明白，我的運氣，竟可以有機會與他訴説我的委曲。

我想我只是幸運。

當然婚後的情形並不是這樣的。

婚後我們的正常對白如下：

我：「昨日下午四點你在什麼地方？當心我打斷你的狗腿！」

他：「又沒錢了？不久將來你恐怕要回酒店去繼續你的蛋糕事業！一個下午買書都可以花掉兩萬！瘋了！」

我們並沒有住在那間藍白兩色的住宅裏，我們不是公主王子，堡壘不是我們的。與前妻分家之後他要重整事業，脾氣與心情都不好。但他還是可愛的男人。我愛他。我早就説過，很久之前，在這個城市裏，我第一眼看見他，就愛上了他。

他：「丹薇，至少你可以節食，把你那偉大的肚腩消滅掉！」

我：「不回來吃飯，也得預先告訴我！」

等他的黑色保時捷比等公路車還困難，真的，他的面色比車掌難看得多，但是我愛他。

我想這不算是傾城之戀，但最後我得到了他，成為他正式合法的妻，我很滿足，很快樂。